Gertraud Schubert

Die Haberletzerin
und ihr Ingeniör

Gertraud Schubert

Die Haberletzerin und ihr Ingeniör

Kurzgeschichten

Alle handelnden Personen sind frei erfunden.
Ähnlichkeiten mit lebenden Personen sind Zufall
und keine Absicht.

Bibliografische Information der Deutschen Nationalbibliothek:

Die Deutsche Nationalbibliothek verzeichnet diese Publikation in
der Deutschen Nationalbibliografie; detaillierte bibliografische
Daten sind im Internet über http://dnb.dnb.de abrufbar.

© 2015 Gertraud Schubert

Herstellung und Verlag:
BoD – Books on Demand, Norderstedt

ISBN: 978-3-734-76845-3

Siegfried und Minna Haberletzer

Der Siegi Haberletzer war ein Ingeniör, ein Tüftler und Bastler und Erfinder. Ständig hatte er mehrere Projekte gleichzeitig in Arbeit. Hier kombinierte er einen Toaster mit GPS, daneben baute er eine kleine Pumpe in eine Digitalkamera ein – und schon hatte er wieder eine neue Erfindung.

Minna dagegen saß auf ihrem Kanapee in der Küche, trank Kaffee und strickte. Aber wenn ihr denkt, dass sie außer Kuchen backen, Kaffee kochen und Socken stricken nichts im Kopf hatte, dann täuscht ihr euch gewaltig. Denn während sie die Nadel durch die Masche steckte und mit dem Faden umschlang, war ihr Gehirn in ganz anderen Galaxien unterwegs. Wenn sie den Faden durch die Masche zog, die linke über die rechte hob und die dritte fallen ließ, rasten durch ihr Hirn Neutronensterne und schwarze Löcher. Bei jeder Nadel, die abgestrickt wurde, kam es zu einer Supernova und wenn sie den Faden abriss, wurde ein neuer Stern geboren. Ob Relativitätstheorie oder Kosmologie, Elementarteilchenphysik oder Quantenoptik – Theorien über Theorien kreisten in ihrem Kopf.

Vielleicht fand sie die große vereinigte Theorie, nach der alle Physiker suchten? Warum denn nicht? Was Stephen Hawking im Rollstuhl konnte, das konnte Minna auf dem Küchenkanapee auch.

Nur leider musste sie immer wieder das Strickzeug aus der Hand und die halbfertigen Theorien ins geistige Hinterzimmer legen, wenn der Ingeniör ankam und eine neue Erfindung vorstellte, oder gar Minna brauchte, damit sie die Drähte festhielt, während er sie anlötete.

Neue Erfindungen gab es fast täglich. Denn seit die Firma Siegfried Haberletzer in den Vorruhestand versetzt und ihm den Abschied mit einer netten Summe versüßt hatte, stand ihm endlich Zeit und Geld zur Verfügung, seine Ideen zu verwirklichen. Bald schnurrte ein Mähroboter über den Rasen, und eine Unkrautzupfmaschine zupfte zwischen den Rosen. Für seine Frau installierte er einen Zwölf-Socken-Stricker samt integrierter Verpackungseinheit, angeschlossen an einen eigenen Internetshop.

Doch was war das schon! »Haushaltsgeräte. Phh! Etwas Großes, etwas Einmaliges, etwas noch nie Dagewesenes, das müsste ich erfinden«, überlegte der Ingeniör, »etwas, das die Menschheit wirklich weiterbringt.« Ein hehres Ziel, fürwahr, eines Ingeniörs würdig!

Besuch

Minna Haberletzer klopfte an die Tür der Werkstatt, öffnete sie einen Spalt und rief: »Ich fahr jetzt in die Stadt.«

Keine Antwort. Sie schob den Spalt ein bisschen weiter auf und steckte den Kopf durch.

»Ich fahr jetzt in die Stadt«, sagte sie noch einmal, ein bisschen lauter.

Der Ingeniör Haberletzer stand an seiner Werkbank, tief vornüber gebeugt. Er hatte Ohrenschützer auf und eine Sicherheitsbrille. Funken sprühten an seinen Fingern und er richtete sich auf. Er legte den Lötkolben auf einen umgedrehten Kuchenteller und nahm die Ohrenschützer ab.

»Hast du mich erschreckt,« sagte er.

»Ich wollte dir nur sagen, dass ich in die Stadt fahre. Wenn ich nicht rechtzeitig zurück komme, machst du dir ein Wurstbrot zum Mittagessen.« Sie öffnete die Tür ganz und ging ein paar Schritte in die Werkstatt hinein.

»Was machst du denn in der Stadt?«, fragte er und schob mit der linken Hand am Ohrschützer. Mit der rechten griff er wieder nach dem Lötkolben.

»Wolle kaufen zum Stricken.«

»Kauf dir was gscheiteres.«

»Was denn?«

»Zum Beispiel, zum Beispiel schwarze Strapse.«

»Sogar beim Erfinden hast du nur das Eine im Kopf«, stellte Minna fest.

Der Ingeniör ließ den Ohrenschützer los, schob seine Schutzbrille auf die Stirn und grinste.

»Ich kann mir ja schwarze Wolle kaufen und Strapse stricken«, setzte Minna hinzu, »nein, Schmarrn, was wirst du denn heute erfinden?«

»Ich weiß es noch nicht. Eigentlich wollte ich an meinem Tachyonen-Triebwerk weiterarbeiten. Aber ich glaube, heute wird es was anderes.«

Als Minna aus der Stadt zurück kam – in jeder Hand zwei prall gefüllte Plastiksäcke –, saß der Ingeniör auf dem Kanapee in der Küche und las Zeitung.

Minna ließ die Säcke fallen und knöpfte den Mantel auf: »Bist du mit dem Erfinden heute schon fertig?«, fragte sie ganz erstaunt.

»Ich hab mich aus der Werkstatt geschickt, damit ich in Ruhe den Fehler suchen kann.«

Mit dem Kinn wies er in Richtung Werkstatt.

Minna band sich die Schuhe auf und schlüpfte in ihre Birkenstocksandalen.

»Ich koche jetzt Kaffee für uns«, erklärte sie.

»Für mich auch, bitte.«

»Natürlich für dich auch, mach ich doch immer.«

»Für mich musst du heute zwei Tassen machen. Schau in die Werkstatt.«

Minna ging zur Werkstatt-Tür, öffnete sie einen Spalt und steckte den Kopf hinein. Da stand der Ingeniör über die Werkbank gebeugt, mit Ohrenschützern und Schutzbrille. Aus seinen Fingen sprühten Funken. Minna öffnete die Tür ganz und ging zur Werkbank.

Der Ingeniör zuckte zusammen und richtete sich auf. Eine Stichflamme schlug empor, ging aber gleich aus.

»Hast du mich erschreckt«, sagte er. »Wie oft hab ich dir schon gesagt, du sollst anklopfen.«

»Ich hab gedacht, du bist in der Küche«, sagte Minna.

»Ja, ich hab mich in die Küche geschickt, damit ich in Ruhe den Fehler suchen kann«, sagte der Ingeniör.

Minna musterte ihn genauer. Er war weißhaarig und hatte tiefe Falten auf der Stirn und eine blutige Schramme.

»Mir ist nur der altmodische Lötkolben dran gekommen. Ich hab nicht dran gedacht, mir mein neues Werkzeug mitzubringen.«

»Ich koch uns jetzt einen Kaffee«, sagte Minna und ging in die Küche.

Sie füllte Wasser in die Kaffeemaschine und holte aus einer der Plastiktüten eine Packung mit Kuchen.

»Du kriegst leider nur ein halbes Stück«, sagte sie zu dem Ingeniör auf dem Kanapee.

»Ist gut so«, antwortete der, »hast gesehen, wie dick ich geworden bin?«

»Das sind die Hormone«, erklärte Minna.

»Da bist du dran schuld.«

»Weil ich zu gut koche?«

»Nein, weil du mich nicht oft genug ...«

»Fang nicht wieder mit dem Gockel an, der nicht fett wird. Grau bist du auch geworden.«

Die Küchentür öffnete sich und der grauhaarige Ingeniör schaute herein.

»Ich setz mich ins Wohnzimmer«, sagte er, »damit ich in Ruhe den Fehler suchen kann.«

Minna ging zur Werkstatt und schaute hinein.

Der Ingeniör war tief über die Werkbank gebeugt, nein so arg tief nicht mehr, er war etwas kleiner und bucklig geworden, er war auch ganz weißhaarig, sein Gesicht war voller Falten. Der Arbeitsmantel schlotterte um seine Beine.

»Der Kaffee ist gleich fertig«, sagte Minna.

Er zuckte zusammen, legte den Lötkolben auf den umgedrehten Teller und hob mit einer Hand den Ohrenschützer an.

»Für mich nicht«, sagte er. »Ich hab dir doch versprochen, dass ich zum Kaffee wieder zurück bin. Es ist ja nur noch ein kleiner Fehler und ich hab ihn gleich.« Dann rückte er das Vergrößerungsglas zurecht, das auf seine Schutzbrille montiert war, und griff wieder nach dem Lötkolben.

Minna ging in die Küche. Sie goss Kaffee in drei Becher und verteilte den Kuchen auf drei Teller. Eine Tasse und einen Teller nahm sie und ging damit ins Wohnzimmer. Es war leer. Sie ging zur Werkstatt, klopfte an und brachte dann den Kaffee zur Werkbank.

»Danke«, sagte der Ingeniör, »aber den Kuchen ess ich nicht. Ich werd zu dick.«

Er nahm das Kaffeehaferl und trank eine Schluck.

»Bäh«, sagte er, »ich trink doch den Kaffee ohne Zucker und ohne Milch.«

»Jetzt noch nicht«, sagte Minna, »woher soll ich das dann wissen?«

»Macht auch nichts. Ich bin eh gleich fertig. Du kannst mir sagen, dass ich wieder in die Werkstatt kann und dass es jetzt funktioniert.«

In der Küche las der Ingeniör die Zeitung fertig und trank den Kaffee aus.

»Eine Zeitmaschine muss ich noch erfinden«, sagte er. »Dass ich da noch nicht drauf gekommen bin.«

»Eigentlich hättest sie gar nicht erfinden müssen, wenn du so schlau gewesen wärst, sie dir genauer anzuschauen. Stand die ganze Zeit in der Garage neben den Fahrrädern.«

Einstein-Rosen-Brücke

Die Haberletzerin saß am Kanapee in der Küche und strickte. Da ging die Tür auf, der Ingeniör stand im Türstock und rief. »Fang!«. Die Haberletzerin konnte nur schnell das Strickzeug fallen lassen, die Strickbrille abnehmen und die Hände aufmachen, da kam eine Kugel geflogen. Sie rutschte ihr glatt durch die Hände und landete auf ihrem Schoß mitten zwischen Wolle und Nadeln.

»Was soll ich damit?«, fragte sie, aber der Ingeniör hatte die Tür schon wieder zugemacht und war in seine Werkstatt zurückgegangen.

Die Kugel war so groß, dass man sie gerade auf der Hand halten konnte und aus leicht grünlich schimmerndem Glas. Aha, deswegen hatte der Ingeniör in letzter Zeit immer aus dem Altglascontainer weiße Flaschen geholt, wenn sie ihn mit dem Grünen-Punkt-Müll hinschickte. Im Haberletzerschen Haushalt fielen nämlich nur grüne Flaschen an, weil Minna ausschließlich Rotwein (Macatella aus Spanien, sehr fein!) trank. So wie Minna war, hatte sie sich geweigert, Weißwein zu trinken, nur weil ihr Siegi weiße Flaschen brauchte.

Also, das war das Ergebnis: eine Glaskugel. Na ja. Minna legte die Kugel ins Eck vom Kanapee und setzte ihre Brille wieder auf um weiterzustricken. Da sah sie, dass sich im Innern der Kugel etwas bewegte. Minna schaute genauer hin. Stutzte. Schob die Brille näher zur Nasenspitze, damit sie genauer schauen konnte. Jetzt sah sie es: In der Kugel war die Werkstatt vom Siegi, winzig klein und der Siegi, der mal hierhin ging, mal dorthin, Schubladen aufzog und wieder zuschob, den Bunsenbrenner anzündete und die Flamme richtig hoch schlagen ließ, bevor er sie wieder herunter drehte. Dann ging er zum Sägetisch und schaltete die Kreissäge ein. Minna hörte sie sogar sirren. Sie hielt sich die Kugel ans Ohr: Da war es ganz genau. Und auch den Radio, der bei Siegi immer in der Werkstatt lief, hörte man. Minna drehte die Kugel in der Hand. Es war, wie wenn sie sich in der Werkstatt umdrehte, oder vielmehr, die Werkstatt drehte sich in der Kugel um sich selbst. Dann kam der Siegi ins Bild, kam ganz nah, nur noch das Gesicht und sein triumphierendes Grinsen: »Minna, was sagst du jetzt? Ist das nicht toll?«

»Ja, scho.«

»Jetzt kannst du immer sehen, was ich gerade erfinde.«

»Und du wahrscheinlich auch, was ich tue?«

»Genau. Das ist eine Einstein-Rosen-Brücke. Die beiden Kugeln sind quantenmechanisch miteinander verschränkt.«

»Soso«, meinte Minna. «Des brauch ma doch ned. Ich muss dich nicht überwachen und du mich auch nicht.«

»Darum geht es auch nicht, Minna! Stell dir vor, was man damit machen kann. Ich bring zum Beispiel die eine Kugel auf den Großglockner. Dann schaust du daheim in deine Kugel und siehst, was für ein Wetter auf dem Großglockner ist, ob es dort schneit.«

»Na ja, das kann ich so auch jederzeit sehen. Die haben dort oben eine Webcam. Außerdem, von mir aus kann es auf dem Großglockner schneiben. Jeden Tag kann es dort schneiben. In die Großglockner Webcam schau ich einfach nicht.«

»Man könnte die Kugel auch auf Bali aufstellen. Dann siehst du …«

»Wie das Wetter in Bali ist? Das weiß ich so auch. Die Sonne scheint.«

»Oder man stellt die Kugel in einen Tempel in Indien. Eine Webcam kannst du dort nicht aufhängen, das mögen die nicht. Die denken dann, es ist eine heilige

Kugel und verehren sie und beträufeln sie mit Öl und schmücken sie mit Blumen und wir können sehen, was sie den ganzen Tag und die ganze Nacht im Tempel treiben. Das wär doch was.«

»Ja, das wär was.«

»Oder in einem Dorf auf Papua Neuguinea. Dann sitzen die Ethnologen nur noch vor der Kugel und brauchen nicht mehr hinzufahren. Sehen vielleicht sogar mehr, als die Leute sie dort sehen lassen wollen.«

»Oder«, fuhr die Haberletzerin fort, »man könnte sie zum Mond schicken.«

»Ja, sogar auf den Enchelados, den Jupitermond, auf dem es so kalt ist.«

»Oder zum Pluto und zum Uranus, ganz ans Ende des Planetensystems.«

»Oder überhaupt, hinaus in die Milchstraße oder ganz woanders hin, zu anderen Sonnensystemen.«

»Auch in ein schwarzes Loch? Ob sie da funktioniert?«

»Mensch, Minna, und wir würden hier sitzen und uns das gemütlich vom Kanapee aus anschauen.«

»Du glaubst, das geht?«

»Ja, weil sie mit meiner Kugel quantenmechanisch verschränkt ist.«

»Auf geht's!«, rief Minna und stand auf, strich die Schürze glatt und steckte die Stricknadeln in den Knäuel.

»Ja, ich meine, du, so schnell geht das nicht. Wir, ich mein, du, wir müssen es schon erst einmal im Nahbereich testen. Könntest du vielleicht …«

»Genau das habe ich vor.« Minna wickelte die Kugel in ein Zeitungspapier und steckte sie in die Tasche vom Anorak. Dann zog sie sich Stiefel an und holte ihr Fahrrad aus der Garage.

Minna parkte ihr Fahrrad am Fuß des Friedhofshügels von Neubiberg und stieg zur Spitze empor. Dort zog sie ihre Kugel hervor und schaute hinein. Der Ingeniör saß gemütlich in der Küche und las Zeitung. Wenn nicht alles täuschte, hatte er ein Haferl Kaffee vor sich. Allerhand! Sie herum schicken, währenddessen daheim gemütlich Kaffee trinken und dann nicht einmal in die Kugel schauen. Minna wartete eine Weile, schwenkte die Kugel hin und her, pfiff und rief – nichts. Der Ingeniör war so in seine Zeitung vertieft, dass er nichts wahrnahm, obwohl die zweite Kugel direkt vor ihm auf dem Küchentisch lag.

Minna steckte die Kugel wieder in die Anoraktasche und stieg aufs Fahrrad. Ihre nächste Station war die Autobahnbrücke. Sie lehnte sich ans Geländer und hielt die Kugel in die Höhe. Der Ingeniör war nicht in der Küche. Die Zeitung lag aufgeschlagen auf dem Küchentisch. Minna wartete eine Weile. Dann wurde ihr der Lärm und Gestank zu viel und sie fuhr weiter zum Hachinger Bach. Wenn schon der Siegi sie vergessen hatte, wollte sie wenigstens ihre Gaudi haben. Sie setzte sich auf einen der Stege direkt am Wasser und legte die Kugel neben sich. Die Sonne schien ihr warm aufs Gesicht, der Bach plätscherte leise, die Lerchen tirilierten oben am Himmel – Minna musste eingeschlafen sein. Sie wurde wach, weil ihr nasses Fell ins Gesicht schlug. Ein Hund stand neben ihr, triefend nass, wohl gerade dem Bach entstiegen.

»Der will nur spielen!«, rief eine Frau vom Weg auf der anderen Seite des Baches her.

»Schleich di«, sagte Minna. Der Hund schüttelte sich und spritzte Minna nass. Die zog ihren Schal heraus, um sich das Gesicht abzutrocknen. Der Hund fasste das als Spielzeug auf und schnappte nach ihrem Schal. Minna wurde zornig und trat den Hund mit dem Fuß in den

Hintern. Der sprang auf und riss Minna den Schal aus der Hand. Schon war er ins Wasser gesprungen und planschte vergnügt, den Schal im Maul wie eine orange Schleppe hinter sich her ziehend bachabwärts.

»He«, rief Minna hinterher, »mein Schal!«

»Ja ja«, antwortete die Hundefrau, »Der mag orange, das ist seine Lieblingsfarbe.«

Minna sprang auf und ging ein paar Schritte vor zum Rand.

»Den will ich wieder haben! Oder einen Ersatz, wenn er ihn zerreißt.«

»Ach Gottchen«, sagte die Frau, »kein Herz für Tiere. Komm, Putzilein, gib Frauchen den Schal.«

Sie griff nach dem Schal, der Hund zog am anderen Ende. Für ihn war das ein Spiel.

»Überhaupt dürfen Sie den Hund hier gar nicht frei laufen lassen.«

»So? Wo steht das? Ich lasse ihn immer hier laufen. Putzilein spielt so gerne im Bach.«

»Ja, aber mein Schal ...«, fing Minna wieder an.

»Was wird der schon wert sein? Selbst gestrickt! Drei Euro?«

»Die Wolle hat mich schon 24 Euro gekostet.«

»Sie sind vielleicht kleinlich.« Die Frau machte kehrt und ging davon.

»He, ich will den Schal wieder haben«, rief ihr Minna nach. Na warte, dachte sie, mit dem Fahrrad hab ich dich gleich. Sie trat in die Pedale und war im Nu vorne bei der Brücke über den Bach und fuhr auf die Frau zu. Direkt vor ihr bremste sie.

»Was soll das?« fragte die Frau und verzog das Gesicht.

»Meinen Schal will ich«, sagte Minna.

»Welchen Schal?«

»Na, den Schal, den ihr Hund mir weggenommen hat.«

»Mein Hund? Ihren Schal? Putzilein, komm her. Wo hast du einen Schal?«

Putzlein brachte den Schal an und legte ihn der Frau zu Füßen.

»Von mir aus können sie dieses eklige Teil haben. Putzilein, du sollst nicht immer so unappetitliche Sachen anschleppen.«

Minna wand den Schal aus und untersuchte ihn, ob er Löcher hatte. Einige Stellen waren etwas gedehnt, aber sonst war er in Ordnung. Lohnt sich halt, wenn man gute Wolle nimmt, dachte Minna. Und dann fiel ihr die Glaskugel ein. Verdammt, die hatte sie liegen lassen. Vor lauter Aufregung um Hund und Schal.

Also zurück zum Steg. Keine Kugel mehr da. Wahrscheinlich hatte der blöde Hund sie ins Wasser geschubst. Minna krempelte die Ärmel auf, legte sich auf den Bauch und tastete im Wasser unterhalb des Steges den Grund ab.

»He, Sie da«, rief jemand, »Fischen ist hier verboten.«

Minna schaute auf. Gegenüber am Weg stand mit rotem Fahrrad und roter Kappe der Parkwächter.

»Mir ist doch bloß was ins Wasser gefallen«, sagte Minna.

»Fallen Sie nur nicht selber ins Wasser, ich will Sie nicht herausziehen müssen bei der Kälte.«

Kalt war es wahrlich. Minnas Arm war schon ganz rot. Wo war die verflixte Kugel? Ob das Wasser sie mitgenommen hatte? Schuhe ausziehen, Hosenbeine hochkrempeln und den Bach entlang waten?

»Unterstehen Sie sich, ins Wasser zu steigen«, sagte der Parkwächter. »Baden ist verboten.«

»Hunde frei laufen lassn ist auch verboten. Warum sagns zu denen nix?"

»Weil ich die Hundesprache nicht kann. Und die wiederum verstehen mich nicht.«

»Aber mit dem Frauchen und Herrchen könntens reden.«

Minna hatte ein kleines Stück vom Steg weg etwas glitzerndes im Bach erspäht. Einen Stecken, wenn sie hätte, nur einen Stecken, gar nicht einmal lang. Sie schaute sich um. Einen Ast abbrechen war sicher auch nicht erlaubt. Also doch Schuhe ausziehen, Hosenbeine hinauf schieben und in den Bach steigen. Brrrr! War das Wasser kalt! Und tief. Die Hosenbeine waren nass. Minna watete das kleine Stück, bückte sich nach dem glitzernden Ding und hielt eine Glasscherbe in der Hand. Bäuchlings warf sie sich auf den Steg und zog die Füße aus dem Wasser.

»Elegant ist das ja nicht, meine Dame«, kommentierte mit schiefem Grinsen der Parkwächter. »Haben Sie ihr Handy gefunden? Dann will ich noch einmal ein Auge zudrücken.«

»Da schauns her, solche Scherben sind im Wasser! Könnte sich leicht ein Kind den Fuß damit aufschneiden und verbluten. Sans bloß froh, dass ich den heraus getaucht habe, den Scherben.«

Und die Füße taten ihr gleich noch mehr weh als im Wasser. Minna zog Socken und Schuhe wieder an. Die nasse Hose klebte an den Beinen und die Feuchtigkeit kroch im Stoff nach oben. Jetzt so schnell wie möglich nach Hause und umziehen, sonst wurde sie krank.

Minna und der Ingeniör saßen auf dem Kanapee. Vor ihnen auf dem Tisch lag die verbliebene Kugel. Wenn man genau hinschaute, sah man, dass die andere schon halb im Schlick versunken war. Grüne Pflanzenwedel wachelten in der Nähe. Ab und zu trieb eine Zigarettenschachtel oder ein Stück Plastik vorbei. Ein kleines Teil blieb sogar an der Kugel kleben. Es war rot und zeigte eine Kirsche.

Dann kam das Hochwasser: das Wasser war schlammig und trüb, man sah gar nichts. Als das Wasser zurückging, hing die Kugel in den Wurzeln eines Baumes, auf dem Trockenen. Man sah die Äste des Baumes im Wind hin und her streichen, der Bach schlug kleine Wellen, die glitzerten in der Sonne. Das Wasser sank immer weiter und zwischen Kugel und Bach tauchte eine kleine Sandbank auf.

»Wenn wir die Stelle fänden!«, sagte Minna.

»Das kann weit weg sein«, meinte der Ingeniör.

»Ich tippe auf Perlach«, sagte Minna, »zwischen Alt- und Neuperlach. Müssen wir hinfahren und das Ufer absuche.«

Aber bevor sie dazu kamen, hatte schon jemand die Kugel gefunden und mit heim genommen. Sie lag jetzt auf einem Nachtkästchen und gab den Blick frei auf ein Bett. Ab und zu lag jemand im Bett: ein dicker Haarschopf ragte unter der Decke hervor oder ein haariges Männerbein.

Minna legte die Kugel auf die Küchenkredenz und schaute im Vorbeigehen immer wieder einmal hinein, vor allem am Abend, ob sich doch nicht einmal was Interessanteres täte.

Eines Abends war es so weit! Der junge Mann hatte Damenbesuch! Schnell holte Minna den Ingeniör aus der Werkstatt. Sie platzierten die Kugel auf dem Küchentisch und setzten sich erwartungsvoll aufs Kanapee.

Die beiden tranken Wein und spielten Karten. Ein ganz einfaches Spiel. Karte abheben und wer eine bestimmte Karte zog, der musste ein Kleidungsstück ausziehen. Socken, Gürtel, Halstuch, der Pulli flogen auf den Boden. Die Jeans folgten. Dann war das Kartenspiel uninteressant. Die beiden rückten näher zusammen, tasteten sich ab, erst mit den Händen, dann mit den Lippen, dann flogen BH und Unterhemd durch die Luft. Die beiden wickelten sich immer mehr umeinander.

»Ist schon Wahnsinn, deine Kugel«, sagte Minna, »man ist direkt mitten drin im Geschehen.«

»Bist staad«, sagte der Ingeniör, »Wenn die uns hören!«

»Ich hab noch nie keinen Ton aus der Kugel nicht gehört. Oder nur ganz leise.«

Aber anscheinend hörte man doch genauer. Denn die junge Frau versteifte sich plötzlich. Sie wand sich aus der Umarmung, das heißt sie schob sein Bein von ihrer Hüfte, drückte seinen Kopf von ihrer Brust und löste seine Hände von ihrem Rücken. Dann kam ihr Gesicht ganz nah an die Kugel, wurde riesengroß. Jede Hautpore war zusehen, die roten Flecken auf den Wangen, die verschmierte Wimperntusche und die Augen mit großen Pupillen ... Und dann war es dunkel, stockdunkel. Aus vorbei.

»Die hat uns gesehen«, stellte Minna fest, »hat uns hier am Kanapee sitzen sehen, wie wir sie angestarrt haben.«

»Manche Leute mögen das doch, wenn man ihnen zuschaut«, sagte der Ingeniör.

»Die hat es nicht mögen.«

»Jetzt hat sie die Kugel unters Bett geschmissen.«

»Oder in den Schubladen gesteckt.«

Die Kugel lag wieder auf der Kredenz in der Küche. Aber sie blieb dunkel. Wochen lang, Monate lang. Bis eines Tages Minna beim Geschirreinräumen die Kugel in ein Eck hinter den Tellern räumte.

Das schwarze Loch

Minna Haberletzer und ihr Ingeniör saßen beim Nachmittagskaffee in der Küche, Minna auf dem Kanapee, der Ingeniör auf einem Stuhl.

»Musst in die Werkstatt kommen«, sagte Siegfried Haberletzer, »und dir anschauen, wie ich deinen alten Staubsauger umgebaut habe.«

Minna runzelte die Stirn.

»Außerdem brauche ich keine Tüten mehr zu wechseln. Das ist ein für alle Mal vorbei.«

»Und wie hast du das?«, wollte Minna wissen.

»Ich hab ein schwarzes Loch eingebaut. Soll ich dir auch eins einbauen?«

»Also, das find ich gar keine gute Idee, das mit dem schwarzen Loch.«

»Warum? Ist doch ganz praktisch. Da ist alles weg. Futsch. Ab ins Nirgendwo.«

»Das Tütenwechseln ist doch kein Problem. Solange du ihn nicht so umbaust, dass er ganz alleine saugt, dass er von selber jeden Brösel und jedes Steinderl aufsaugt, bleib ich bei dem, den ich hab.«

Der Ingeniör stellte seine Tasse etwas heftig auf den Tisch.

»Ja, wenn du meinst«, sagte er, stand auf und ging in die Werkstatt.

Minna seufzte. Manchmal war es nicht einfach mit dem Ingeniör. Wenn sie bei seinen Ideen nicht sofort begeistert jubelte, war er beleidigt und verzog sich in seine Werkstatt. Andererseits, diesen Wunsch nach einem autonomen Staubsauger, einem der ohne Bedienerin auskam, einen den sie anschaltete, wenn sie einkaufen ging und wenn sie heimkam, war alles gesaugt, diesen Wunsch hatte sie schon so oft geäußert, genauer gesagt, jedes Jahr zu Weihnachten, zum Geburtstag, zum

Namenstag, zum Valentinstag und zum Muttertag, aber Siegfried Haberletzer erfand alles mögliche, nur keinen Staubsaugroboter für Minna. Wenn hier jemand Grund hatte, den Beleidigten zu spielen, dann wohl doch Minna, oder?

Und deswegen blieb Minna auf dem Kanapee sitzen, trank ihren Kaffee aus, trank Siegfrieds halbe Tasse aus, kochte sich noch eine Tasse und strickte vor sich hin.

Eine Woche später ging Minna in die Werkstatt. Der Ingeniör war nicht da, war in die Uni gefahren, um dort einen Vortrag anzuhören. Diese Gelegenheiten nutzte Minna immer, um in der Werkstatt aufzuräumen und sauber zu machen. Diesmal war es überraschend sauber. Kein Spänchen Holz, keine Drahtstücke, keine bunten Plastikschnipsel – nur ein paar Schmierflecken auf dem Arbeitstisch und ein paar leere Cola-Dosen und gebrauchte Biergläser, zwei Kaffeetassen mit eingetrocknetem Kaffee und eine Müslischüssel. In der Mitte des Raumes stand der alte Staubsauger, ohne Schlauch und ohne Rohr. Minna stieg über ihn hinweg. Dabei kam es ihr vor als würde das Loch, in das der Schlauch gesteckt wurde, blinken. Sie holte einen alten Lappen und Spülmittel und wischte die Flecken weg.

Ab und zu schaute sie sich nach dem Staubsauger um; sie wusste gar nicht warum. Sie wurde direkt ärgerlich auf sich selber. Schob die Werkzeuge auf dem Tisch hin und her, um den Staub darunter wegzuwischen, stapelte die kleinen Schächtelchen mit Schrauben und Krampen und Beilagscheiben aufeinander. Dabei fiel ihr eine Schachtel auf den Boden, sprang auf, die Schrauben purzelten heraus und – swusch! – wurden sie vom Staubsauger eingesaugt. Minna stand mit offenem Mund da, das Wischtuch in der erhobenen Hand. Dann hatte sie sich gefasst. Sie öffnete eine der Schachteln und warf eine Mutter auf den Boden: Swusch! – eingesaugt. Sie knipste mit der Beißzange ein Stück Draht ab und warf es auf den Boden: Swusch – weg war es. Sie knipste ein langes Stück Draht ab, wickelte es ein paar Mal um ihre Hand und warf es dem Staubsauger hin. Vor dem Loch des Staubsaugers blieb es hängen, es war wohl doch zu groß. Aber nein, es drehte sich und knirschte und kratzte und dann hatte der Staubsauger das Ende erwischt und zog den Draht ein wie einen Spaghetti. Minna warf ihm den Wischlappen hin. Der wird ihm doch zu dick sein, dachte sie. Aber Schmatz, Schlürf, Spotz, Swusch – da verschwand der nasse Lappen im Staubsauger. Minna zuckte mit den Achseln. Sie holte einen Eimer Wasser und den Wischmopp und begann, den Boden zu wischen.

Als ihr der Staubsauger im Weg war, gab sie ihm einen Stoß mit dem Fuß. Er bewegte sich nicht. Minna stemmte ihren Fuß gegen seine Rückseite und stieß. Er regte sich nicht vom Fleck. Minna kniete sich auf den Boden und schob mit aller Kraft – vergeblich. Das Ding war zu schwer. Es blieb ihr nichts anderes übrig, als um den Staubsauger herumzuwischen. Spaßeshalber ›fütterte‹ sie ihm am Schluss das Putzwasser. Er gurgelte und blubberte, aber schluckte es. Als Minna an der Tür war, hörte sie ihn laut rülpsen. »Mahlzeit«, sagte sie.

Am nächsten Tag brachte Minna dem Ingeniör eine Tasse Kaffee in die Werkstatt. Er stand am Arbeitstisch und tüftelte über einem Schaltplan.

»Muss denn der Staubsauger mitten im Weg stehen?«, fragte sie. »Beinahe wär ich drüber gestolpert. Und Kaffee hab ich auch verschüttet.« Schlurf machte der Staubsauger und die Kaffeetropfen sausten in das Loch.

»Schieb ihn halt weg«, antwortete der Ingeniör, ohne von seinem Plan aufzuschauen. Minna stellte die Tasse ab und packte den Staubsauger am Griff.

»Uff«, sagte sie, »der ist aber schwer!«

»Tja, da ist ja auch ein schwarzes Loch drin.«

»Kannst du mir nicht helfen?«

»Wobei helfen?

»Na, den wegschieben.«

»Lass ihn doch einfach hier stehen.«

»Bist selber drüber stolperst?«

»Ich weiß ja, dass er da steht.«

»Solltest du nicht das schwarze Loch ab und zu ausleeren?«

»Warum?«

»Damit es nicht zu schwer wird. Eines Tages kracht dein Staubsauger noch durch den Fußboden.«

»Der ist stabil.«

Minna zuckte die Achseln und ging wieder in die Küche. Sie machte sich Sorgen, dass der Ingeniör das schwarze Loch auf die leichte Schulter nahm. Mit jedem Bissen, den das schwarze Loch sich einverleibte, wurde es stärker. Was, wenn es eines Tages den Ingeniör einsaugte? Minna setzte sich auf ihr Kanapee und nahm das Strickzeug zur Hand. Masche um Masche um Masche strickte sie. Beim Klappern der Nadeln konnte sie am besten denken.

Bereits eine Woche später war es so weit. In der Werkstatt tat es einen gewaltigen Rummser. Gleich darauf hörte sie den Ingeniör schreien. Minna legte ihr Strickzeug gar nicht aus der Hand, so schnell raste sie zur Werkstatt. Als sie die Tür öffnete, bot sich ihr ein Bild der Verwüstung. Alle Schubladen waren aus dem Schrank gekippt und hatten ihren Inhalt auf den Boden ergossen. Dort bewegte er sich auf ein Ziel zu: auf den riesenhaften Staubsauger mitten im Raum, genauer auf das schwarze, strudelnde Loch an seiner Vorderseite. Das Werkzeug war von seinen Haken geflogen, die

Farbdosen aus dem Regal und alles alles rutschte und scharrte über den Boden und verschwand in dem gefräßigen Maul.

»Minna, tu doch was!«, schrie der Ingeniör in Panik. Er lag auf dem Boden, klammerte sich an das Tischbein seiner Werkbank. Der Sog des schwarzen Loches riss ihm die Schuhe von den Füßen. Die Schubladen verschwanden unter Knirschen und Knacken im Maul des Staubsaugers. Minna hielt sich am Türrahmen fest. Auch sie spürte den Sog, der immer stärker und stärker wurde. Allerdings hielt sie sich nur mit einer Hand fest, denn in der anderen hatte sie das Strickzeug. Dem Ingeniör zog es die Socken von den Füßen.

»Ich kann mich nicht mehr lange halten«, schrie er. »Tu doch was!«

»Was denn?«

»Den Stecker ziehen!«

»Der ist ja gar nicht angesteckt!«

Die Hose des Ingeniörs begann seine Beine hinabzurutschen. Minna klammerte sich noch an den Türstock, aber sie schwebte schon, ihre Beine in Richtung schwarzes Loch gestreckt.

Das Regal wankte. Die Werkbank rutschte mitsamt Ingeniör. Kratzte über den Boden. Mit einem Schrei voller Verzweiflung ließ der Ingeniör das Tischbein los. Und im selben Moment gaben auch Minnas Finger nach, die den Türstock umkrallten. Ein Stück vor dem schwarzen Loch prallten die beiden aufeinander. Minna legte den Arm um Siegfrieds Hals und so stürzten die beiden in das schwarze Loch.

Ein Holzstück traf Minna schmerzhaft in die Seite. Aber dann war Ruhe. Da saßen die beiden im Dunklen. Minna war immer noch schwindlig. Neben sich hörte sie Siegfried ächzen.

»Siegfried? Bist du ganz?«, fragte Minna.

»Ich glaub schon. Und du, Minna?«

Ein Licht ging an, ein kleines Licht nur: Minna hatte ihre Taschenlampe aus der Rocktasche geholt und angeschaltet. Sie leuchtete herum. Rundum nur Trümmer: zerquetschte Dosen und Schachteln, zerbrochenes Werkzeug, Holzsplitter und Metallteile. Aber sonst: nichts, Leere, so weit das Licht der Taschenlampe reichte. Kein Boden, keine Mauern, kein Dach. Die beiden schwebten einfach inmitten der Trümmer.

»Hoffentlich gibt es jetzt Ruhe, das verflixte Loch«, sagte Siegfried.

»Ich fürchte nicht«, meinte Minna. »Es holt nur etwas Luft. Wirst sehen, bald kommt unsere gesamte Einrichtung angeflogen, das Kanapee, der Küchenherd, der Kühlschrank. So groß wie das Loch geworden ist, passen die ganz durch.«

»Dann sollten wir aber in Deckung gehen, damit wir die nicht an den Kopf kriegen. Die erschlagen uns ja. Obwohl, ist ja egal.«

»Nein, das ist nicht egal.«

»Na, du, wir sind im Innern eines schwarzen Loches. Da kommen wir nie nie nie mehr heraus.«

»Was machen wir dann?«

Der Ingeniör knöpfte Minnas Bluse auf.

»Geh«, sagte sie, »du hast Nerven. Jetzt doch nicht.«

»Was denn sonst? Wir können eh nichts tun.«

Er schob ihren Rock ein Stück höher.

»Wir können wenigstens warten, bis unsere Schlafzimmereinrichtung kommt.«

Der Ingeniör schlang ihre Beine um seine Hüfte. »Ich wollte es doch immer schon einmal im Schwerelosen probieren. Das ist die Gelegenheit.«

»Ich glaube, das geht nicht«, meinte Minna.

»Doch, doch. Musst dich nur gut an mir festhalten.«

»Aber schon Newton sagt, actio ist gleich reactio und deswegen ...«. Sie redete nicht weiter. Manches muss man einfach durch ein Experiment klären.

Hinterher trieben sie nebeneinander durch die Trümmer von Siegfrieds Werkstatt.
»An dem Schubladen habe ich mir vorhin den Kopf angestoßen«, sagte der Ingeniör.
»Wenn du dein Werkzeug einsammelst, kannst du ganz wie zu Hause weiter arbeiten.«
»Und du kannst stricken.Schau, was ich da hab!«. Der Ingeniör pflückte das Strickzeug zwischen den Trümmern heraus und hielt es ihr hin.
»Später«, sagte Minna, »später werde ich ein paar Runden stricken. Nicht dass ich fertig bin und dann in Ewigkeit nichts mehr zu stricken habe.«
»Was ist denn das da für ein Strich?«, fragte Siegi. Ein roter Strich lief von ihnen weg, quer durch den leeren Raum, weiter und weiter, bis er nicht mehr zu erkennen war.
»Das ist mein Wollfaden«, sagte Minna.
»Und wo geht der hin?«
»Na, zum Knäuel unter dem Kanapee in der Küche natürlich. Und jetzt pass auf.«
Sie nahm ihr Strickzeug und zog die Nadeln heraus. Sie ruckte am Faden und da begann die Wolle aus den Maschen zu schlüpfen. Eine Masche nach der anderen wurde aufgezogen.
»Was machst du da?«
»Der Wollknäuel ist auf der Wollwickelmaschine, die du mir zu Weihnachten gebaut hast, und die läuft jetzt rückwärts und wickelt die Zeit wieder auf.«
»Na ja, den Strumpf brauchen wir auch nicht mehr. Den kann sie ruhig aufziehen.«

»Nix da!«, sagte Minna. »Wollte nur schauen, obs klappt. Und jetzt halt dich gut fest an mir.« Dann packte sie fest zu, so dass die Maschen nicht mehr aufgezogen werden konnten.

»Es dreht sich schon wieder alles! Mir wird schlecht«, jammerte Siegi.

»Das lässt sich leider nicht vermeiden.«

Minna Haberletzer und ihr Ingeniör saßen beim Nachmittagskaffee in der Küche, Minna auf dem Kanapee, der Ingeniör auf einem Stuhl. Beide noch ganz benommen und bleich.

»Musst in die Werkstatt kommen«, sagte Siegfried Haberletzer, »und dir anschauen, wie ich deinen alten Staubsauger umgebaut habe. Ich brauche keine Tüten mehr zu wechseln. Das ist ein für alle Mal vorbei. Ich hab ein schwarzes Loch eingebaut.«

»Siegi, das kann bös enden.«

»Na ja, du hast ja recht. Aber es ist halt so ein schönes schwarzes Loch. Vielleicht sollte ich es verkaufen.«

»Nein, kommt nicht in Frage, du gehst sofort in die Werkstatt und baust es ab. Ganz ab, hörst? Ganz abbauen!«

»Ja ja, ich hör schon. Aber ich tät zu gern noch einmal ...«

»Nix da! Wenn du mein Strickzeug nicht gefunden hättest, wären wir nie mehr herausgekommen.«

»Aber so in der Schwerelosigkeit ... Hat es dir nicht gefallen, Minna?«

»Doch, doch. Aber wenn du das Strickzeug nicht gefunden hättest ...«

»Ja ja, ripp ripp ripp, ein Mascherl nach dem anderen ist aufgegangen. Ripp ripp ripp, so schön eins und noch eins und noch eins und rundherum, immer rund herum im Kreis und der Strumpf ist immer kürzer geworden und ich bin auch rund herum und immer Stück um Stück zurück und auf einmal waren wir wieder hier.«

Minna nickte.

»Schade, war so ein gute Idee, das schwarze Loch!«, murmelte er, trank seinen Kaffee aus und stand auf. »Aber wenn du meinst, dann bau ich es halt ab.«

»Ja, ich mein es, ganz gwiss mein ich es!«

Der Ingeniör schlurfte zur Tür.

»Schad, wirklich schad, war wirklich schön, so im Nichts und schwerelos.«

Minna holte den halb aufgezogenen Strumpf und steckte die Nadeln wieder in die Maschen.

Der Notausgang

Dem Ingeniör Haberletzer ging mitten im Arbeiten das Lötzinn aus. Er stürmte in die Küche, wo seine Frau Minna auf dem Kanapee saß und strickte.

»Minna, du musst sofort in den Baumarkt fahren und mir Lötzinn holen. Schnell! Ich bin mitten in einer bahnbrechenden Erfindung und jetzt geht mir das Lötzinn aus.«

Minna legte ihr Strickzeug auf den Tisch, zog ihre Strickjacke und Schuhe an und nahm die Handtasche vom Küchenkastl. In den Baumarkt fahren – das war für Minna das Höchste!

Sie ging in die Garage. Die Tür zur Werkstatt öffnete sich und der Ingeniör streckte den Kopf durch den Spalt. »Aber bring ein weiches Lötzinn, kein hartes!«, rief er.

Minna nickte, kontrollierte, ob sie ihre Scheckkarte eingesteckt hatte und dann schwang sie sich auf ihr Fahrrad und radelte davon.

Das Lötzinn hatte sie gleich. Schließlich kannte sie sich im Baumarkt aus. Es war ja nicht das erste Mal, dass der Ingeniör sie zu einer eiligen Besorgung schickte. Aber ein Baumarkt hat ja mehr zu bieten als Schrauben und Sägen.

Minna spazierte durch die Badezimmerabteilung. Da gab es eine neue Badezimmergarnitur aus orangenem Glas. Zwar war das Waschbecken recht klein, aber für das Gästeklo würde es reichen. Also dieses orangene Glaswaschbecken – das kam auf Minnas heimliche Wunschliste. In der Vorhangabteilung schaute sie die Vorhangmuster durch, ob es Neues gab. Da war ein Vorhangmuster, das stand schon lange auf der heimlichen Wunschliste – aber der neue Vorhang musste noch warten. In der Haushaltswarenabteilung packte sie eine Kuchenform ein. Und gleich noch zwei neue

Butterpinsel und einen Nudelwalker. Die standen nicht auf der Wunschliste, sondern auf der Liste der Notwendigkeiten. Den Weg in die Gartenabteilung zögerte sie noch etwas hinaus, indem sie einen Abstecher zu den Putzmitteln machte. So währte die Vorfreude länger.

Zwischen Bilderrahmen und Haustierbedarf stand ein großer Kasten, drei Meter hoch und drei Meter breit, gut doppelt so lang. Dieser Kasten hatte an der Schmalseite eine Tür und darauf stand: Notausgang. Minna betrachtete den Kasten und überlegte: Ein Notausgang führt ins Freie, damit man im Notfall den Markt schnell verlassen kann. Deswegen sind Notausgänge immer an der Außenwand. Aber hier war keine Außenwand: Die Tür führte nicht hinaus, sondern in den Kasten hinein. Gut, dachte Minna, vielleicht ist der Kasten feuerfest und verfügt über eine Sauerstoffversorgung. Da kann man drin überleben, bis der ganze Baumarkt zu Asche verbrannt ist. Oder es führt ein Rohr zur Decke, so dass die Feuerwehr die Leute herausziehen kann. Aber es gab kein Rohr zur Decke. Vielleicht, überlegte Minna, gibt es einen unterirdischen Gang, der ins Freie führt. Ja, ein unterirdischer Gang ins Freie – das muss es sein. Nur, wie kam der Gang hierher? Der Kasten war neu, da war sich Minna sicher und ein Kellergeschoss gab es nicht, da war sich Minna auch sicher und das Graben eines unterirdischen Ganges hätte Minna bemerkt. Sie war schließlich fast jede Woche einmal im Baumarkt, um Kupferdraht oder Schmiermittel oder Glühbirnen oder Schalter für den Ingeniör zu kaufen. Eine Baustelle zwischen Bastelabteilung und Müllsortiergeräten – das wäre ihr nicht entgangen. Wenn sie aber den Container, denn so etwas war es, aufstellten, das konnten sie natürlich an einem Tag schaffen.

Minna umkreiste die Schachtel. Auf der Rückseite war keine Tür, sondern ein Fernseher, in dem ein neuartiger Wisch-und-Weg-Handschuh angepriesen wurde. Es gab also nur eine Tür und darüber stand Notausgang. Rätselhaft, dieser Notausgang.

Aber es passierte eh nie etwas. Minna ging weiter in die Gartenabteilung. Dort suchte sie Salatsamen und Radieschen und überhaupt könnte sie ja mal wieder Astern säen. Es gab auch Blumenzwiebeln im Sonderangebot, die waren noch vom Herbst übrig und hatten schon bleiche Triebe. Deswegen waren sie spottbillig. Da konnte Minna nicht widerstehen. Dann inspizierte sie die Orchideen. Eigentlich stand auf Minnas geheimer Wunschliste eine cremeweiße Schmetterlingsorchidee für das Küchenfenster. Dieser Wunsch hatte drei Sterne, stand also zur Erfüllung an.

Aber Minna hatte keine Ruhe, sich einen Stock auszusuchen. Immer wieder kehrten ihre Gedanken zu dem Kasten mit der Tür und der Aufschrift Notausgang zurück. Was war hinter der Tür? Gar nichts? Ein schwarzes Loch, in das man hinein fiel? Vielleicht war der Container gar nicht feuerfest. Wer hinein ging verbrannte einfach – aber der Ansturm auf die anderen Notausgänge war dann nicht so groß und wenigstens die Leute kamen durch. Minna packte die nächstbeste Orchidee und rollte ihren Einkaufswagen zur Kasse. Es war doch vollkommen wurscht, was hinter dem Notausgang war. Niemals brannte ein Baumarkt ab. Schließlich gab es eine Abteilung mit lauter Feuerlöschern und in der Gartenabteilung jede Menge Schläuche und Schlauchkupplungen und natürlich auch Wasserhähne, so dass das Feuer ganz schnell gelöscht werden konnte. Fünf Minuten in der Kiste, dann konnte man wieder heraus und der Betrieb ging weiter. War ja auch viel besser als die Notausgänge nach draußen. Da konnten die Leute ihr Zeug mitnehmen und bezahlten es nicht.

Minna umwickelte die Orchidee mit mehreren Lagen Papier, um sie zu schützen, und stellte sie vorsichtig in ihre Packtasche. Die Kuchenform klemmte sie auf den Gepäckträger, den Nudelwalker und die Butterpinsel in die andere Packtasche, die Handtasche oben drauf. Aber Minna hatte noch keine Ruhe: Sollte der Notausgang doch einen unterirdischen Ausgang haben, dann musste der doch irgendwo wieder ans Tageslicht führen, oder? Dann musste es doch mindestens solche Stahlplatten im Boden geben wie in der Stadt, wo dran stand: »Achtung Notausstieg! Bitte freihalten«

Minna radelte den Parkplatz Bahn für Bahn ab – nichts zu sehen, das nach Notausstieg aussah. Minna fuhr auf die Rückseite des Baumarktes. Da musste sie ihr Rad allerdings schieben, denn auf der Rückseite, da war ein Biotop. Da waren Teiche und Hügel voller Mäuselöcher und ein Dickicht von Heckenrosen und Kiefern. Schließlich lehnte Minna ihr Rad an einen schmächtigen Ahorn und ging zu Fuß weiter. Sie gelangte auch bis an das Gebäude. Hier gab es Notausgänge, die bekannten Türen an der Außenwand.. Es gab auch Fenster. Minna spähte hinein: ein Büro. Eine Nottür war sogar nur angelehnt. Minna schlich sich näher und durch den Spalt sah sie – den Container mit der Tür und der Aufschrift Notausgang. Na ja, lesen konnte sie es auf die Entfernung nicht, aber sie kannte ihn ja und wusste, was da stand. Dann kam sie an den Zaun, der die Außenanlage des Gartenteils umgrenzte. Doch nirgends ein Ausstiegsschacht.

Minna gab auf und fuhr nach Hause. Sie holte das Lötzinn und die Rechnung aus der Handtasche und reichte beides dem Ingeniör durch die Tür.

»Endlich,« sagte er. »Ich warte schon so. Wo bleibst du nur so lange?«

Minna trug die Kuchenform, den Nudelwalker und die Orchidee ins Haus. Die Blume stellte sie gleich aufs Fensterbrett. Dabei stellte sie fest, dass sie keinen guten Griff getan hatte: fast keine Knospen an den Stielen, alle Blüten schon aufgeblüht und vermutlich bald verblüht. Na ja, schuld war nur dieser dämliche Notausgang. Kam einfach wieder eine auf die geheime Wunschliste, aber vorerst nur mit zwei Sternen. Sie setzte Kaffeewasser auf und als der Kaffee fertig war, rief sie den Ingeniör.

»Mit der Rechnung kann ich nichts anfangen«, sagte er. »Da ist alles mögliche drauf, Butterpinsel und Sämereien Gruppe 3. Was ist der Aktionsartikel?«

»Ach, das waren Tulpenzwiebeln.«

»Aber wo auf der Rechnung steht das Lötzinn? Alles mögliche kaufst du ein, das kann ich doch bei der Steuer nicht angeben. Ich brauch die Rechnung fürs Lötzinn.«

Minna studierte den Kassenbeleg, las ihn dreimal durch. Da stand wirklich alles, was sie gekauft hatte: Kuchenform, Nudelwalker, Butterpinsel, Sämereien, die Blumenzwiebeln, die Orchidee – nur das Lötzinn fehlte.

»Oh«, sagte sie schließlich und zuckte die Schultern. »Das Lötzinn, das hab ich geklaut. Für dich mach ich doch alles.«

Der Ingeniör schüttelte den Kopf und schaute Minna tadelnd an.

»Wir haben es nicht nötig, dass du im Laden klaust. Ich verdiene genug Geld. Und dann noch dazu in diesem Baumarkt. Wo der doch der erste ist, der mein Patent 764 umsetzt.«

»Was ist das für ein Patent?«, fragte Minna kleinlaut.

»Die Notfallbox. Wenn, sagen wir, der Baumarkt brennt, dann gehst du einfach in diese Notfallbox hinein.«

»Und dann?«

»Dann wirst du direkt auf den Parkplatz hinaus gebeamt.«

»Mei bin i bläd«, sagte Minna und klopfte sich mit Zeigefinger an die Stirn. »Da hab i hin und her übalegt, aba auf des einfachste bin i ned kemma: Beama.«

Testfahrten

Der Ingenieur Haberletzer hatte vor, ein Tachyonen-Triebwerk zu erfinden. Dazu recherchierte er im Internet, korrespondierte mit Universitäten und Forschungsinstituten, mailte Nobelpreisträger an. Während er so vor dem PC saß, hatte er ein seltsames Erlebnis. Ein kleines Wölkchen bildete sich mitten im Zimmer, wurde größer und größer, wurde eine glänzende Glaskugel mit zwei Hörnern, wuchs immer weiter, füllte schon fast den ganzen Raum aus. In der Glaskugel drin saß seine Minna und strickte. Aus den zwei Hörnern traten Funken aus. Er klopfte an das Glas, aber Minna reagierte nicht, sie zählte Maschen. Da wurde auch die Glaskugel schon wieder kleiner, schrumpfte samt Minna zu einem kleinen Schusser und verschwand. Siegfried stürzte in die Küche. Da saß Minna auf dem Kanapee und las Zeitung.

»Strickst du gar nicht?«, fragte Siegfried.

»Nein«, sagte Minna, »schon lange nicht mehr. Du hast mir doch die Strickmaschine gebaut.«

»Warst du nicht grad bei mir drüben?«

»Nein, ich sitze die ganze Zeit hier. Übrigens, der Spülmaschinenausräumroboter hat schon wieder einen Teller fallen gelassen.«

Die nächsten Monate verbrachte er in der Bibliothek des deutschen Museums, wo er sich durch die Beschreibungen von Tachyonen wühlte. Es schien ein schwieriges Kapitel zu sein. Aber gerade das reizte ihn.

Der Geschirrspülroboter ließ mittlerweile auch die Tassen fallen, die Unkrautzupfmaschine hatte die frisch gepflanzten Tagetes heraus gezupft, die Schneckenzange war durch einen Kurzschluss lahm gelegt und Minna wartete ungeduldig auf die Reparatur ihrer Sockenstrickmaschine. Sie hatte so viele Bestellungen wie noch nie und das verdammte Ding riss immer den Faden ab. Also machte Siegfried sich an die nötigen Reparaturen. Während er so vor sich hin pfeifend, die Geräte aufschraubte, erschien wieder eine kleine glitzernde Hörnerkugel in der Werkstatt. Sie wuchs langsam zu Fußballgröße an, fuhr auf einmal Greifwerkzeuge aus, schnappte sich einen Hammer und einen Schraubenzieher und ehe sich Siegfried gefasst hatte und sich auf sie stürzen konnte, war sie schon wieder geschrumpft und samt Hammer und Schraubenzieher verschwunden.

Zum Glück hatte Siegfried alle wichtigen Geräte in dreifacher Ausführung.

Ein paar Wochen später erschien die Kugel wieder. Siegfried steckte schnell alle Geräte in die Hosentasche, bevor die Glaskugel zugreifen konnte; anscheinend wurde sie darüber so wütend, dass sie eine Reihe von Blitzen hervorstieß. Eine Planzeichnung fing Feuer, Siegfried schlug die Flammen mit bloßer Hand aus. Dann war die Kugel wieder verschwunden. Aber die heftigen elektrischen Entladungen hatten doch Schaden angerichtet: Auf dem PC war ein Teil der Festplatte gelöscht.

Siegfried ging in die Küche. Minna saß auf dem Kanapee und las in einem Buch. Ein Strickzeug lag vor ihr auf dem Tisch.

»Strickst du jetzt doch wieder?«, fragte er.

»Ach, ab und zu, wenn ich nichts zu lesen habe«, sagte Minna.

»Warst du grad in meiner Werkstatt?« fragte er lauernd.

»Ich geh doch nie in deine Werkstatt, das weißt du doch«, antwortete sie. »Und jetzt lass mich lesen, es ist grad so spannend.«

Siegfried baute eine Alarmanlage, für den Fall, dass die Kugel wieder auftauchte.

Eines Nachts war es so weit: neben seinem Bett tutete es. Im Schlafanzug stürmte Siegfried in die Werkstatt. Als er die Tür öffnete tat es einen Knall und die Kugel zersprang in tausend Scherben. Aber noch etwas anderes flatterte durch den Raum: eine Zeitung. Die legte er für Minna auf den Küchentisch. Dann kehrte er die Scherben zusammen. Dabei fand er auch ein kleines schwarzes Kästchen. Ob das die Steuereinheit der Kugel war? Sofort fing er an, das Gehäuse aufzuschrauben. Die Sachen waren alle so winzig klein, er brauchte eine Lupe, um überhaupt etwas erkennen zu können. Rätselhafte Schaltungen sah er da in der Vergrößerung, sehr rätselhafte, so ganz anders als er sie seinerzeit gelernt hatte.

Siegfried war ganz versunken in die Betrachtung, dass er nicht hörte, wie es an die Werkstatttür klopfte. Schließlich ging die Tür auf und Minna stand auf der Schwelle. Sie war noch im Nachthemd, nur eine Strickjacke hatte sie übergezogen. Ihre Haare standen in alle Richtungen. In einer Hand hielt sie eine Kaffeetasse, in der anderen ein Stück Papier.

»Wo ist denn diese Zeitung her?«, wollte sie wissen.

»Die hab ich dir hingelegt«, sagt Siegfried und richtete sich auf. Das Kreuz tat ihm weh, von der gebückten Haltung und er stöhnte leise.

»Und wo hast du sie her?«

»Warum fragst du? Und gleich so streng, als ob es der Bayernkurier wäre oder sonstwas obszönes.«

»Nein, sagte sie, das ist nicht der Grund, es ist eine Süddeutsche, aber schau dir das Datum an.«

Siegfried ging steifbeinig zur Tür und nahm ihr die Zeitung aus der Hand.

»28. Oktober«, sagte er, »na und?«

»Wir haben aber den 29. September.«

»Dann ist sie von gestern.«

Verdammt noch mal, jetzt einen Bandscheibenvorfall, den konnte er gar nicht brauchen. Er legte die Hand aufs Kreuz. Wenn er sich leicht vorneigte, ging es besser.

»Siegfried! Sie ist vom 28. Oktober.«

»Also gleich einen Monat alt.«

»Quatsch, nicht einen Monat alt, einen Monat zu jung!«

»Dann ist sie halt vom vorigen Jahr, tut mir Leid, dass ich das nicht gemerkt habe.«

»Nein, sie ist schon von diesem Jahr.«

»Was ist dann das Problem?«

»Siegfried! Der 28. Oktober ist erst in 4 Wochen! Die Zeitung, die gibt es noch gar nicht.«

»Und was steht drin?«

»Ein Bericht über die Eröffnung des Heimatmuseums.«

»Aber das Museum wird doch erst in dreieinhalb Wochen eröffnet.«

»Eben, Siegfried. Wo kommt die Zeitung her? Aus der Zukunft?«

»Ich glaub, ich brauch einen Schnaps.«

»Besser, du trinkst einen Kaffee, damit du wach wirst«, sagte Minna.

So hatte der Ingenieur Haberletzer endlich eine Aufgabe für seinen Ruhestand gefunden: Er baute etwas Großes, etwas Einmaliges, etwas noch nie Dagewesenes, er baute eine Maschine, um damit durch die Zeit zu reisen. Keimzelle dafür war der kleine schwarze Kasten aus der zerbrochenen Glaskugel. Fünf Wochen später war der Prototyp fertig, eine Glaskugel in Fußballgröße, auf die zwei Hörner aufgesetzt waren. Haberletzer ließ sie drei Tage in die Vergangenheit reisen und wieder zurückkehren. Es klappte. Dann programmierte er sie, dass sie vier Wochen zurückreisen sollte und etwas aus der Vergangenheit mitbringen sollte. Die Maschine fuhr ihre Greifwerkzeuge aus, packte die Zeitung, die Haberletzer als Unterlage verwendet hatte, saugte das Papier ein und verschwand. Sie kehrte niemals wieder.

Haberletzer konstruierte eine neue Maschine. Nach mehreren Versuchen brachte sie ihm einen Hammer und einen Schraubenzieher mit. Siegfried stürzte in die Küche, wo Minna saß und strickte.

»Strickst du wieder?« fragte er.

»Muss ich wohl, du hast ja keine Zeit, meinen Zwölf-Socken-Stricker zu reparieren.«

»Minna, wir müssen feiern! Mach eine Flasche Sekt auf, meine Zeitreisemaschine funktioniert!«

»Soso, das soll ich dir glauben?«

»Du kannst gerne eine Probefahrt machen.«

»Ja, das mach ich.« Minna stand auf.

»Äh, nein, heute nicht, da muss ich erst eine größere Version bauen.«

Es dauerte etliche Monate, bis die neue Zeitmaschine fertig war, denn Siegfried Haberletzer musste erst eine Firma finden, die Glasballons in der nötigen Größe herstellte, dass Minna darin Platz nehmen konnte. Auch die Energieversorgung war noch ein Problem, denn die Glaskugel samt Minna hatte ein ziemliches Gewicht. Siegfried arbeitete Tag und Nacht. Er nahm sich kaum die Zeit zum Essen. Seine Kreuzschmerzen wurden immer schlimmer. Aber er hatte keine Zeit, zum Doktor zu gehen.

Schließlich war es so weit und Minna nahm in der Kugel Platz. Ihr Strickzeug hatte sie dabei, auch dreißig Reserveknäuel, damit sie die Zeit nutzen konnte, denn sie reiste ein halbes Jahr in die Vergangenheit. Allerdings war sie schon nach 10 Minuten wieder da.

»Und, erzähl«, drängte sie Siegfried, »wie war es?«

»Erst einmal hab ich gar nichts gesehen, nur lauter graue Wolken um die ganze Kugel herum«

»Das war wie du in die fünfte Dimension aufgestiegen bist. Und dann?«

»Da Wind hat gwachelt durch die Kugel durch, mir ist ganz kalt worden. Blitzt hat es und kracht, naa, kracht hat es nicht.«

»Und? Was noch?«

»Mir sind drei Maschen von der Nadel gefallen. Bei dem schlechten Licht, dauernd an und aus, und dem Geschüttel war es gar nicht einfach, sie wieder aufzufangen.«

»Erzähl weiter.«

»Ja, und dann war ich wieder in deiner Werkstatt.«

»Warum bist denn nicht ausgestiegen? Hätt mich so gefreut über deinen Besuch.«

»Ich hab doch die Maschen fangen müssen. Und außerdem, das ist alles viel zu schnell gegangen. Bevor ich gemerkt habe, dass ich da bin, war ich schon wieder weg. Hat es schon wieder hui gmacht und der Wind hat durch die Kugel gwachelt und Rauch ist aufgestiegen und die Kugel hat zittert und gschüttelt, dass mir fast schlecht worden ist und dann war i wieder da.«

Die Minna ging Richtung Küche. »Magst auch einen Kaffee?«

Sie saßen nebeneinander auf dem Kanapee, jeder ein Haferl Kaffee vor sich. Minna hatte sogar von ihren Vorräten im Keller Lebkuchen heraufgeholt. Die kaufte sie immer nach Weihnachten, wenn sie nur die Hälfte kosteten.

»Als nächstes probier ich es «, sagte Siegfried, »Lass mich dreißig Jahre zurückversetzen und dann red ich mit den jungen Haberletzern.«

Minna stellte ihre Kaffeetasse so heftig auf den Tisch, dass der Kaffee heraus schwappte.

»Ich kann mich noch gut an den Besuch vom alten Haberletzer erinnern«, sagte sie. »Ganz bucklig ist der gegangen, weil er so Kreuzweh ghabt hat. Der hat gmeint, er müsste mir erklären, wie ich es meinem Mann Recht mache. Damit er ned allaweil allein in seiner Werkstatt vor sich hinwerkelt. Soll mit der Strickerei aufhören und lieber Oswald Kolle lesen. Soll mich am Abend zum Bettgehen schöner herrichten und so weiter. Du fahrst nicht, ich fahr hin und red mit dem jungen Haberletzer.«

»Nein«, schrie Siegfried, »Du fahrst nicht. Ich kann mich noch gut an den Besuch von der alten Haberletzerin erinnern. Hat die mich zamputzt, wie einen Schulbuben. Wennst wuist, dass dein Weiberl auf d Nacht noch munter ist, hats gsagt, dann musst schauen, dass sie im Haushalt Hilfe hat. Hab ich doch gmacht, oder? Was hab ich dir alles an Maschinen gebaut. Du bleibst da, ich fahr!«

Die beiden funkelten sich wütend an.

Dann fing die Haberletzerin zu lachen an.

»Was ist da so lustig?«, fragte er und zog ein säuerliches Gesicht. »Das ist ernst.«

»So wias ausschaugt, müssen wir beide fahren«, sagte die Haberletzerin. »Oder? Schließlich waren wir ja scho dort. Und weißt was, Siegi, wennst hinfahrst, nimmst a Webcam mit, so a moderne, die hats ja vor dreißig Jahren no ned geben. Und die Webcam installierst in ihrem Schlafzimmer. Dann ham mia zwoa was zum Anschaugn, stattm Fernsehen.«

Siegfried sprang auf.

»Wo willst hin?«

»Ich hole die Webcam aus unserem Schlafzimmer. Des oide Trum verstaubt doch bloß.«

»Die funktioniert doch gar nicht mehr«, sagte Minna.

»Die muss man bloß wieder aufladen, dann geht die noch 30 Jahr lang.«

Der Traum vom Fliegen

Als die Minna Haberletzer noch jung war, wollte sie Astronautin werden und zum Mond fliegen oder wenigstens Pilotin und ein Flugzeug um die Welt lenken. Aber dann lernte sie den Ingeniör Haberletzer kennen und bald darauf kam die kleine Helene auf die Welt. Da war es aus mit Astronautin oder Pilotin.

Inzwischen sind viele Jahre ins Land gegangen. Aus der kleinen Helene ist Frau Dr.-Ing. Haberletzer geworden, der Ingeniör ist in Rente und kann endlich seinen Traum erfüllen, Erfinder zu sein. Nur Minna, die kann ihren Traum vom Fliegen nicht mehr erfüllen, weil sie einfach zu alt dazu ist.

Es gibt Tage, da ist die Minna völlig ungenießbar und zwar genau deswegen. Da pfeffert sie ihr Strickzeug ins nächste Eck, da kocht sie keinen Kaffee und bäckt auch keinen Apfelkuchen – da sitzt sie auf ihrem Kanapee und brütet vor sich hin. Wenn der Ingeniör vor sich hin pfeifend in die Küche kommt, um seine Kaffeetasse aufzufüllen oder die neueste Erfindung vorzuführen und er sieht Minna dasitzen mit einer steile Falte über der Nasenwurzel, dann macht er ganz schnell kehrt und die Küchentür hinter sich zu, bevor ihm die Minna die Hausschuhe an den Kopf wirft.

Heute war wieder so ein Tag, eigentlich schon der dritte. Der Ingeniör war froh, dass er einen geheimen Vorrat an Müsli und H-Milch in seiner Werkstatt hatte, denn es gab nichts zu essen. Er hatte sich sogar die alte Kaffeemaschine aus dem Keller geholt, um nicht an Koffeinentzug zu sterben.

Es klopfte an der Werkstatttür.

Minna kam ihn besuchen. Sie hatte eine Mütze auf, Handschuhe an und ihre Winterstiefel im Arm.

»Die Zeitmaschine!«, befahl sie mit heiserer Stimme.

»Geht grad nicht«, antwortete der Ingeniör. »Der Akku ist leer.«

»Dann lad ihn auf.«

»Ja, mach ich gleich«, sagte der Ingeniör und steckte ein langes Kabel in die Steckdose.

»Ich hab es dir doch schon gestern gesagt, du sollst sie aufladen.« Minnas Augen funkelten gefährlich.

»Tut mir leid, ich hab es vergessen. Ich steck grad in einer ganz großen Sache mitten drin.«

»Ich weiß schon«, sagte Minna und ballte die Fäuste, »du willst nicht, dass ich hinfliege. Du sabotierst mich.«

»Minna, sieh es doch ein«, sagte der Ingeniör. Mit hängenden Schultern stand er vor seiner Frau, ganz geknickt und schlechtes Gewissen. Aber er tat nur so. Wenn Minna in so einer Stimmung war, spielte er immer den hilfsbereiten und gehorsamen aber vergesslichen Trottel bis ihr Zorn verraucht war. Diese Taktik bewahrte sie vor größeren Zusammenstößen, das hatte er in 34 1/2 Jahren Ehe gelernt. »Du weißt doch, wie stur sie ist. Dreimal hast du es schon versucht und nichts hat es geholfen.«

»Ich probier es auch noch ein viertes Mal«, knurrte Minna.

»Wenn sie dir die Zeitmaschine zertrümmert, dann kannst du dort auf der Almhütte bleiben bis zum Ende deiner Tage. Und ich bin allein. Außerdem geht es nicht, weil der Akku leer ist.«

Minna drehte sich um und verließ die Werkstatt. Die Tür knallte sie zu, dass die Wand wackelte. Der Ingeniör atmete auf.

Minna ging zurück in ihre Küche und ließ sich aufs Kanapee fallen. Dann legte sie die Arme auf den Tisch, den Kopf darauf und weinte. Arme Minna! Das Schlimmste war ja, dass der Ingeniör recht hatte!

Schon dreimal war Minna zurück geflogen zu diesem entscheidenden 28. März 1968 …

Die Zeitmaschine setzte neben der alten Arve auf, genau in den Spuren der letzten beiden Landungen. Ein strahlend schöner Tag. Der Himmel blau wie frisch gewaschen. Rundum die weißbestäubten Gipfel, von denen der Wind Schneefahnen blies. Ein Stück unterhalb duckte sich eine Almhütte an den Berg, eine Schneehaube auf dem Dach. Aus dem Kamin ringelte sich ein dünnes Schnürchen Rauch. Über die Hütte hinweg der Blick ins Tal: das Inntal mit dem grünen Inn und der Autobahn, das Zillertal mit seinen blauen Wäldern, das Alpbachtal. Ein wirklich schöner Platz für Osterferien. An den Stamm der Arve gelehnt saß immer noch die junge Frau. Ihre Augen waren rot vom Weinen. Minna stieg aus der Zeitmaschine und versank gleich bis zu den Knien im Schnee. Dummerweise hatte sie nur Sandalen an. Mühsam stapfte sie zu der jungen Frau und setzte sich neben sie. Minna kratzte den Schnee von den Kniestrümpfen und aus den Sandalen.

»Weißt«, sagte sie zu der jungen Frau, »wein ihm ruhig ein bisserl nach, aber dann lass ihn der anderen, der Evelyn. Soll sie mit ihm glücklich werden. Aber du, du wolltest doch Astronautin werden oder Pilotin ...«

»Schleich di«, sagte die junge Frau, »ich hab dir schon beim letzten und vorletzten Mal gsagt, dass es nix nutzt. I muass den Siegi ham.« Sie holte ein Taschentuch aus dem Pulloverärmel und schnäuzte sich.

»Geh, hör auf zu trenzn«, sagte Minna, »geh in die Hüttn, pack dein Zeugl in den Rucksack und fahr ins Tal ab. In zwei Stunden geht der Zug nach München. Den erwischt du noch. Wenn nicht, geht in drei Stunden noch einer.«

»I bleib da«, beharrte die junge Frau.

»Schau, bei Dir daheim liegt das Schreiben von der Akademie für Luft- und Raumfahrt, dass du aufgenommen wirst. Du machst deinen Pilotenschein. Dann das Astronautentraining. In vier Jahren fliegst du zu einer Raumstation. Du wirst die erste Frau im All. Du kannst aber auch Verkehrspilotin werden. Um die ganze Welt fliegen. Des is doch was!«

»Des kann i imma nu. Erst muass i den Siegi wieda ham. Und die Evelyn umbringa.« Die junge Frau fing heftig zu schluchzen an.

»Ich weiß, dass du ihn wirklich gern hast«, sagte Minna leise, »aber was denkst du, wie der erst hinter dir her ist, der vergisst die Evelyn gleich, wenn du ...«

»I wuinn jetzt. Und du, du oide Hex, schleich di! Mir glangt dei Semperei. Brauchst gar nimma davo aofanga, vo weng, du werst schwanga und dann is's aus mit dem Pilotenschein und der Siegi werd an oida Zausel, der nur noch seine Erfindungen im Kopf hat. Schleich di! Sonst hau i dir dein Glasheisl in tausend Scherben.«

Traurig schlich Minna zu ihrer Zeitmaschine und stieg ein. Eine Weile wartete sie noch. Da kurvte der Siegi auf seinen Schi den Hang herunter. Mit einem eleganten Schwung kam er vor der jungen Frau zum Stehen.

»Minna«, rief er, »da steckst du ja. Warum bist du denn nicht mitgegangen? Ein super super Schnee heute! Warum weinst du denn?« Dann sah er die Glaskugel und die alte Minna darin.

»Was ist denn das?«, fragte er erstaunt.

Die junge Frau stand auf und warf sich an seinen Hals. Die Ski rutschten und der Siegi verlor das Gleichgewicht und fiel mit Minna in den Schnee.

Da startete Minna ihre Zeitmaschine und flog nach Hause ...

Minna holte ein Taschentuch aus dem Ärmel ihrer Strickjacke und wischte sich die Augen trocken. Nein, es hatte wirklich keinen Zweck. Die junge Minna war so dickschädlig, die wollte einfach nicht einsehen, dass sie es später sehr bedauern würde, ihre Karriere als Astronautin der Liebe zu Siegi geopfert zu haben.

Minna kochte Kaffee, holte aus ihrem Vorrat die letzten zwei Lebkuchen und rief: »Kaffee fertig!«

Siegi zog das Kabel vom Lötkolben aus der Steckdose und ging in die Küche, die Hände in den Taschen seines Arbeitsmantels und vor sich hin pfeifend. Er war froh, dass Minna ihre schwarze Stimmung überwunden hatte. Besonders froh aber war er, dass er sie davon abgehalten hatte, die junge Minna davon zu überzeugen, Astronautin zu werden sei besser, als den Siegi Haberletzer zu heiraten. Vor allem, dann gäb es auch keine Helene. Die war nämlich in der Nacht darauf entstanden.

Fotos für das Heimatmuseum

Zwei Wochen war Minna beschäftigt, um für ihren Ingeniör mittelalterliche Kleidung aus Lodenstoff zu nähen. Eine Zeitreise um 500 Jahre zurück kann man schlecht in Jeans und Polohemd antreten. Auch Siegi nähte: einen ärmellosen Lederkittel, einen geräumigen Geldbeutel und eine Messerscheide. Dazu zerschnitt er sogar seine alte Schultasche, weil neues Leder kann man da nicht nehmen. Es muss schon abgewetzt sein. Vor der Abreise gab es noch eine kleine Auseinandersetzung. Der Ingeniör bestand nämlich darauf, eine lange weiße Unterhose anzuziehen, weil es in der Zeitkapsel immer so kalt war. Minna wiederum beharrte darauf, dass es um 1500 nicht üblich war, Unterhosen zu tragen. Sie hätte die Gemälde von Breughel intensiv studiert und wüsste Bescheid. Minna musste nachgeben.

»Aber deine Kamera, das kommt überhaupt nicht in Frage!«

»Minna, ich bitte dich. Ich muss doch Fotos machen! Für das Heimatmuseum.«

»Aber wenn das jemand sieht.«

»Niemand weiß, was das ist.«

»Ich mach mir Sorgen, dass sie dich als Hexer verbrennen oder einfach an den Galgen knüpfen. Die waren nicht zimperlich damals.«

»Keine Sorge, Minna, ich geh den Leuten ja aus dem Weg. Meinst ich lege Wert, auf die Begegnung mit den Rabauken von damals?«

»Ich hab einfach so ein Gefühl, dass sie nicht gut ausgeht, deine Reise.«

»Das hast du jedes Mal. Und immer bin ich zurück gekommen.«

Siegi landete da, wo er auch gestartet war, nämlich am Finsinger Weg. Der war allerdings kaum mehr als ein staubiger Strich in der Landschaft. Ein paar Hühner flatterten auf, als er landete, und eine dicke schwarze Sau rannte grunzend davon. Die ganze Gegend war ziemlich leer, verglichen mit der Neuzeit sogar völlig leer. Der Blick ging durch bis zur Kirche. Ein paar Bauernhäuser duckten sich dort unter große Eschen. Am Finsinger Weg war ein einziges Haus und das war genau da, wo Siegi gelandet war. Was heißt Haus: ein paar aneinander gelehnte schiefe Holzwände waren das. Weit und breit kein Strauch, in dem Siegi seine Zeitmaschine hätte verstecken können. Ein Rinnsal floss über den Weg, anscheinend ein Seitenarm des Hachinger Baches.

Siegi zückte seine Kamera und schoss gleich ein paar Bilder.

Aber wohin mit der Zeitmaschine? Vielleicht in den Winkel zwischen der großen und der kleinen Hütte? Doch dort stank es ziemlich und am Boden – na ja, anscheinend wurde der Winkel als Klo benutzt. Da war der halb verfaulte Strohhaufen schon das kleinere Übel. Siegi schob also die Kapsel hinter den Haufen und zog und zerrte an den Strohbüscheln bis die Kapsel einigermaßen verdeckt war. Aus der Hütte drang Geschrei. Eine Frau kreischte. Heiseres Gelächter folgte. Siegi war es gar nicht wohl dabei, seine Kapsel hier unbeaufsichtigt zu lassen. Aber was sollte er tun? Er musste doch Fotos machen. Beeilen sollte er sich auch, dass er die Fotos noch in den Kasten bekam, bevor es dunkel wurde.

Die Kirche sah aus wie gewohnt, nur war sie nicht gelb, sondern schmutzig grau. Rund herum der Gottesacker: flache Erdhügel mit windschiefen Holzkreuzen. An der Ostseite war eine Art Vordach und darunter stapelten sich Knochen und Schädel. Siegi schaute über die Kirchhofmauer: Da standen drei zottige Kühe. Eine Frau in einem schmutzigen langen Kittel nahm gerade zwei Holzeimer mit Milch auf. Siegi machte ein Foto. Die Frau schaute auf, erblickte Siegi und erschrak. Sie rannte davon, verlor ihre Holzschuhe und rannte weiter, wobei die Milch aus den Eimern schwappte.

Ein Stück weg war ein komisches Gestell, an dem etwas hin und her schwang. Ob das der Galgen war? Siegi stellte den Fokus auf »Landschaft« und fuhr sein Zoom ganz aus, um ein Foto zu machen. Dann ging er zum Tor. Da kam die Frau gerade daher, links und rechts von ihr zwei Männer, der eine mit einer Mistgabel, der andere mit einem Dreschflegel. Siegi versteckte sich schnell in der Kirche. Die Kirche sah im Innern ganz anders aus: Keine Bänke, ein Steingitter trennte die Apsis mit dem Altar ab. Kein Altarbild, keine Heiligenfiguren. Die Wände waren bunt bemalt, aber da der Putz rundum bröckelte, war nicht viel zu erkennen: Hin und wieder eine Lilienblüte oder ein Rosenzweig, einige langhalsige Frauengestalten mit kurzgeschnittenen Haaren, Männer mit langen Bärten, mit Messer und Schwerter in allen Größen, Lanzen und Speeren. Siegi machte ein Foto. Der Blitz flammte auf. Siegi hatte wieder einmal vergessen, den Blitz abzustellen. Ob seine Verfolger das gesehen hatten? Hatten sie. Siegi gelang es gerade noch, das Portal zu schließen und den Riegel vorzulegen.

Super! In der Kirche gefangen. Draußen eine Horde mordlüsterner Bauern mit Sensen und Gabeln bewaffnet. Ihre dumpfen Schreie ließen nichts Gutes erwarten. Das Holztor erzitterte unter heftigen Schlägen, wahrscheinlich von einer Axt. Dann auf einmal Stille. Eine strenge Stimme erkundigte sich, was sie hier vorhatten. Barsche Stimmen, Murren.

»Geht wieder an euer Tagwerk, liebe Gotteskinder«, befahl die Stimme. »Euer guter Hirte wird den Teufel austreiben.« Die Bauern entfernten sich grummelnd.

Jemand pochte an die Tür: »In nomine patri, apre!«

Siegi öffnete. Draußen stand der Pfarrer. »Salve, Siegfriedus Haberletzer«, sang er. »Knie nieder und tue Buße.« Flüsternd setzte er hinzu: »Werds boid, kniagl di scho hi. Sunst ko i da ned hoifa.«

Siegi kniete nieder und beugte das Haupt. Aus den Augenwinkeln sah er, dass die Bauern über die Kirchhofmauer spähten. Der Pfarrer legte ihm die Hände auf den Kopf und drückte ihn nach unten. Dann drehte er sich um und rief: »Geht mit Gott, aber geht.«

Sie warteten bis die Bauern angezogen waren. Dann folgte Siegi dem Pfarrer in den Pfarrhof. Er setzte sich auf die Ofenbank. Der Pfarrer holte eine Flasche Schnaps aus dem Wandschrank, nahm einen Schluck und reichte die irdene Flasche an Siegi weiter. Der trank auch.

»So«, sagte der Pfarrer, »du wieda. I hab dia doch gsagt, wias du s letzte Moi da warst, du soist di besser vorseng, dass du neamand ned untakimmst. Ausgerechnet da Babett! De had gleich alle rebellisch gmacht. Jetzt hamma an Dreck im Schachterl.«

»Wie?«, fragte Siegi. »War ich denn schon einmal da?«

»Na freilich, zu Johanni vor drei Jahr. Woasst as nimma? Hast ma Stucka drei Goldtaler gschenkt, damit i de Kirch nei ausmoin lassn kunnt. Hab bloß no koan Maler gfundn, der des machat. San so was vo abergleibig, dass se se ned traun, die oidn Buidl zu übermoin. Aba i wea ma oan vo Tägansee kemma lassn. Da Bruda Timotheus hat mas scho zuagsagt. Auf Matthäi kimmt da Maler. Des Gold hab i dafüa aufghobn. Hab nix davo ausgebn, blos a kloans bissei fia a neiche Sau. Wei, de oide is ma eiganga. Scheene Farkn hads de neie Sau, ganz scheene! Magst da oas mitnehma? Gfreit se dei Frau gwiss. A guate Rass, setzt vui Fettn o."

Er nahm wieder einen Schluck aus der Flasche. Siegi nahm auch einen.

»Was ist das für ein Schnaps?«, fragte er.

»Mei«, sagte der Pfarrer, »hamma vui Birn ghabt letzts Jahr, san ja harte Boin, kanns ja nimma beißn mit meine schlechten Zähndt, hab i hoid an Schnaps brennt davo. Is ganz guad, gei?«

»Birnen?«, fragte Siegi und kostete im Mund den Geschmack nach.

»Mei, hab hoid no a boa Kräutl dazua do. San ja gsund, de Kräutl, an Beifuß und an Wermut und an Bärwurz und no a boa. Dann is a fast a Medizin, da Schnaps. Hilft gegen de schwarze und de gelbe Gallen.«

»Soso.«

Eine Weile saßen sie beieinander. Die Flasche ging zwischen ihnen hin und her. Siegi wurde redselig und erzählte dem Pfarrer aus der neuen Zeit, von den Autos und den vielen Häusern und vom Fernsehen und Telefonieren.

Als es richtig dunkel war, gingen sie hinaus. Der Pfarrer begleitete ihn, damit er nicht fehl ginge.

»Gang des ned, dass du mi amoi in de Zukunft mitnahmst?« fragte er. »Woasst, tat mi scho recht interessiern.«

»Ist aber alles ganz anders, und ich weiß auch nicht, ob ich dich wieder in die richtige Zeit zurückbringen kann.«

»I daat vielleicht sogar bleibn. Brauchts ihr koan Pfarra? I ko predigen, i sags dir, bei mia schlaaft koana ei. Grad auf de Knia reissts de Bauern, wann i eahna de Sünden aufrechnet.«

»Weißt, in unserer Zeit, da geht ja kaum noch jemand in die Kirche. Da brauchen wir nicht mehr so viele Pfarrer.«

»Aba grad da brauchts ia an gscheidn Pfarra. Der de Leit auf den richtigen Weg zruck führt! Woasst, unta uns gsagt, de oa oda de anda aufm Scheiterhaufn vabrennt und schon kemmans dahea und betn und biassn und san brav wia de Lampal.«

»Das, das geht heute nicht mehr, das mit dem Scheiterhaufen.«

»Wos? Koa Scheiterhaufn mehr? Des glaab i ned. Ja, ma deafs ned übatreibn, a boa Jahr aussetzn is ned schlecht. Aba es geht nix üba an gscheitn Hexnprozess. A wengal zwicka und die Fingernägel ausreissn und auf d Streckbank – langt ja manchmoi scho.«

»Wir haben auch keine Inquisition mehr. Ich sage doch, es wird dir in unserer Zeit nicht gefallen. Ich hab auch nicht genug Energie in der Batterie, dass ich zwei Personen einladen könnte.«

»Ah geh! Hoi i a weng a gweichts Wasser, dann werds scho hihaun.«

Sie waren schon fast angekommen. Aus den Ritzen der Hütte schimmerte Licht. Jemand sang ein Lied, die Zuhörer klatschten und trampelten den Takt. Als eine Strophe zu Ende waren, lachten und grölten sie.

»Na, dees schaug o«, zischte der Pfarrer zwischen den Zähnen. »Des is ma entganga. Treiben de jetzt da heraussn ihr Unwesen. Da werd i glei dazwischen fahrn miassn!« Er raffte seine Kutte und stürzte zur Tür, riss sie auf und rief: »Vade retro, satanas!«

Siegi hielt sich hinter ihm im Schatten und zückte die Kamera. Aber die Autorität des Pfarrers war wohl doch nicht so groß. Siegi sah, wie einer der Männer ausholte und etwas warf. Der Stein traf den Geistlichen am Kopf. Kurz darauf rammte ihm jemand einen Krug in den

Magen und er ging zu Boden. Siegi packte den Pfarrer am Kragen und zog ihn hinter das Haus.

»In der Hölle werdens dafür schmoren«, ächzte der Pfarrer.

»Geh lieber heim und leg dich hin«, empfahl Siegi.

»Ah, ja, diese gottlose Bande. Woasst scho. Koa Respekt ned vorm heiligen Stand. Kannst mi ned doch mitnehma? Wei, mia san ja scho fast da, hast gsagt.«

Siegi versuchte, den Pfarrer wieder zurück ins Dorf zu bugsieren. Dummerweise dachte er nicht mehr an den Seitenarm des Baches – und auf einmal saßen sie beide im stinkenden Wasser.

»Zefixhalleluja«, schimpfte der Pfarrer. »Jetzt is de Kuttn nass. Woasst was, i renn schnell ins Pfarrhaus und hoi mir die andere. Die is eh saubana. Bin glei wieda da.« Und weg war er. Siegi atmete auf. Die Schritte des Pfarrers entfernten sich. Siegi schlich zum Strohhaufen und zog seine Zeitmaschine heraus. Bevor er einstieg, rannte ihn noch ein Schwein um und er fiel noch einmal in den Dreck. Aber dann war er auf dem Rückweg.

»Nie wieder flieg ich in die Vergangenheit«, erklärte er seiner Minna.

»Ah geh«, sagte die, »du musst doch dem Pfarrer noch die drei Goldstücke bringen.«

»Nix da. Des wären ja mindesten 3000 Euro. Von mir kriegt der nichts.«

»Aber Siegi, wenn er sie doch schon hat? Hast denn Fotos machen können?«

»Ja, hab ich. Super Motive! Der Galgen mit einer zerfieselten Leiche, die windschiefen Hütten! Sogar die Bauern mit ihren Sensen und Dreschflegel und Mistgabeln hab ich noch schnell geknipst. Da werden die schauen im Heimatmuseum!«

»Den Pfarrer auch?«

»Den Pfarrer auch in seiner löchrigen Kutte, mit dem Schnapskrug in der Hand. Seine dreckstarrende Kuchl, sein Scheißhaus – alles hab ich fotografiert.«

»Jetzt zeig schon her! Ich möcht das doch auch sehen.«

»Moment, Moment, ich lad die schnell auf den Computer. Wart, wo hab ich das Kabel? Ja, da und … Was soll das heißen? – Gerät kann nicht erkannt werden?«

Nichts war es mit den Fotos: Bei dem Sturz in den Bach war die Kamera nass geworden.

Der Spaziergang

Der Ingeniör will mit Minna spazieren gehen. Minna mag nicht. Sie will zu Hause bleiben und auf dem Kanapee sitzen und stricken. Der Ingeniör sagt, die Sonne scheint und die frische Luft wird ihnen gut tun. Minna mag nicht.

»Dann geh ich allein«, sagt der Ingeniör.

Aber den Ingeniör kann man nicht alleine gehen lassen, weil, der verläuft sich sonst oder er fällt hin, weil er immer in Gedanken ist und nicht auf den Weg schaut. Brummelnd zieht sich Minna ihre Schuhe und den Anorak an. In den Flugplatzpark will der Ingeniör gehen, der so heißt, weil da früher ein Flugplatz war. Der Ingeniör sagt, er müsse doch mal nachschauen, ob die alte Landebahn noch in hinreichend gutem Zustand für seine Experimente ist.

Schon nach einem kurzen Stück stellt Minna fest: »Hmm, die Sonne scheint aber nicht mehr!«

»Grad eben hat sie noch geschient«, sagt der Ingeniör.

»Geschienen.«

»Gescheint.«

»Geschienen oder gescheint. Aber jetzt ist eine Wolke davor.«

»Die ist gleich wieder weg. Außerdem tut dir die frische Luft gut.«

Sie gehen weiter.

Sie haben das Eingangstor zum Park erreicht. Vor ihnen liegt eine große Wiese und dieser graue Streifen dort vorne, das ist die alte Landebahn. Aber Minna erlaubt es dem Ingeniör nicht, mitten durch die Wiese zu laufen. Sie gehen also erst nach rechts zu den alten Bunkern, dann auf einer alten Betonpiste zum Ostende der Landebahn.

Den ganzen Weg über hat keiner ein Wort gesagt. Aber jetzt, beim ersten Schritt auf der Landebahn, sprudelt es aus dem Ingeniör heraus:

»Das mit dem Tachyonen Antrieb wird eine Super Sache. Den montieren wir auf ein Auto und dann sind wir in einer halben Stunde in Venedig.«

»Sind wir nicht«, sagt Minna, »weil du wegen der vielen Lastwagen nicht so schnell fahren kannst.«

»Du sollst einem Ingeniör nicht immer seine Ideen madig machen. Das nimmt ihm seinen Impuls und seinen Drang, Neuland zu erforschen.«

»Also gut. Mit Deinem Ding schafft jeder Smart gleich 800 km in der Stunde.«

»Der Smart weniger, der ist zu leicht dafür. So einen Antrieb kann man nur an schwere Autos montieren.«

»Du meinst an so ein Protzauto, bei dem schon die Räder so hoch sind wie wie wie deine Werkbank. Nein, für die brauchst du nichts erfinden.«

»Aber das sind die, die bereit sind, ordentlich zu zahlen. Und das sind auch die, die sagen, mein Auto schafft es in einer halben Stunde bis Venedig, auch wenn es gar nicht geht, weil sie die ganze Zeit im Stau stehen.«

Der Wind bläst ihnen entgegen, wie sie so auf der Landebahn nach Westen marschieren. Der Ingeniör hat den Kopf eingezogen und den Jackenkragen hochgeschlagen. Der Wind reißt der Minna das Kopftuch vom Kopf und sie springt ihm hinterher. Ihr wird warm. Sie knöpft den Anorak auf. Die Schöße flattern und das Kopftuch – jetzt um den Hals gebunden, flattert auch.

»Warum baust du deinen Superantrieb nicht an ein Fahrrad?«, fragt sie den Ingeniör.

»Minna!«, sagt der Ingeniör. »Minna, was ein großer Ingeniör ist, der baut Autos, große Autos oder Flugzeuge oder gar Raketen. Aber doch kein Fahrrad!«

»Aber das wärs! Ein Fahrrad, mit dem ich mich überhaupt nicht mehr an Straßen halten muss, an rote Ampeln und Kreisverkehre, wo ich einfach über alles drüber fliege. Vor dem Haus steig ich aufs Fahrrad, dann geht es senkrecht nach oben, so etwas über Dachhöhe, und wusch bin ich über dem Haus von der Hanne oder der Heidi oder der Hilde und da geh ich wieder senkrecht runter.«

»Da gibt es ein Verkehrschaos in der Luft, mit den vielen fliegenden Fahrrädern«, brummt der Ingeniör. »Das ist nicht für alle Fahrräder geeignet und schon gar nicht für alle Radfahrerinnen. Da muss man schon ein gewisses Mindestgewicht haben, sonst bläst einen der Wind gleich in den Wald und dann bleibt der Radler an einem der Bäume hängen. Stell dir nur vor, überall im Wald an den Bäumen hängen jammernde Radfahrer, weil sie nicht wissen, wie sie runter kommen. Nein, nein, das kann kein Massenprodukt sein. Ein Ingeniör stellt nur Dinge für einen ausgesuchten Kundenkreis her, der damit auch umgehen kann.«

Der Ingeniör bleibt stehen und schüttelt den Kopf.

»Minna«, sagt er, »du spinnst. Deine Ideen, die sind so was von weit hergeholt. Jeder Ingeniör wird dir sagen, dass das nicht geht.«

Doch Minna ist nicht zu bremsen: »Dann muss die Feuerwehr ausrücken mit der Drehleiter, um sie runter zu pflücken. Wo das endet, weiß man ja.«

»Wo endet das, bitteschön?«

»Die Satelliten stellen größere Bewegungen im Perlacher Forst fest, daraufhin steigen russische Flugzeuge auf. Die Nato schickt ihre Raketen los ...«

»Und schließlich zünden sie die Atombombe. Die Geschichte ist alt, liebe Minna. Und jetzt lass dir noch einmal gesagt sein, deine Ideen entbehren jeglicher Aussicht auf technische Realisierung.«

»Pah! Die Ingeniöre! Raketen können sie bauen, die zum Jupiter fliegen, Satelliten, die jeden Hund aufnehmen, wenn er beim Gassi gehen einen Haufen macht – aber ein gscheites Fahrrad erfinden, das können sie nicht.«

»Was du auch unter einem gscheiten Fahrrad verstehst!« Der Ingeniör ist wütend. Seine Haarspitzen stechen schon durch die Mütze, sein Bart sträubt sich zwischen den Kragenenden heraus.

»Das kann ich dir genau sagen, Herr Ingeniör, was ein gscheites Radl braucht.« Minna stemmt die Hände in die Hüfte. »Reifen, bei denen nicht jedes spitze Sandkörndl durchsticht, ein Licht, bei dem nicht dauernd die Drähte abreißen, und einen Schutz vor dem Dreck von unten und von der Seite her. Das beste für die Radler aber wär, wenn man alle Auto mittels deines Tachyonenantriebs auf den Mond schießen könnte.«

»Ich geh sofort heim«, sagt der Ingeniör.

»Ich geh nicht heim«, sagt Minna, »ich geh noch eine Stunde spazieren.«

Am Westende des Parks biegt der Ingeniör nach links ab. Aber er geht nicht nach Hause, sondern zum Aldi und kauft sich Schokolade. Minna kehrt um und geht die Landebahn zurück, mit Rückenwind. Mit Rückenwind kommt man gleich viel schneller voran. Wenn man dann noch den Anorak öffnet und ausbreitet und das Kopftuch als Segel verwendet, kann man fast fliegen. Minna probiert es aus: nimmt Anlauf, springt und fliegt tatsächlich ein Stück. Noch einmal! Hurra! Minna fliegt, ganz ohne Rotoren und Motoren, einfach nur durch intelligenten Einsatz ihrer Kleidung. Anlauf – Absprung – Fliegen!

Beim siebten Versuch landet Minna etwas ungeschickt. Genauer gesagt, sie landet auf dem Bauch, bremst mit der Nase, verliert die Brille. Die Brille findet sich wieder und hat auch keinen Schaden genommen, aber von der Nase tropft Blut und das linke Handgelenk tut weh. Nach drei Papiertaschentüchern hört das Nasenbluten auf. Um das Handgelenk wickelt Minna ihr Kopftuch. Dann hinkt sie nach Hause, denn den Knöchel hat sie sich auch vertreten.

Minna klingelt an der Haustür. Niemand macht auf. Ist der Ingeniör womöglich noch nicht zu Hause? Das ist aber sehr dumm. Minna hockt sich auf die Stufe vor der Haustür und es geht ihr sehr schlecht. Ab und zu steht sie auf und klingelt. Wie kann es sein, dass er sie nicht hört? Gerade will sie den Ersatz-Reserveschlüssel aus seinem Versteck graben, da biegt er fröhlich pfeifend in die Einfahrt. Das fröhliche Pfeifen vergeht ihm gleich, als er Minna sieht: ihre Schürfwunden an der Stirn und auf der Nase, den provisorischen Verband an der Hand.

»Minna, was ist denn passiert? Du schaust ja furchtbar aus.«

Minna schluchzt und lässt ein paar Tränen über die Wangen laufen.

»Soll ich den Notarzt rufen?«

Siegfried hilft Minna aufstehen.

»Naa, das brauchts nicht. Sind ja nur ein paar Kratzer.«

»Wie ist denn das passiert? Hat dich ein Hund angefallen? Hat dich so ein damischer Rennradler über den Haufen gefahren? Ist dir einer von den Kitern auf den Kopf gefallen?«

Er sperrt die Haustür auf und führt Minna vorsorglich hinein.

»Nix von allem, Siegi. Gar nix. Bin einfach nur so vor mich hingegangen und auf einmal bin ich am Boden gelegen.«

»Und da hast du dich so verletzt? Einfach so, beim Gehen?«

Minna nickt. Sie lässt den Anorak fallen und setzt sich auf das Küchenkanapee.

»Einfach so beim Gehen.« Siegi schüttelt den Kopf. »Man kann dich doch nicht alleine lassen«, stellt er fest.

Wie der Hachinger Bach verschwand

»Siegi«, sagte Minna, »das kannst du nicht machen.«

Der Ingeniör Haberletzer stand in einer langen, weißen Feinripp-Unterhose vor ihr.

»Aber sicher kann ich das machen.«

»Du fährst ins Mittelalter, da haben die Leute keine Unterhosen getragen.«

»Sieht doch niemand. Außerdem, diese Lodenhose, die du mir genäht hast, die kratzt fürchterlich. Das halt ich sonst nicht aus.«

»Du weißt gar nicht, wie schwer es war, so einen Stoff aufzutreiben.« Minna seufzte bei dem Gedanken daran.

Siegi stieg in die Hose und knöpfte sich den Hosenlatz zu.

»Schau, man sieht gar nichts. Außerdem war es vor 500 Jahren kalt, die kleine Eiszeit. Frieren will ich auf keinen Fall.« Er schlüpfte in das Hemd, zog einen ärmellosen Lederkittel drüber und band sich einen Gürtel um den Bauch.

»Halt«, sagte Minna, »Geldbeutel nicht vergessen. Den musst du an den Gürtel binden.«

Während Minna nicht herschaute, steckte er schnell eine Taschenlampe in die Hosentasche. Minna hätte das nie erlaubt. Nur was auf den alten Breughelbildern zu sehen war, durfte er mitnehmen.

Ein Paar alter ausgetretener Stiefel und ein Lodenumhang mit Kapuze – dann war das Kostüm vollständig. Siegi stieg in die Zeitmaschine.

»Ich mach mir solche Sorgen um dich«, sagte Minna. »Bleib nur nicht zu lange.«

Die Zeitkugel landete im seichten Wasser am Hachinger Bach. Siegi bugsierte sie aufs Trockene. Zwei schwarze Schweine kamen an und schnüffelten und grunzten, hielten aber Abstand. Siegi schob die Maschine in eine Hecke.

In der Nähe war eine Hütte. Aus der Hütte drang Kindergeschrei und eine Frau keifte. Schließlich kam ein Mann heraus und schlurfte den Weg entlang. Siegi folgte ihm in einigem Abstand. Sie kamen zu einigen alten schiefen Holzhäusern. Am Bach drehte sich ein Mühlrad, ächzte und quietschte fürchterlich. Aus der Hütte daneben drang Gelächter. Der Mann ging hinein. Als er die Tür aufmachte, sah Siegi den Schein von Licht und roch Bier.

Siegi ging hin und klopfte. Nichts rührte sich. Siegi klopfte noch einmal. Er hörte Stimmen rufen und so machte er die Tür auf. Drinnen saßen eine Reihe Männer vor dem Feuer. Sofort waren sie still.

»Guten Abend«, sagte Siegi.

»Oha«, sagte einer der Männer, »so ein feiner Herr.«

Ein rundlicher Mann mit einer fleckigen Schürze vor dem Bauch kam gleich herbei und verbeugte sich.

»Gehorsamster Diener«, oder so was Ähnliches murmelte er. Mit der Hand wies er auf einen Tisch in der Ecke. Eine Frau kam angestürzt und wischte den Tisch sauber. Siegi quetschte sich auf die Bank hinter dem Tisch.

Schon stand ein Krug Bier vor ihm. Die Kellnerin zupfte an ihrem Mieder, um etwas mehr von ihrem Busen preiszugeben. Mit wiegendem Hinterteil marschierte sie in die Küche. Die Bauern waren immer noch still und gafften Siegi an.

»Wohl bekomm's!«, rief Siegi und hob den Krug. Er nahm einen großen Schluck und hätte das Bier am liebsten gleich wieder ausgespuckt. Es war sauer und zu bitter. Womöglich war es mit Bilsenkraut versetzt. Minna hatte ihn gewarnt, dass es damals üblich war.

Wieder kam der Wirt an den Tisch und buckelte und murmelte etwas. Siegi nickte einfach nur, weil er ihn nicht verstand. Dann kam Leben in die Bude: Der Wirt verteilte Bierkrüge an die Männer, die den Siegi hochleben ließen. Die Kellnerin brachte eine Holzplatte mit fetten Fleisch und einem Stück Brot. Siegi zog sein Messer aus der Scheide – selbst aus einer alten Schultasche genäht, diese Messerscheide – und säbelte sich ein Stück Fleisch ab. Es war zäh und roch nicht mehr ganz frisch. Die Männer hatten ihre Krüge grad so hinunter geschüttet und der Wirt füllte sie aufs Neue.

Zum Glück hatte ihm Minna eine alte Goldmünze besorgt, eine ganz kleine nur. Aber ob sie reichte, um das alles zu bezahlen?

Einer der Männer kam an den Tisch und legte einen Packen Spielkarten hin. Dabei grinste er hinterhältig und legte eine Kupfermünze auf den Tisch. Kupfermünzen hatte Siegi auch, ganz gewöhnliche Pfennige. Die fingerte er aus seinem Beutel und legte ein Häufchen neben sich. Der Mann bekam ganz glänzende Augen. Siegi schob eine Münze als Einsatz zu der anderen hin. Zwei weitere Männer kamen her und dann begann das Spiel. Siegi verlor, natürlich. Verlor wieder. Sein Pfennighäufchen schrumpfte. Bis er merkte, dass ihm das Spiel durchaus bekannt war: Watten. Da wendete sich das Blatt. Fast immer hatte er mindestens den Bellli und den Spitz, meist auch den Max. (Siegi ist was Kartenspielen angeht absolut vom Glück begünstigt, deswegen spielte auch niemand mehr mit ihm, nicht einmal seine Minna. Weil, es ist einfach nicht lustig, wenn der Siegi dauernd gewinnt.)

Siegi gewann, gewann wieder. Er knallte seinen Trumpf auf den Tisch, seine Kritischen. Langsam schmeckte ihm das komische Bier. Schon stand wieder ein frischer Krug vor ihm. Warm war ihm auch, ziemlich warm. Sein Pfennighaufen wuchs und wuchs. Doch die Gesichter der Männer wurden immer düsterer.

Da kam die Kellnerin an den Tisch.

»Aus is s«, sagte sie »und Schluss. Jetzt is Sunndag, da wird ned kartelt.« Sie wölbte ihren Busen unter Siegis Nase.

»Ah, geh!«, reif einer der Männer.

»Da Pfarra dalaubt s ned.«

«Gras ist Trumpf.«

»Was?«, fragte Siegi und schaute auf sein Handgelenk. Aber da war keine Uhr. »Ist schon Mitternacht?«

»Grad hats Zwölfe gschlagn«, verkündete die Kellnerin. »Haben s der edel Herr ned ghört?«

Sie ließ ihren Busen im Mieder wackeln, dass er schon fast heraus sprang.

Siegi stand auf. Er hatte doch der Minna versprochen, bald heimzukommen. Und der säuerliche Geruch der Kellnerin störte ihn. Wie er so schnell aufstand, stieß er sich den Kopf an der niedrigen Decke. Mit einem »Kreizkrutzitürkn« sank er wieder auf die Bank. Die Männer starrten ihn an und bekreuzigten sich. Der Wirt kam wieder angebuckelt und hielt die Hand auf. Siegi leerte kurz entschlossen seinen Geldbeutel in die Hand. Pfennige sprangen auf den Boden. Sofort machten sich die Männer ans Suchen, krochen unter den Tisch und in alle Winkel. Der Wirt hielt das Goldstück triumphierend in der Hand und biss darauf. Siegi stand wieder auf, vorsichtiger diesmal, packte seinen Umhang und verließ die gastliche Hütte.

Draußen war es kalt und stockfinster. Siegi sah nichts, aber auch gar nichts. Bieseln musste er auch. Von dem komischen Bier und von der Begegnung mit der

Holzdecke war ihm ganz schwindlig. Er hörte das Wasser rauschen, aber er wusste nicht mehr, wo die Brücke über den Bach war. Erst einmal das dringendste: Siegi knöpfte seinen Hosenlatz auf und bieselte. Und da passierte es: Ein Stoß von hinten und Siegi fiel in den Bach. Zwei der Männer waren ihm gefolgt und jetzt lachten sie hämisch. Zum Glück war das Wasser nicht tief und Siegi konnte sich abfangen, so dass er nur bis zu den Knien nass war. Schnell tastete er nach der Taschenlampe – sie war trocken.

»Saubande, elendige!«, schimpfte er und richtete den Strahl der Taschenlampe auf sie. Die Männer starrten ihn blinzelnd an, dann drehten sie sich um und liefen davon.

Siegi kletterte ans Ufer. Die Hose war tropfnass und kalt, kalt. Den Umhang fischte er aus dem Wasser und wand ihn aus.

Zurück ins Wirtshaus sich aufwärmen und trocknen? Dort war alles dunkel und still.

Siegi fror. Es reichte ihm. Er schaltete die Taschenlampe an und suchte nach seiner Zeitkapsel.

Die Männer waren wieder hinter ihm. Sie hatten ihren Schreck überwunden. Siegi war sich nicht sicher, dass er ihrer Herr würde. Bestimmt waren sie viel stärker als er. Von der schweren Arbeit kriegt man Muskeln. Siegi ging schneller. Da vorne waren die Stauden, in denen er seine Maschine versteckt hatte. Gleich hatte er es geschafft. Patsch, schon wieder stand er im Wasser. Aber nur knöcheltief. So eine Art Seitenbucht des Baches. Rundherum Kuhfladen und andere Haufen. Die Männer waren schon ganz nah. Bestimmt wollten sie ihn noch mal ins Wasser stoßen. Einer zog an seinem Umhang. Siegi zog dagegen. Minna würde schimpfen, wenn er den teuren Lodenumhang zurückließ. Der Mann zog stärker. Hatten sie es auf den Mantel abgesehen? Siegi drehte sich um, zog sich gleichzeitig den Mantel von der Schulter und warf ihn dem Mann über den Kopf. Der taumelte und fiel um. Das Wasser platschte.

Nur noch ein paar Schritte. Siegi war bei der Kapsel. Da war der zweite Mann bei ihm – Siegi roch ihn mehr als er ihn sah. Er klappte die Kapsel auf und rammte sie dem Verfolger vor die Brust. Die Überraschung gelang, Siegi fand Zeit einzusteigen und die Klappe wieder zuzuziehen. Gerettet! Er schaltete die Armaturenbrettbeleuchtung ein. Der Mann glotzte durchs Glas. Siegi drückte den Rückreiseschalter.

»Also um den Umhang ist es wirklich schad«, sagte Minna, als ihr der Ingeniör sein Abenteuer erzählte.

»Das nächste Mal näht mir lieber alles aus einer alten Rossdecke. Dann fall ich nicht so auf«, brummte er.

»Die kratzt erst!«

Die beiden saßen auf dem Küchenkanapee und tranken Rotwein. Es war schließlich zwei Uhr nachts und für Kaffee viel zu spät. Oder noch zu früh.

»Übrigens«, sagte Minna, »es gibt da eine alte Unterhachinger Sage. Drei Bauernburschen war einmal spät nachts im Wirtshaus und wollten Kartenspielen. Es fehlte ihnen der vierte Mann. Auf einmal ging die Tür auf und ein Fremder kam herein. Er trug einen schwarzen Umhang und glänzende Stiefel. Der setzte sich zu ihnen, legte einen Haufen Geld auf den Tisch und sie begannen zu spielen. Erst verlor der Fremde und die Burschen freuten sich schon. Aber dann wendete sich das Blatt und jetzt gewann der Fremde alles wieder zurück. Er wurde den Burschen immer unheimlicher. Wie er die Karten auf den Tisch drosch, wie er bei jedem Trumpf grölte und gar nicht aufhören wollte. Er freute sich wohl darauf, ihre unsterblichen Seelen einzusackeln. Einer von ihnen hatte einen Rosenkranz in der Tasche und nach dem tastete er verstohlen und bat die Jungfrau um Hilfe. Da kam die Kellnerin und sie hielt dem Teufel das Goldkreuz vor die Nase, das sie an einer Kette um den Hals trug. Sofort fuhr der Fremde auf und entschwand in einer Feuerkugel. Die schlug in den Bach ein und riss ein großes Loch in den Grund, durch das das Wasser nach unten rauschte und gurgelte. Aber dann schloss sich das Loch gleich wieder.«

»Die hast du jetzt erfunden«, sagte Siegi.

»Nein«, sagte Minna, »die ist echt. Hat uns der Pfarrer in der Religionsstunde erzählt..«

»Dass sie mir meinen Mantel gestohlen haben, das hat er verschwiegen.«

»Es gibt eine ältere Fassung der Sage, da lässt der Teufel bei seiner Abfahrt in die Hölle seinen Mantel zurück. Aber der riecht so nach Pech und Schwefel, dass sie ihn zum Pfarrer bringen. Der wäscht ihn dann in Weihwasser und räuchert ihn mit Weihrauch, aber der Geruch geht nicht heraus. So dass sie den Mantel schließlich auf dem Scheiterhaufen verbrennen.«

»Das hast du jetzt aber wirklich erfunden, Minna.«

Hawaii ist wärmer als Island

Ein trüber Winternachmittag. Minna und der Ingeniör saßen auf dem Kanapee und schauten zum Fenster hinaus.

»Ich brauch Urlaub«, sagte Minna und seufzte.

»Wir haben immer Urlaub, wir sind Rentner«, antwortete der Ingeniör. Er kaute an seinem Bleistift.

»Warum fahren wir nicht einfach weg?«

»Weil ich so viel zu tun habe«, erklärte der Ingeniör, »jetzt wo ich es fast erfunden habe, das Tachyonen-Triebwerk. Es fehlt nur noch ganz wenig.«

»Die Renate ist auf Madeira, die Gusti fährt morgen in die dominikanische, die Regine kommt nächste Woche aus Bali zurück. Ich will auch irgendwohin fliegen.«

»Ich muss jetzt dran bleiben. Wenn ich unterbreche, ist es aus. So kurz vor dem Durchbruch. Der Moment kommt nicht wieder.«

»Ja, man hat es schwer als Frau eines Erfinders.«

Minna holte Schnitzel aus dem Kühlschrank und begann, das erste Schnitzel zu klopfen.

»Nicht so fest«, sagte der Ingeniör. »So dünn mag ich sie gar nicht.«

Minna holte mit dem Fleischklopfer aus, aber da war der Ingeniör schon zur Tür hinaus.

Eine Woche später – draußen regnete es, Pfützen überall, weil auf dem gefrorenen Boden das Wasser nicht ablaufen konnte – fing Minna wieder vom Urlaub an.

»Wir könnten nach Sizilien fliegen. Dort blühen die Mandelbäume.«

»Nach Sizilien fahr ich nicht«, sagte der Ingeniör. »Dort ist die Mafia. Womöglich werde ich gekidnappt. Die wollen nur meine Erfindungen haben. Wir könnten nach Malta fliegen.«

»Nach Malta fahr ich nicht«, erklärte Minna, »weil die fressen Singvögel.«

Schweigen. Minna strickte, dass die Nadeln nur so klapperten.

»Fahr doch mit einer Freundin irgendwohin. Mit der Martha zum Beispiel.«

»Die Martha ist auf Canaria.«

»Dann besuch sie dort.«

»Ich kann doch dich nicht allein hier lassen. Dann bist du Tag und Nacht in deiner Werkstatt, wäscht dich nicht, isst nichts, ...«

»Oh doch«, unterbrach sie der Ingeniör, »ich kann mir Kaffee und Müsli machen. Das kann ich ganz ausgezeichnet. Und Butterbrot mit Salz. Das mit dem nicht Waschen stimmt überhaupt nicht.«

»Ich könnt ja mit dem Hermann nach Australien fahren. Der sucht jemanden, der mitfährt.«

»Australien? Hermann? Ach mit dem Hermann – nie machst du das!«

»Und ob ich das mach!«

Ausnahmsweise gab es zum Kaffee Keks, Minnas selbstgemachte Mandelkeks auf italienische Art, aus Dinkelvollkornmehl und Rohrohrzucker mit biologischen Mandeln. Für jeden ein Stück, neben der Tasse auf dem Unterteller.

»Ich denke du fährst nach Australien?«, fragte der Ingeniör.

»Jetzt ist dort Sommer. Da ist es so heiß, dass man es nicht aushalten kann. Wir müssten im Juni oder Juli fahren, wenn dort Winter ist. Aber da kann der Hermann nicht. Da muss er nach Kärnten auf die Alm zur Anja, weil die hat ein Kind und auf das muss er aufpassen.«

»Aha.«

Minna tunkte ihren Mandelkeks in den Kaffee und biss das aufgeweichte Stück ab, tunkte wieder in den Kaffee ... Als das Keks weg war, stand sie auf, kramte im Küchenschrank nach der Keksdose – gut versteckt, um sich nicht selber in Versuchung zu führen – und holte noch zwei Keks heraus, eines für sich und eines für den Ingeniör.

»Ich keins mehr«, sagte der Ingeniör. Da nahm sie alle zwei, tunkte in den Kaffee, biss ab, tunkte ...

»Wir könnten nach Hawaii fahren«, schlug sie vor. Das zweite Keks war auch weg, die Tasse fast leer.

»Warum ausgerechnet Hawaii?«

»Wegen dem Vulkan. Da könnten wir auf den Vulkan steigen.«

»Es gibt auch in Europa Vulkane.«

»Aber in Island ist es kalt. Hawaii ist wärmer, nicht so warm wie Australien, aber wärmer als Island.«

Der Ingeniör stand auf, stellte die Kaffeetasse in die Spüle und ließ Wasser hineinlaufen.

»Auch in Italien gibt es Vulkane. Da brauchen wir gar nicht so weit weg fliegen«, erklärte er, »den Vesuv, den Ätna und den Stromboli.«

»Oh ja«, jubelte Minna, »fahren wir nach Abbano. Da wollte ich schon immer mal hin. Im warmem Wasser pritscheln, Fango.«

An der Küchentür drehte sich der Ingeniör noch einmal um: »Abbano? Also, einen Tag könnte ich mich schon frei machen.«

So fuhren Minna und der Ingeniör am Donnerstag in die Therme, nicht mit dem Flieger, sondern mit der S-Bahn: nach Erding. Minna hat es gefallen.

Kein Kaffee

Minna kommt vom Einkaufen nach Hause und räumt ein: Blauschimmel- und Bergkäse, Schwarzwälder Schinken und Topfen in den Kühlschrank, Nudeln und Tomatensauce in den Vorrat, Orangen und Bananen in den Obstkorb, die zwei Tafeln Schokolade in das Geheimfach. Die Küchentür öffnet sich, der Ingeniör kommt herein.

»Ich muss mit dir reden, Minna, ein ernstes Wort muss ich mit dir reden.« Der Ingeniör macht ein strenges Gesicht, d. h., er legt die Stirn in Falten.

»Ach ja?«

Minna hat nicht vor, sich vor diesem strengen Gschau zu fürchten.

»Du bist beim Radlfahren manchmal recht leichtsinnig.«

»Wie kommst du jetzt da drauf?«

»Der Werner hat gerade angerufen, weil du ...«

Minna räumt das Brot in die Brotdose und sucht in der Einkaufstasche nach dem Hefewürfel. Sie ist sich ziemlich sicher, dass sie einen Hefewürfel auf das Band im Supermarkt gelegt hat. Aber wo ist der Würfel jetzt?

»Ach, der war des!«

»Ja, der war des, der dich beinahe auf die Stoßstange genommen hat. Minna du musst besser schauen!«

»Ich hab gschaut und i hab eahm a gsehen. Warum bremst er denn ned, der alte Depp?«

»Minna!«

»Ja, weils wahr is. Jedes Auto hat a Brems. Und ma koo aa für a Rentnerin bremsen und ned bloß für a jungs Madl.«

Minna rennt in den Flur und schaut in ihrer Handtasche. Da ist er ja, der Hefewürfel! Sie kommt zurück in die Küche. Der Ingeniör ist immer noch da. Schaut immer noch streng.

»Minna, ich mach mir wirklich Sorgen um dich. Du bist nur zu faul zum Absteigen und Stehenbleiben magst gar nicht und pressiern tut es dir ja immer. Aber du musst das Schicksal nicht herausfordern und quer über die Kreuzung fahren.«

»Das war nicht quer, das war diagonal und das mach i bloß, weil i sunst zwoamoi auf d Ampel warten muass. Sollns halt die Ampel so schalten wias es aa für d Autofahrer schalten, dass ma durchfahrn kann.«

»Die Autofahrer gehen halt vor, Minna.«

»Eben, eben! Diese Ungerechtigkeit.«

Das ist eines von Minnas Lieblingsthemen: die Bevorzugung der Autofahrer ist durch nichts zu rechtfertigen. Radfahrer müssen Vorrang haben, weil sie leise sind und nicht stinken und überhaupt. Und weil sie den Ingeniör damit auf die Palme bringen kann, denn für den ist das Auto die wichtigste Errungenschaft der Menschheit.

»Aber Minna, schau, ich hab Angst um dich, hab Angst, dass dich einer überfahrt, weil er grad telefoniert oder sich eine Zigarette anzündet und ich hätte dich gerne noch ein paar Jahre bei mir.«

»Geh weida, du kommst wunderbar ohne mi aus. Jetzt setz di her, i mach uns jetzt an Kaffä, und dann redn mia in aller Ruhe.«

»Nein, keinen Kaffee. Der Schreck hat mir auf den Magen geschlagen.«

Dann geht er wieder in seine Werkstatt, der Ingeniör, und die Minna bleibt in der Küche zurück. Einen Kaffee mag sie jetzt auch nicht, denn sie hat heimlich in der Kaffeerösterei einen Gutschein für einen Capu eingelöst.

Beim Mittagessen fängt der Ingeniör wieder mit dem Thema an. Es lässt ihm keine Ruhe, dass ihn sein alter Spezl angerufen und sich über die Minna beklagt hat.

Doch diesmal schaut er nicht streng sondern leicht verzweifelt, d. h. er hat die Stirn in Falten gelegt.

»Minna, wenn dir was passiert, wie soll ich denn da alleine zurecht kommen?«

»Ja, am besten wärs, du tätst jetzt bei mir eine Lehre machen als Hausmann. Ich zeig dir, wie man kocht, wie man das Klo putzt, wie man Wäsche aufhängt, wie man Hemden bügelt, wie man ...«

»Liebe Minna«, unterbricht sie der Ingeniör, »das haben wir doch schon einmal probiert. Da hast du festgestellt, dass mir jegliche Begabung dafür fehlt. Nein nein, das ist keine Lösung. Du musst einfach vorsichtiger mit dem Fahrrad fahren. Nur noch auf dem Radlweg, an der Ampel bei rot stehen bleiben, im Kreisverkehr alle Autos vorbei rauschen lassen. Punktum.«

Minna schweigt. Isst ihren Kartoffelbrei mit Soß und schweigt. Zerschneidet ihre Roulade und schweigt. Isst ihren Salat und schweigt.

»Weil, mit Essen auf Rädern, da verhungere ich doch. Und werd todkrank. Hab gar keine guten Ideen für Erfindungen mehr.«

Minna stellt die Teller zusammen und schweigt.

»Und das Haus verdreckt völlig, keine frische Wäsche zieh ich nie nicht an.«

Minna stellt die Teller in die Spüle, lässt Wasser drüber laufen und schweigt. Das ist gar nicht gut, wenn die Minna schweigt. Viel besser ist, wenn sie widerspricht, wenn sie sich aufregt, wenn sie Ausreden erfindet, denn das heißt, dass sie sich betroffen fühlt und dass ihr die Vorwürfe nahe gehen. Meist ist das Ganze nur ein theatralisches Rückzugsgefecht und Minna hat eingesehen, dass sie einen Fehler gemacht hat. Aber schweigen? Minna und schweigen? Das kann nichts Gutes bedeuten. Deswegen ist der Ingeniör beunruhigt. Er muss das Thema sicheres Radlfahren noch einmal anschneiden, das ist unvermeidlich.

Kein Kaffee am Nachmittag.

»Ich denk, das ist besser für deinen Magen und dein Herz, wenn wir weniger Kaffee trinken. Nicht dass du mir Magenkrebs kriegst oder Herzinfarkt oder Schlaganfall. Mit dem Rotwein werden wir auch bremsen.«

»Geh, Minna, so viel Kaffee trinken wir auch wieder nicht.«

»Ja, du weißt ja nicht, wie unsere Adern ausschauen. Vielleicht sind sie schon total zugekalkt wie eine alte Wasserleitung. Und überhaupt wirst du auf den Kaffee immer so fahrig. Nicht dass dir der Lötkolben aus der Hand rutscht.«

»Was soll da schon passieren außer ein paar Brandflecken.«

«Weil ich will dich noch länger bei mir haben. Ich brauch dich doch.«

Aha, denkt sich der Ingeniör. Jetzt, jetzt schießt sie dagegen, endlich. Denn diese Manöver von Minna kennt er schon.

»Oder du haust dir den Kopf an der Kante von der Werkbank an, wirst ohnmächtig und niemand ist da, der dich wiederbelebt.«

»Geh, wann kommt das schon vor. Nein, Minna, die Gefahren im Straßenverkehr sind viel viel größer. Vor allem Radlerunfälle gibt es jedes Jahr mehr und mehr.«

Der Ingeniör regt sich allmählich auf, dass die Minna seine Sorgen nicht ernst nimmt. Und die Minna regt sich auf, weil er ihr die Hetz beim Radlfahren verderben will. So stehen sie sich gegenüber und funkeln sich an.

Schließlich lacht die Minna laut, zuckt mit den Achseln und kocht doch einen Kaffee.

Als sie dann friedlich auf dem Kanapee sitzen, fängt der Ingeniör wieder damit an.

»Weißt Minna, wenn du schon so rücksichtslos bist, mich allein zulassen ...«

»Ich will davon nichts mehr hören. Kann dir und deinem Spezl doch wurscht sein, wie ich fahr.«

»Von mir aus kannst mit deinem Radl rasen und rumkurven soviel du willst. Bis dich einer erwischt und in den Hades befördert. Aber das ist mir dann auch wurscht.«

»Und wie willst du dann das mit dem Kochen und dem Haushalt lösen?«

»Kann dir doch wurscht sein. Du bist ja dann nicht mehr da, weil du vom Radl gfallen bist.«

»Aber beruhigen tät es mich doch, wenn ich es wüsste.«

»Wenn du erst im Grab liegst, ist dir das aber wirklich wurscht.«

»Nein, wenn du es nicht sagst, dann komm ich als Gespenst zum Nachschauen.«

»Viel einfacher wär es, du würdest vorsichtiger fahren.«

Minna steht auf, nimmt die Kaffeetassen und kippt den Kaffee in den Ausguss.

»Wenn ich vom Radl gfallen bin, gibt's keinen Kaffee mehr«, sagt sie. Nach ein paar Sekunden fügt sie noch an: »Pah, was wirst du schon vorhaben! Einen Roboter wirst du bauen, der genauso ausschaut wie ich und der den ganzen Tag auf dem Kanapee sitzt und strickt.«

»Ja«, sagt der Ingeniör, »damit er am Abend nicht so müde ist.«

Die Minna kommt vom Einkaufen nach Hause. Sie packt das frische Körndlbrot aus und legt es auf ein Gitter, damit die Kruste noch abdampfen kann. Sie nimmt die Blut- und Leberwürst aus der Tüte und legt sie auf einen Teller. Da sieht sie neben der Kaffeemaschine einen Zettel: »Bin zu einem alten Kollegen gefahren. Bleibe dort zum Essen. Siegi«

Siegi kommt ziemlich spät heim und ist auch ein bisschen angedudelt. Minna auch, denn die Blut- und Leberwürst liegen ihr schwer im Magen und so hat sie schon zwei Obstler hinterher geschickt, zwecks Verdauungsförderung. Auch das erste Glas Rotwein ist schon leer, so lange wartet sie.

»Weißt, Minna«, sagt er und plumpst auf das Kanapee neben Minna, »dem Erwin ist vor kurzem die Frau gestorben. Ich wollt halt wissen, wie es so ist als Witwer. Du, dem geht es gut! Der hat jetzt eine Vietnamesin. Ist sehr zufrieden mit ihr.«

»Aha, und wie ist es mit dem Essen? Kann die denn überhaupt einen gscheiten Schweinsbraten machen?«

»Nein, kann sie nicht. Das wollt ich ja auch wissen und deswegen hab ich mich zum Abendessen eingeladen. Aber sie kann Knusperente. Und Hühnchen süßsauer. Tausendmal besser als beim Chinesen! Brav ist sie auch, sagt er, der Erwin.«

»Aha, und das hast du dann auch so vor, wenn ich mal vom Radl gfallen bin.«

»Ja, aber ob eine Vietnamesin, das weiß ich noch nicht so genau. Weil, weißt, jetzt kriegt die ein Kind und das hat dann ja Schlitzaugen. Ich überleg mir, doch lieber eine Litauerin oder eine Ukrainerin zu nehmen. Damit das Buberl, das ich dann vorhab, damit der kleine Siegi es in der Schule dann leichter hat, wegen dem Aussehen und so.«

Minna steht auf und stemmt die Fäuste in die Hüfte.

»Weißt du, was du grad gesagt hast, Siegi? Das ist in höchstem Grad frauenverachtend, ja, überhaupt menschenverachtend ist das. So redet man nicht daher!«

»Hört uns doch keiner«, antwortet Siegi.

»Entsetzt bin ich, Siegi! Solche Sprüche hab ich doch noch nie von dir gehört! Schama muass i mi ja für dich.«

»Ja, schäm dich nur, denn du bist dran schuld! Weil, wenn du vom Radl fallst, dann steh ich allein da und muss schauen, wie ich weiter komm. So wird das einmal sein, wenn deine feste Hand fehlt. Dann geht mir der Gaul durch. Hast keinen Rotwein für mich?«

»Das muss i mir jetzt aber scharf überlegen. Denn wenn ich einmal vom Radl gfallen bin ...«

»Dann«, fällt ihr der Ingeniör ins Wort, »dann gibt's keinen Kaffee mehr und keinen Rotwein. Drum müssen wir die Zeit noch nutzen.« Er nimmt ihr Glas und trinkt es leer.

»Und jetzt gehen wir üben, Minna, für das Buberl.«

Besuch im Heimatmuseum

Die Minna Haberletzer und ihr Ingeniör saßen auf dem Kanapee in der Küche und tranken Kaffee. Das Strickzeug lag mit halb abgestrickter Nadel auf dem Tisch neben einem Plan für eine neue Erfindung. Der Ingeniör spielte mit seinem Radiergummi.

»Ich tät so gern wissen«, sagte die Minna mit einem tiefen Seufzer, »wie das ist, wenn ich 90 bin.«

»Das kann ich dir schon sagen«, meinte der Ingeniör. »Wenn du 90 bist, steckt dich deine Tochter ins Altersheim, weil du zu viel Blödsinn machst.«

»Was für einen Blödsinn denn?«

»Neue Tupperschüsseln kaufen zum Beispiel, Bücher, die du dann doch nicht liest, Schuhe, die du nie anziehst und Schlafanzüge, obwohl der Schrank voll ist.«

»Mit neunzig mach i des nicht mehr.« Minna nahm einen Schluck Kaffee.

»Weil du mit dem Fahrrad gegen die Einbahnstraße fährst.«

Minna grinste: »Des mach ich doch jetzt auch schon.«

»Außerdem bist du schon dreimal mit der Nase voran ins Gemüsebeet gefallen.«

»Bin i no nia ned«, stellte Minna empört fest. »no nia ned in meinem ganzen Leben bin ich nicht in kein Gemüsebeet gefallen.«

»Aber dann, mit 90, da ist dir das passiert. Deswegen meint die Helene, es muss jemand den ganzen Tag auf dich aufpassen.«

»Ist ja ned zum Aushalten. Da muass ich ja mit dem Radl fortfahren, wenn die dauernd auf mich aufpasst.«

»Eben, deshalb schickt sie dich ins Heim.«

Schweigen. Minna strickte weiter. Der Ingeniör radierte in seinem Plan.

»Woher weißt du das so genau?«, fing sie nach einer Weile an, »bist du, gegen unser Abmachung, heimlich mit da Zeitmaschin?«

»Nein, bin ich nicht«, sagte Siegi.

»Aber wenn du das so genau weißt.«

»Ich kenn dich – da brauch ich keine Zeitmaschine um zu wissen, was los ist, wenn du 90 bist.«

»Weißt du dann auch, was aus unserem Haus wird, aus meiner Kuchl, aus dem Kanapee, wenn ich einmal gestorben bin?«

»Das kann ich dir auch sagen. Das alte Glump schmeißen sie in den Wald, deine ganzen Pullover und die gehortete Bettwäsche kriegt die Caritas, das Haus reißen sie ab und bauen einen Wohnblock hin.«

»Grad aso werds sei«, sagte Minna.

Sie schwiegen wieder. Minna kramte ein Taschentuch aus ihrer Schürzentasche und schnäuzte sich ausgiebig.

Der Ingeniör malte Linien auf seinen Plan.

»Und deine Werkstatt?«, fragte Minna, »deine ganzen Erfindungen? Die verkaufen sie.«

»Nein«, sagte der Ingeniör, »die schmeißen sie auch weg. Weil sie verstehen ja nichts davon.«

»Die Zeitmaschin.«

»Das Tachyonen-Triebwerk – besser niemand merkt, dass ich das erfunden hab.«

»Und die ganzn Maschindaln, die du für mich gebaut hast, den Strudelaufroller, den Eierzerschlager, den Wiener-Schnitzel-Panierer ...«

»Wird alles entsorgt.«

Die beiden griffen nach ihren Kaffeehaferln.

Minna setzte die Tasse zurück auf den Tisch und stieß den Ingeniör mit dem Ellbogen in die Seite. »Siegi«, sagte sie, »ich muss das wissen, i muass des jetzt gleich ganz genau wissn. Mach die Zeitmaschin startklar. Schick mich 45 Jahr voraus.«

Minna landete in einer schlecht beleuchteten Tiefgarage. In einem Eck stand ein rostiges Auto aufgebockt, ohne Räder. Ein paar Abteile waren mit Brettern zu einem Verschlag abgetrennt. Ein Plastiktisch und ein paar Stühle standen vor der Ausfahrt, so dass etwas Licht auf den Tisch fiel. Ein Bierkistl mit leeren Flaschen stand daneben. Minna zog eine Plane über die Zeitmaschine und schob sie tiefer in die dunkle Nische. Mit festen Schritten ging sie die Rampe hinauf.

Wie erwartet, ihr Haus und der Garten waren nicht mehr da. Fünf schmale enge Reihenhäuser standen jetzt auf dem Grundstück, jedes mit drei Quadratmeter Rasen vor der Terrasse. Schnell ging Minna hinaus auf die Straße.

Es regnete. Natürlich. Es regnete und Minna hatte keinen Schirm dabei. Dummerweise hatte sie auch noch ihre schönste Jacke angezogen, man will ja schließlich nicht wie eine Landstreicherin daher kommen.

Minna ging ihre alte Straße entlang. Die Häuser standen ein bisschen grau und alt herum. Die Thujenhecken waren noch höher gewachsen und so breit, dass sie schon den halben Gehsteig einnahmen. Die Straße war von Frostsprüngen kreuz und quer durchzogen.

Es war eigenartig, so ungewohnt still. Kein Auto nirgends. Ein einziger Fahrradfahrer kam daher. Der fuhr mitten auf der Straße und dann noch quer über die Kreuzung. Die Brücke über den Hachinger Bach war zusammengefallen. Die Betonbrocken lagen im Wasser. Ein paar Bretter waren darüber gelegt für die Fußgänger. Minna balancierte vorsichtig auf die andere Seite hinüber.

Der Kammerloher stand noch, aber er war kein Wirtshaus mehr, sondern Heimatmuseum. Zu Minnas Lebzeiten hatte es auch schon ein Heimatmuseum gegeben, aber das war so klein, dass es in einem Kellerraum am Bahnhof Platz hatte und nur einmal im Monat geöffnet war. Auf dem Vorplatz standen alle möglichen Gartengeräte: Rasenmäher, Laubbläser, Dampfdruckreiniger, Heckenschneider, Häcksler, eine Schneefräse, Minitraktoren. Rosteten im Regen vor sich hin. Einige wenige waren mit Planen zugedeckt, so dass man nicht so recht sehen konnte, was darunter steckte. Minna beschloss ins Museum zu gehen, bis es zu regnen aufhörte.

An der Kasse saß eine nicht mehr ganz junge Frau und las. Minna suchte in ihrer Handtasche nach der Börse um den Eintritt zu zahlen.

»Aber, nein, Frau Haberletzer«, sagte die Frau, »sie haben natürlich freien Eintritt.«

Minna war verblüfft. Woher kennt die mich? Sie ging hinein. Allzu oft war sie ja nicht im Museum gewesen, um genau zu sein, nur einmal. Aber es gab da doch ein paar Sachen, an die sich erinnern konnte. Den roten Weltmeister-Bobschlitten zum Beispiel. Aber an diese ganze Reihe von Schaufensterpuppen in Abendkleidern konnte sie sich nicht erinnern, auch nicht an so viele Scherben und Vasen und Knochen. Eine Ausstellung »Historische Tupperschüsseln« ... – Oha, da stand auf dem Schildchen: »Leihgabe von Isolde Haberletzer«. Isolde? Wer war Isolde?

Und da, da war ja ihre Küche: der gute alte Wamsler Herd, auf dem es sich so gut kochen ließ, ihr Küchenkastl, in dem sie das gute Geschirr aufbewahrte. Fast war sie versucht, die Türen aufzumachen um nachzuschauen, ob das blaue Service noch komplett war. Das Kanapee und der Tisch mit einem Stock Alpenveilchen drauf und da, wer saß denn da auf dem Kanapee, ganz zusammengesunken, schief und verhutzelt? Wen hatten sie denn da hingesetzt? Ein altes

Weiblein, 100 Jahre alt bestimmt. Spitze knochige Finger hielten die Stricknadeln. Aber die Wolle war um den rechten Finger gewickelt statt um den linken. Die Bluse kam ihr bekannt vor, auch das Umschlagtuch, das um die mageren Schultern geschlungen war. Es sah fast genau so aus wie das, das sie sich selber gehäkelt hatte, aus handgesponnener Wolle von freilaufenden Kärntner Bergschafen.

Dann ging ihr das Licht auf: »Oh mei, des bin ja i selba! 100 Jahr alt, mindestens oder gar 105. Ausgestopft hams mi und mit meiner Kuchl ausgstellt.«

Ihr wurde ganz schwindlig. Minna musste sich am Küchentisch festhalten.

Die Treppe knarzte und ein kugelförmiger Mann kam herunter. Weiße Haare umrandeten wie ein Stachelkranz seine Glatze. Er rollte auf Minna zu: »Habe die Ehre, Frau Haberletzer«, rief er und strahlte sie an. »Schaungs moi wieda nach da Oma, gell?«

»Ja ja«, sagte Minna, »vielleicht sollt man sie a bissal abstauben?«

»Ja, da hamms recht. Nicole!«, rief er.

»Was ist, Herr Kipflbäck?«, kam die Antwort aus dem Vorraum.

»Bring den Staubhadern. Mia miassn d Frau Haberletzer abstauben.«

»Ich kann hier nicht weg«, rief Nicole, »ich hab doch Kassendienst.«

»Nix wie Ärger mit dera Nicole, rührt koan Finga ned, und des seit dreissg Jahr«, brummte Kipflbäck. Er zog ein Sacktuch aus der Hosentasche und fing an, die Figur auf dem Kanapee abzuwischen.

»Passn S auf«, sagte Minna, »glei lieg i am Bodn.«

Kipflbäck packte sie schnell am Arm. Minna schob den Tisch weg um ihm zu helfen.

Zusammen gelang es den beiden, die Alte wieder richtig hinzusetzen.

»So«, sagte Minna, »außerdem – der Faden ist ganz falsch um de Hand gwickelt, so ko ma ned stricka.«

»Na ja, wer woass denn heit nu, wias Stricka geht. Microfaservliess und so Zeigs ziangs alle o.«

»I mach des scho.« Minna mühte sich ab, der Figur das Strickzeug richtig in die Hand zu drücken. Aber das ging gar nicht. Denn die Finger und die Gelenke waren ganz steif.

»Was ham S denn gmacht, dass man da nix biang ko?«, fragte sie.

»Mia ham nix gmacht, Frau Haberletzer, das war scho oiwei so, seit s angeliefert worden ist. Des miassn Sie doch wissen. Sie ham des doch macha lassn, des Plastifizian.«

»I hab was?«, sagte Minna. Sie schob den Tisch wieder hin.

»Kann i mi a weng dazua sitzn?«, fragte sie.

»Aber sicher, setzen S Eahna nua zuawe zua Oma, da werd sie se gfrein«, sagte der Museumswärter. »Gell«, sagte er und tätschelte der Alten auf dem Kanapee die Schulter, »gell, Sie gfreits, wenn d Isolde kimmt.«

Minna setzte sich aufs Kanapee und musterte sich von der Seite. Eigentlich sah sie ja ganz passabel aus für 105. Faltig halt. Die Haare unter dem Kopftuch ganz weiß. Und dünn geworden. Erstaunlich dünn. Denn Minna war eigentlich sehr gut genährt. Vielleicht hatten sie sie im Altersheim auf Diät gesetzt, damit sie leichter wurde. Aber warum hab ich meine Kuchl dem Heimatmuseum vererbt? Und die Werkstatt vom Ingeniör? War die auch irgendwo? Warum nicht gleich das ganze Häusl als »Siegfried-und-Wilhelmine-Haberletzer-Museum« einrichten?

Auf der Empore rumorte der Kipflbäck. Manchmal hörte sie ihn schwer schnaufen. Sonst war es still im Museum. Minna nahm das Strickzeug und strickte ein paar Runden, dann drückte sie es wieder der ausgestopften Minna in die Hand. Ein komisches Gefühl war das schon, neben der eigenen Leiche zu sitzen. Kann man sich mit sich selbst unterhalten? Ja, man kann. Minna zum Beispiel fragte sich, ob es schöner war im Museum zu sitzen als im Grab zu liegen. Wärmer auf jeden Fall. Auch wenn überhaupt nichts los war im Museum heute, aber das lag nur am Regen. Sonst war hier schon mehr Betrieb. Ganze Schulklassen kamen manchmal, bestimmt. Ganz bestimmt kamen normalerweise viele Besucher.

Minna schaute auf die Uhr. Es war allmählich Zeit, wieder nach Hause zu fliegen. Der Ingeniör hatte ihr nur zwei Stunden zugestanden. Wegen Verletzung der Kausalität. Weil sonst die Gefahr war, dass sie in ein Paralleluniversum abdriftete. Und Hunger hatte sie auch. Also wisperte sie der ausgestopften Minna ein »Pfiatdi« ins Ohr, rief sie dem Museumswärter ein »Auf Wiederschaung« die Treppe hinauf, nickte der lesenden Frau an der Kasse freundlich zu, und machte sie sich auf den Rückweg zur Tiefgarage.

Es regnete immer noch. Minna hätte sich von der anderen Minna das Kopftuch leihen sollen.

Mist! Die Tiefgarage war geschlossen, das große Rolltor herunter gelassen. Minna zog eine Haarnadel aus ihrem Knoten und stocherte im Schloss. Aber das tat sie nur auf gut Glück, sie war keine Expertin für Schlösser. Es ging auch nicht auf. Und es regnete und regnete.

Minna ging zu den neuen Häusern und klingelte. Im ersten Haus – niemand daheim, im zweiten Haus – niemand daheim, im dritten – jemand kam an die Tür, schaute durch den Spion heraus.

»Hören Sie«, rief Minna – zur Sicherheit auf Hochdeutsch –, »könnten Sie so nett sein und mir die Tiefgarage aufmachen, ich hab da meine Zeitmaschine drin stehen und muss dringend zurück.« Niemand öffnete.

Im vierten Haus kam eine alte Frau an die Tür, im Nachthemd und Pantoffeln, mit verstrubbelten Haaren.

»Könnten Sie mir die Tiefgarage aufsperren?«

»Was gibt es heute zu essen?«, fragte die Frau.

»Das weiß ich doch nicht«, sagte Minna. »Ich hab was in der Tiefgarage vergessen. Haben Sie vielleicht einen Schlüssel?«

»Warum bringt heute nicht der junge Mann das Essen?«, fragte die Frau.

»Ach, entschuldigen Sie«, sagte Minna, »legen Sie sich wieder hin. Das Essen kommt gleich.«

Dann klingelte sie beim fünften Haus. Niemand zu Hause. Die alte Frau stand immer noch im Nachthemd in der Haustür und schaute ihr nach.

»Gehen Sie wieder hinein«, sagte Minna, »es ist kalt.«

»Aber es muss doch jeden Moment das Essen gebracht werden«, sagte die alte Frau.

»Das dauert noch eine Stunde.«

»Dann wart ich halt so lang.«

»Ja, aber gehen Sie hinein und machen Sie die Tür zu.«

Minna hörte die Schlüssel im Haus Nummer drei klirren. Die Tür öffnete sich und ein junger Bursch steckte seine Nase heraus.

»Verschwinden Sie! Lassen Sie die alte Tante in Ruhe!« zischte er.

Minna drehte sich zu ihm um und lächelte ihn so freundlich an, wie sie nur konnte: »Äh, könnten Sie mir die Tiefgarage aufsperren, bitte? Ich hab meinen Schlüssel im Auto gelassen.«

»Tiefgarage? Auto? In der Tiefgarage ein Auto stehen lassen? Sie sind wohl nicht ganz dicht. Wer hat denn heute noch ein Auto! Bei 21 Euro der Liter Benzin! Die Tiefgarage ist an eine Rockband als Übungsraum vermietet. Verschwinden Sie, sonst hole ich die Polizei.« Dann schlug er die Tür zu.

Die alte Frau im Nachthemd war ein Stück herausgetreten. »Ja«, sagte sie, »früher einmal, da bin ich auch Auto gefahren, so vor 50 Jahren oder noch mehr. Jeden Tag war ich unterwegs, die Kinder in die Schule fahren, zum Sport, zur Musikstunde.«

»Jetzt gengan S aba eini.« Minna schob die Frau ins Haus und zog die Haustür zu.

Rockmusiker sind Nachteulen, immer schon gewesen, überlegte Minna. Aber wie die Zeit bis zum Abend herum bringen?

Unter den Regen mischten sich Schneeflocken. Ein Fahrrad mit großem Anhänger, graues Plastik mit dem Logo der Caritas hielt an der Einfahrt. Ein junger Mann mit Pferdeschwanz kramte im Anhänger und ging dann mit einer Isolierbox zum Haus der alten Frau. Minna wartete am Fahrradanhänger auf ihn bis er wieder zurück kam.

»Sie da«, sagte sie, »wissen Sie ned zufällig, wia ma in die Tiefgarage eini kimmt? I hab mei Radl drin parkt, damit s ned nass werd und jetzt hat jemand des Tor zuagmacht.«

Der junge Mann schüttelte den Kopf.

»Kennans de Rockband, de dort übt?«

»Rock interessiert mich nicht«, sagte der junge Mann, »ich höre nur Trash.«

»Trash?«

»Und ab und zu Gothic Metall.« Er kratzte sich am Kopf. »Kann man nichts machen.«

Minnas Jacke fühlte sich schon sehr feucht an. Wahrscheinlich ging die Nässe schon durch.

»A Cafe gibt's aa nirgands?«, fragte Minna. Der junge Mann zuckte die Achseln. Dann schwang er sich auf sein Fahrrad und rumpelte mit seinem Anhänger davon.

Wieder vor zur Hauptstraße. Mittlerweile waren die Schneeflocken schon größer und blieben auf Minnas Schulter und der Nasenspitze einen Moment liegen bevor sie herab rannen.

Ob der Museumswärter einen Kaffee hatte? Oder die Nicole an der Kasse? So ging sie wieder zum Museum zurück.

Es war abgeschlossen. Minna klopfte an die Tür, klopfte ans Fenster.

»Hallo?«, rief sie. Keine Antwort.

»Ich bins, die Haberletzerin.« Keine Antwort. Wahrscheinlich saß der dicke alte Museumswärter im Wirtshaus Post und ließ sich einen Schweinsbraten schmecken.

Minna fror. Schon war die Straße und der Vorplatz mit einer dünnen weißen Schneeschicht bedeckt. Die ganzen Maschinen hier – Halt! Da schimmerte etwas im trüben Winterlicht: eine große Glaskugel! Hinter all den Gartengeräten einer vergangen Epoche, im Eck zwischen Hauswand und Gartenzaun, mit einer Plane bedeckt, die durch die Nässe schwer geworden halb herunter gerutscht war, stand die Zeitmaschine. Minna atmete auf. Sie zog die Plane ganz herab. Ja, eindeutig Siegis Zeitmaschine. Da drüben dieses Gerät mit dem Rohr, das war sogar sein Tachyonen-Triebwerk. Minna schob und rückte die ganzen Geräte zur Seite und rollte die Zeitkugel nach vorne, bis sie mitten auf der Einfahrt stand. Sie legte den kleinen Hebel um, die Zeitmaschine klappte auf, Minna stieg ein. Sie kontrollierte die Anzeigen: ihre Rückreise war bereits einprogrammiert.

In dem Moment kam der Museumswärter daher. »Frau Haberletzer, was machens denn da?«, rief er.

Minna öffnete die Zeitkugel eine Spalt: »Schaung S in da Tiefgarage im Finsinger Weg nach! Da findn S no so oane!« Schnell die Kugel wieder geschlossen, Startknopf gedrückt und das Museum verschwand im Nebel. Als letztes sah Minna den weit offenen Mund des Franz Xaver Kipflbäck.

»Gut«, sagte der Ingeniör, »vermachen wir halt unser gesamtes Graffl dem Heimatmuseum. Willst du dich wirklich von Professor Hagen plastifizieren lassen? Man kann die Kuchl doch auch ohne dich ausstellen.«

»Vastehst du des ned, Siegi? Wia i so neba ihr auf dem Kanapee gsessen bin, da hat s mia gsagt, dass es ihr ...«

»Geh, Minna«, unterbrach sie der Ingeniör, »du bist ausgestopft, du bist tot, da kannst du nichts mehr sagen.«

Aber Minna ließ sich nicht beirren: »dass es mir gfoit im Museum. Kemman allawei Leit zu mia, bringan mia Bleamal mit. Sogar unsa Enkelin, die Isolde kimmt alle paar Wochen vorbei. Ich mecht da sitzn 100 Jahre lang oder wenn's sein muass aa 300.«

»Von mir aus. Aber eine Enkelin Isolde haben wir nicht.«

»Vielleicht kriang ma bald oane?«

»Unsere Helene ein Kind? Das wird nichts mehr. Die ist schon 34.«

»Ich könnt ja nachschauen fahren, ob nicht ...«

Doch der Ingeniör fiel ihr ins Wort: »Die nächste Zeit geht nichts mit Zeitreisen. Schau dir doch die Kugel an, wie klapprig die ist! Die hat 60 Jahre auf dem Buckel. Die meiste Zeit im Freien gestanden. Die muss ich erst einmal generalüberholen. Hast wirklich Glück gehabt, dass dir die nicht unterwegs auseinander gebrochen ist.«

»Na guat, inzwischen wer i mal schaung, ob ich a Strickanleitung für Babyjopperl find. Füa de kloane Isolde.«

Das Ding

Minna klopfte an die Werkstatttür, zaghaft, vorsichtig. Zu zaghaft – er reagierte nicht. Sie klopfte etwas fester, ein kleines bisschen fester. Keine Reaktion. Noch fester. Endlich kam eine Antwort: »Was isn?«

»Kann i eini kemma?«

»Naa.«

Ja, der Haussegen hing wieder einmal schief im Hause Haberletzer, hing schon seit Tagen schief. Genauer, seit vorgestern, als das Ding das erste Mal auftauchte. Das Ding, hellbraun und blaugrau pappte am Schrank im Wohnzimmer und Minna bekam einen Anfall, als sie es sah. Sie stürmte in die Werkstatt und packte Siegfried am Schlafittchen, bildlich gesprochen natürlich, genauer gesagt, sie putzte ihn zusammen, was ihm denn einfiele und das könnte man doch selber wegputzen, wenn man schon die Hand beim Husten nicht vor den Mund hielt. Und überhaupt. Siegfried fühlte sich unschuldig, fand den Ton auch ziemlich übertrieben. Folgsam holte er ein Stück Papier, schob es unter das Ding, schlug das Papier zusammen und brachte es hinaus zur Mülltonne. Er warf Minna noch einen finsteren Blick zu, dann verschwand er wieder in der Werkstatt. Als er den Schlüssel im Schloss umdrehte, kam Minna die Erkenntnis, dass sie einen Fehler gemacht hatte.

Am nächsten Tag war das Ding wieder da. Oder ein ähnliches Ding. Pappte auf der Rückseite eines Buches. Als Minna mit Gummihandschuhen und einem Küchenpapier kam, verschwand es. Wurde kleiner, als ob es in das Buch einsickerte. Minna überwand ihren Ekel und zog das Buch heraus, vorsichtig, langsam und hielt es gleich waagrecht, damit das Ding nicht heraustropfte. Sie klappte das Buch auf – da war nichts, blätterte es durch – da war nichts.

Und heute war es wieder da. An der Kühlschranktür. Ließ sich nicht entfernen. Ließ sich nicht abkratzen. Schien sogar aus der Kühlschranktür herauszuwachsen, wurde dicker und klumpiger, wurde länger und dicker.

Minna riss die Kühlschranktür auf – da war nichts. Allerdings, die Sektflasche, die im Kühlschrank stand und aus der sie sich eine kleine Stärkung eingießen wollte, die war leer. Dabei hatte sie die doch erst gestern geöffnet. Hatte nur ein Glas getrunken und der Ingeniör hatte gar nichts davon getrunken, weil er doch noch immer beleidigt war; und jetzt war die Flasche leer. Da schlapfte Minna zur Werkstatttür und klopfte, zaghaft zuerst, dann fester.

»Kannst du bittschön kommen«, sagte sie.

»Naa.«

»Ich brauch dich aber dringend, ganz dringend.«

»Was is denn?«, fragte der Ingeniör.

»Des Ding is wieda da.«

»Was für a Ding denn?«

»Ja woasst scho, der Riesenrotzbolln.«

»Von mia is der ned.«

»Des woass i doch, Siegi, muasst mas nachseng, weil es is hoid gar so grausig. Und jetzt is a wieder da und babbt an da Kühlschranktür.« Minnas Stimme klang so weinerlich, so verzweifelt, dass der Ingeniör vergaß, dass er eigentlich beleidigt war und heraus kam. In der Küche am Kühlschrank war – nichts.

»In Wikipedia hab ich was gefunden, das so ähnlich ausschaut«, sagte der Ingeniör. Er und Minna saßen einträchtig auf dem Küchenkanapee und tranken Kaffee. Zur Versöhnung hatte Minna einen Mohnstrudel aufgetaut und aufgebacken.

»Es ist eine Amöbe.«

»Aha«, sagte Minna. »Aber Amöben sind nicht so groß. Genau genommen, kann man sie nur unterm Mikroskop sehen.«

»Die zweite Möglichkeit, nach Wikipedia, waar Schleimpilz.«

»A schleimiga Schwammerl an meim Kühlschrank? Siegi! Ich hab den erst vor drei Wochen ausgewaschen. In meinem Kühlschrank wachsen keine Schwammerl und kein Schimmel und dergleichen. Du kannst mir viel Schlamperei vorwerfen, aber in der Küch is es sauber.«

»Ist doch bloß, was i in Wikipedia gefunden hab. Dass du alles sauber hast, das weiß ich doch.«

»Außerdem verschwinden Schwammerl nicht, wenn man sie anlangt.«

»Stimmt nicht Minna! Es gibt Schwammerl, die explodieren, wenn man sie anlangt. Pfft! Weg sind sie und schleudern ihre Sporen durch die Gegend.«

Minna schüttelte den Kopf.

»Boviste saufen keinen Sekt aus verschlossenen Flaschen.«

Der Ingeniör blinzelte. Es lag ihm etwas auf der Zunge, so von wegen leer getrunkene Flasche in den Kühlschrank gestellt, aber er sagte nichts. Man musste den Frieden nicht unnötig gefährden. Obwohl, er hatte da schon noch etwas gut …

Minna ging in den Keller, um eine Flasche Sekt zu holen und kalt zu stellen für die Versöhnungsfeier am Abend – doch die Flasche, die sie in die Hand nahm, war leer und original verschlossen. Drei andere auch. Boden und Decke zierten mehrere der Schleimklumpen, nicht beige und hellgrau – nein, in orange und türkisblau, pulsierend und blinkend. Ein Arm ringelte sich schon um die Schachtel mit dem Montepulciano. Minna riss den Schrubber von der Wand und drosch mit aller Kraft auf den Arm ein.

»Schleich di! Was fällt dir denn ein! Aussi mit dir!«

Siegi kam die Stiege herunter, um Minna zu helfen. Gemeinsam hängten sie sich an den herumschlagenden Arm und knoteten ihn um den Stiel des Schrubbers. Der Knoten schrumpfte, der Arm wurde dünner und dünner und dann war er weg samt Schrubber. Minna und Siegi starrten auf die Stelle vor dem Weinkarton.

»Weißt, an was mich des erinnert?«, fragte Minna.

»Ich hab auch grad dran gedacht«, bestätigte Siegi.

»Unsere Zeitreisekapsel! Die wird auch kleiner und kleiner und verschwindet.«

»In der vierten Dimension, oder in der fünften.« Der Ingeniör nickte.

»Oder im zwölfdimensionalen Raumzeitkontinuum«, ergänzte Minna.

»Dann kommt dieser Rotzlöffel aus irgendwelchen höheren Dimensionen, langt einfach in unseren Keller und zutzelt die Weinflaschen leer.«

In dem Moment fiel der Schrubber auf den Boden. Der wenigstens war wieder da.

»Ich versteck die jetzt«, sagte Minna.

»Nutzt nichts. Der sieht alles, sieht nicht nur hinter die Ecken, sondern auch überall hinein, in jeden Schrank, in jede Schachtel und auch unten drunter.«

»Dann trinken wir sie leer. Aber dem Kotzbrocken gönn ich sie nicht. Oder hat der jemals was getan, um sie zu verdienen? Wenn er staubgesaugt hätte oder die Fenster sauber geschleckt, tät ich ihm eine Flasche spendieren. Aber so nicht. So nicht.«

Erbost riss Minna die Schachtel mit den Montepulciano-Flaschen auf. Die waren zum Glück noch nicht leer getrunken.

»Das Schlimme ist, wir sind selber schuld dran, dass der uns gefunden hat«, sagte der Ingeniör. Er und Minna saßen auf dem Küchenkanapee und tranken Rotwein, den guten Montepulciano. Eine Flasche war schon leer und allmählich wurden die beiden schläfrig.

» Soll ich die zweite Flasche überhaupt aufmachen?«

»Natürlich. Warum sind wir selber schuld? Du meinst wegen dem Zeitreisen? Wir mit unserer Zeitkapsel haben ihm den Weg gezeigt, meinst du?«

Der Ingeniör nickte und nahm einen tiefen Schluck.

»Der Kotzbrocken könnte ja auch den Schnaps trinken, den wir nicht mögen, den Bärwurz, den Enzian oder andere solche Gurgelkratzer.«

»Schreib ihm einen Zettel«, schlug der Ingeniör vor.

»Einen Zettel? Was soll ich drauf schreiben? Das Klo muss geputzt werden und der Balkon gewischt. Zur Belohnung gibt es drei Stamperl Bärwurz?«

»Ein Versuch wärs wert. Aber gib ihm ja nicht den Limoncello. Den mag ich selber.«

Minna schrieb keinen Zettel. Aber sie verpackte den Bärwurz in drei Lagen Zeitungspapier, wickelte 5 m Bindschnur darum, versenkte dieses Packerl in einem Karton, den sie mit Klebeband verschloss. Auf den Boden schrieb sie mit Edding »Für Chozzbr O'ken« und versteckte es hinter der Waschmaschine. Sie rechnete mit der Neugier vom Kotzbrocken, der ja sowieso als 4- oder mehr-dimensionales Wesen in jedes Versteck und jedes Behältnis schauen konnte. Siegi brachte noch einen Messfühler an, der in der Küche Alarm auslöste, sobald sich jemand am Paket zu schaffen machte.

Drei Tage dauerte es und Minna schaute immer wieder einmal nach, weil sie dem Messfühler nicht traute. Aber natürlich konnte sie nicht kontrollieren, ob die Flasche noch voll war, ohne sie aus der ganzen Verpackung zu wickeln. Doch dann piepste es und Minna schnappte ihre Rouladenspieße und rannte in den Keller. Auf der

Schachtel lag ein Fladen wie eine vergammelte Pizza in Grün und Lila. In unregelmäßigen Abständen bildeten sich Blasen auf der Oberfläche und fielen wieder zusammen. Minna piekste eine Rouladennadel in eine der Blasen. Das Ding zuckte nicht einmal. Noch eine und noch eine und so tief, bis in den Karton hinein.

»Ich nagel dich fest«, brummte Minna. »Hoffe nur, das tut dir auch weh!«

Das Ding ruckelte hin und her. Zappelte, wölbte sich, fiel zusammen, aber es kam von der Schachtel nicht weg. Blaue Flüssigkeit tropfte auf den Boden.

»Das ist die Strafe!«, rief Minna so laut sie konnte, »erst mit Bärwurz vergiftet und jetzt mit Nadeln in der dritten Dimension festgesteckt.« Da gab es einen Ruck, die Kiste samt Gammelpizza verschwand.

»Von mir aus. Den Bärwurz mag ich eh nicht.«

Aber was war das? Statt der Schachtel war da eine Lücke im Raum, ein Nichts mit gezacktem Rand, wo der Kotzbrocken die Schachtel herausgerissen und in seine Dimension mitgenommen hatte. Minna musterte das Loch stirnrunzelnd. Wie gefährlich war dieses Nichts, diese Luftmasche in die anderen Dimensionen? Konnte man da durchfallen? Blieb es so klein oder wuchs es? Blieb es am Platz oder schwebte es herum? Konnte man es festhängen oder musste sie nun Angst haben, dass sie von ihm verschlungen wurde? Oder konnte sie es doch wagen, einen Blick hinaus zu werfen aus der dritten Dimension?

Minna näherte sich vorsichtig dem Loch. Sie warf ein paar Wäscheklammern durch – die waren verschwunden kaum, dass sie die Grenze passiert hatten. Minna schob den Schrubber ein Stück ins Loch – Er schien an der Grenze abgeschnitten zu sein. Aber sie konnte ihn wieder herausziehen und dann war er ganz. Wenn dem so war, konnte sie ja einen Finger oder sogar die Hand riskieren. Das Nichts fühlte sich nicht, weder kalt noch warm, weder hart noch weich. Minna war als ob sie keine Hand mehr hätte. Finger zusammenballen oder strecken – sie spürte nichts. Doch da, da war ein Schmerz. Minna zog schnell die Hand zurück: Eine Rouladennadel steckte im Handrücken.

»Mistviech!«, schimpfte Minna zum Nichts, zog die Nadel heraus und warf sie wieder ins Loch. Doch da prasselten die restlichen Rouladennadeln schon heraus und hinterher flog die Schachtel und das Zeitungspapier. Das Klebeband war abgerissen und flatterte wild herum und der Bindfaden war voller Knoten. Zu guter Letzt knallte die Flasche auf den Boden und zersprang. Wenigstens war sie leer gewesen. Dann schloss sich das Loch.

»Ich hoffe, das war dir eine Lehre!«, bellte Minna noch hinterher. Ob sie gehört wurde ist fraglich.

Von da ab war jedenfalls Ruhe. Doch so ganz traute Minna dem Frieden nicht.

»Wir sollten wieder einen Bärwurz im Hause haben«, sagte sie zu Siegfried. »Man weiß nie, wann man ihn braucht.«

Unterhaching, Anno 1614

Siegi Haberletzer wachte auf, weil er fror und sein Gedärm rumorte. Er brauchte einige Zeit, um sich zurecht zu finden. Es war so dunkel. Er holte seine Minitaschenlampe heraus und leuchtete seine Umgebung ab: Er lag auf einer harten Bank, neben sich ein lauwarmer Kachelofen. Allmählich erinnerte er sich, wo er war. Unterhaching, anno 1614.

Siegi ging hinaus, um das Haus herum zum Abtritt. Als er so auf dem Donnerbalken hockte, kam die Erinnerung zurück. Er hatte gestern Abend lange mit dem Pfarrer Karten gespielt – und natürlich gewonnen – und dabei einige Becher Wein geleert. Wann er sich zum Schlafen hingelegt hatte, fiel ihm nicht ein.

Klopapier gab es keines, nur ein Häufchen Moos.

Das Gedärm gab nun Ruhe, aber sein Kopf! Oh je – sein Kopf! Er suchte seine kleine Taschenuhr. Verdammt, es war halb 5 Uhr früh! Er sollte schon längst zurück in der Gegenwart sein.

Der Pfarrer schlief bestimmt tief und fest. Was war schlimmer: ihn wecken oder ohne Abschied verschwinden? Siegi entschied sich für das letztere. An der Kirche vorbei, über die Felder zum Finsinger Weg. Dort im Gestrüpp hatte er die Zeitmaschine versteckt.

Also, der Wein gestern Abend war schon ziemlich süß gewesen. Wahrscheinlich gezuckert. Gab es 1614 überhaupt schon Zucker? Das würde aber sein Kopfweh erklären. Vielleicht auch mit Honig gesüßt.

Da war keine Zeitmaschine. Siegi suchte das Gestrüpp ab, ging den Finsinger Weg hinauf und hinunter – nirgends seine Zeitmaschine. Die alte Hütte am Wegrand war anscheinend vor kurzem abgebrannt. Hatte er die Maschine in der Ruine versteckt? Aber da war auch nichts.

Siegi beschloss, zum Pfarrer zurück zu gehen. Vielleicht hatte er es geschafft, die Maschine so zu programmieren, dass sie im Pfarrgarten gelandet war und er hatte es vergessen. Bei diesem Kopfweh war das denkbar. Keine Zeitmaschine im Pfarrgarten. Siegi ging ins Haus den Pfarrer wecken. Das Bett war leer.

Und da dämmerte Siegi sein Verhängnis: der bittere Nachgeschmack im Wein, durch die Süße verdeckt – betäubt hatte ihn der Pfarrer, damit er sich selber mit der Zeitmaschine davon machen konnte. Festgenagelt im Unterhaching anno 1614 war er. Siegi stöhnte. Dann ging er hinaus zum Bach, schöpfte sich Wasser und trank. Schließlich kroch er wieder auf die Ofenbank.

Vier Stunden später wachte Siegi auf. Sein Kopfweh war abgeklungen bis auf ein Stechen hinten im Nacken, wenn er den Kopf heftig bewegte. Aber er konnte wieder klarer denken. Anno 1614, zum Glück noch vor dem Krieg. Minna würde dem Hundling von Pfarrer schon die Hölle heiß machen, bis er Siegi freiwillig zurück holte. Bis dahin hieß es, das Beste daraus machen. Siegi schlüpfte in die stinkende Kutte des Pfarrers und spazierte durchs Dorf. Er führte ein längeres Gespräch mit dem Schmied über die verschiedenen Eisenqualitäten. Am Abend schlenderte er zum Landeplatz. Die Maschine war noch nicht da. Ein Tag sei dem Pfarrer vergönnt. Damit er sah, was er sich eingehandelt hatte.

Am nächsten Tag besuchte er den Müller am unteren Bach, ließ sich die Mühle zeigen. Leider war der Müller für Siegis Verbesserungsvorschläge nicht aufgeschlossen. Die Zeitmaschine war immer noch nicht da. Am Tag darauf besuchte Siegi den anderen Müller am oberen Bach. Die war technisch noch schlechter, aber der Müller war freundlicher. Er lud ihn in sein Badhäusl ein. Da saßen die beiden Männer um den Steinofen und schwitzten und anschließend wurde Siegi von der

Müllerstochter massiert. Auch das Bier der Müllerstochter schmeckte besser als alles, was er bisher getrunken hatte. Siegi war vorsichtig und trank nur wenig. Aber er schmeckte nichts von irgendwelchen betäubenden Kräutern. Am Abend kehrte er in den stinkenden Pfarrhof zurück. Mit einem Abstecher zum Finsinger Weg: Die Zeitmaschine war immer noch nicht da.

Allmählich war Siegi am Verzweifeln. Was, wenn sie kaputt gegangen war? Er ging wieder zum Müller. Die Müllerstochter buk ihm einen Kuchen, um ihn zu trösten. Der Kuchen war gut, aber es gab keinen Kaffee. Siegi wurde nur noch unglücklicher davon. Der Müller goss ihm Schnaps ein, um ihn zu trösten. Der Schnaps tat seine Wirkung, Siegi wurde lustiger. Siegi spielte mit dem Müller Karten – und gewann. Der Müller verspielte sein Geld, verspielte seine Sau, seine Kuh, verspielte seine Mühle und zuletzt noch seine Tochter.

Siegi richtete sich in der Mühle ein. Richtete sich für einen längeren Aufenthalt ein. Tat, was ein Ingeniör halt so tat: er erfand neue Dinge; als erstes eine Kornförderanlage, die mit kleinen Schaufeln das Getreide in den Mahltrichter beförderte, so dass er keine schweren Säcke schleppen musste. Das war eine ziemliche Herausforderung, denn als Werkstoff stand ihm nur Holz zur Verfügung. Für Eisenteile, und wenn es nur Nägel waren, verlangte der Schmied horrende Preise. Siegi hatte bald so viele Maschinen angeschlossen, dass es das Mühlrad nicht mehr schaffte, sie alle zu betreiben, auch wegen der großen Reibungsverluste in den hölzernen Getrieben. Keine Chance auf Elektrizität und Elektromotoren oder gar auf Halbleiter. Bei einem Alchimisten in München erstand er Kupfer und Zinkplatten und eine Flasche Schwefelsäure. Daraus baute er eine Batterie – sie reichte gerade für das kleine

Lämpchen seiner Taschenlampe. Den Winter über tüftelte er an Verbesserungen für das morsche Wasserrad. Schließlich entschloss er sich, ein komplett neues Wasserrad zu bauen. Immerhin hatte der alte Müller einen ordentlichen Vorrat an Eichenholz. Im Frühjahr gebar die Müllerstochter ein kleines Mädchen. Er nannte sie Minna. Die Hoffnung, die richtige Minna jemals wiederzusehen, hatte er aufgegeben.

Im Sommer war das neue Wasserrad fertig und alle Müller der Umgebung kamen, um bei der Radhebe zu helfen und sie gebührend zu feiern. Die Fachkollegen bestaunten seine Neuerungen, prophezeiten ihm aber, dass die Getriebe in der Mühle den Belastungen nicht lange stand halten würden. Immerhin tat es gut, sich mit Leuten zu unterhalten, die wenigsten einen Schimmer von Technik hatten. Also machte er sich daran, die Zähne der Getriebe mit Eisenblech zu verstärken und kaufte Leder für neue Transmissionsriemen.

Man schrieb das Jahr 1617. Drei Jahre war Siegi nun schon in Unterhaching. Wenn er durchs Dorf ging, grüßten die Leute ehrfürchtig. Aber hinter seinem Rücken wurde getuschelt, er wäre mit dem Teufel im Bunde. Was sich in seiner Mühle alles bewegte, das konnte nicht mit rechten Dingen zugehen. Zwar veranstaltete Siegi ab und zu einen »Tag der offenen Mühlentür«, an dem die Bauern durch alle Winkel krochen. Aber danach waren sie mehr denn je davon überzeugt, dass der Müller ein Hexer und Schwarzmagier war. Irgend jemand meldete ihn beim Bischof von Freising und der Großinquisitor mit Helfern traf in Unterhaching ein und nahm im Pfarrhof Wohnung. Der Schmied bekam den Auftrag, einen spanischen Stiefel, gespickt mit Eisennägeln anzufertigen sowie Daumenschrauben und diverse Zangen. Der Seiler produzierte ellenlange dicke Seile, der Steinmetz fertigte Gewichte an und die Frauen sammelten Reisig für einen Scheiterhaufen.

   Siegi hatte sich in seiner Mühle verschanzt und baute diverse Verteidigungsanlagen. Der erste Sturm auf die Mühle endete damit, dass die Bauern, die die Tür einschlagen wollten, Hals über Kopf flohen. Angeblich waren aus allen Löchern Flammen gezüngelt. Aber es war nicht viel mehr als ein paar gezielte Schwarzpulverexplosionen. Siegi war froh, dass seine Batterie es gerade schaffte, die zwanzig Zündungen auszulösen. Bei der zweiten Attacke drei Wochen später versuchten die Bauern vom Bach her einzudringen. Das war für Siegi eine Kleinigkeit: mit griechischem Feuer baute er eine Flammenwand am Bach auf. Die hielt gerade lange genug, bis fast alle weg waren. Fast alle, eben. Siegi war sich bewusst, dass beim nächsten Angriff die Bauern sich nicht mehr so leicht schrecken lassen würden.

In einer dunklen Nacht brachte er Frau und Kind zu einem Müller nach Trudering. Die Mühle war für sie nicht mehr bewohnbar: Tag und Nacht wurde das Holzgebäude mit Wasser besprengt, damit die diversen Versuche, sie in Brand zu setzen, keinen Erfolg hatten. Auf dem Heimweg hielt er mit seinem Karren wieder einmal am Finsinger Weg an, an der Stelle wo 387 Jahre später seine Werkstatt stehen würde. Jemand hatte die alte Hütte, die dort stand, notdürftig geflickt. Das Gestrüpp war eingezäunt und ein Gockel krähte. Und mitten im Gebüsch stand in all ihrer Pracht: Siegis Zeitmaschine. Der Gockel oben drauf begrüßte die Morgendämmerung. So bedeckt mit Hühnerdreck wie die Maschine war, stand sie bestimmt schon Wochen dort. Mit all seinen Maßnahmen zur Verteidigung der Mühle hatte er keine Zeit mehr gehabt, nachzuschauen.

Abgesehen davon, dass er es auch nicht wagen konnte, sich außerhalb der Mühle sehen zu lassen, ohne sofort verhaftet und gefoltert zu werden.

Siegi sprang vom Kutschbock direkt über den Zaun, stapfte durch die Brennnesseln zu der Glaskugel. Innen drin sah es fürchterlich aus: die Hühner hatten auf dem Sitz ihre Nester und auf dem Armaturenbrett hockten sie zum Schlafen. Siegi jagte sie hinaus, warf ihnen die Nester nach. Es war ihm egal, dass die Eier zerbrachen. Dann zog er sein Hemd aus – Leinen aus eigenem Anbau, von der Ehefrau mühsam gesponnen und gewebt und von Hand genäht – und wischte sauber. Er drückte die Kontrollknöpfe: Batterieladung mittelprächtig, könnte reichen, wenn auch knapp. Jemand klopfte ans Glas. Ein bleiches Gesicht unter wirrem Haar schaute herein. Der Mann war hohlwangig und unglaublich dünn. Siegi verstand nicht, was er sagte, er war zu beschäftigt damit, alles einzustellen. Das Aufbruchsdatum war nicht mehr zu erkennen, der Hühnerdreck hatte das Glas der Anzeige zersetzt. Aber Siegi kannte alle Tricks und programmierte einen »halbautomatischem Rückstart«. Der Mann zerrte an der Tür. Schon hatte er sie einen Spalt offen. Siegi zischte: »Lass das. Das ist gefährlich. Die Maschine startet gleich.« Und zog die Tür wieder zu. Oder versuchte es zumindest. Der Mann klammerte sich mit seinen dünnen Fingern an die Angeln und klemmte seine nackten Zehen in den Spalt. Da startete die Maschine. Siegi, der nicht ordentlich angeschnallt war, wurde heftig durchgeschüttelt.

Er atmete auf, als er wieder in seiner Werkstatt war. Der Mann war immer noch da. Bewusstlos hing er an der Tür. Es war nicht möglich, sie aufzumachen. »Minna!«, schrie Siegi. Keine Antwort. Wenn man sie brauchte, war sie nie da, war grad einkaufen oder bei einer Freundin.

Oder schlief tief und fest, denn es war grad erst am hell werden. Minna, schrie Siegi. Der Gestank des Hühnerdrecks war nicht mehr auszuhalten. Seine Augen tränten. Siegi fluchte. Der dünne dreckige Mann, der außen an der Kugel hing, öffnete die Augen, schaute sich um, seufzte und ließ los. Er fiel auf den Boden und war wieder weggetreten. Siegi konnte die Klappe öffnen und aussteigen.

Als Minna gegen acht in die Küche kam, saß Siegi auf dem Kanapee, eine Tasse Kaffee in der Hand.
»Da bist du ja wieder«, sagte sie.
»Ja, da bin ich wieder.«
»Magst noch einen Kaffee?«
Minna leerte den Satz aus der Mokkakanne und füllte frisches Wasser ein.
»Ich hab mir schon zwei gemacht. Der Kaffee ist mir echt abgegangen. Hast nicht irgendwo noch einen Schoklad?«
»Du wirst ja mal ein paar Tage ohne Kaffee auskommen können.«
»Ein paar Tage! Du hast mich ganz schön hängen lassen, das sag ich dir.«
Minna schaltete die Kaffeemühle ein. Schrapp, schrapp, schrapp machte sie.
»Ach, mach mir auch noch einen«, sagte Siegi. »Wer ist denn der Typ, den du mir geschickt hast? Und wo steckt der Pfarrer?«
»Also, der Pfarrer, der ist in mittlerweile in Rom. Neuer Ratgeber des Papstes. Den Typen habe ich übers Internet gefunden. Ich hab nach Mittelalterfreaks gesucht und bin auch ziemlich schnell fündig geworden. Wie geht es ihm denn?«
»Schaut halb verhungert aus. Von wegen schnell fündig!«

»Also, wie er gestern abgeflogen ist, war er noch ganz guter Dinge. Hat sich richtig gefreut auf die Reise ins Mittelalter. Nur ich wusste nicht, in welche Zeit du geflogen bist. Die Anzeige ist irgendwie defekt. Das war schwierig, herauszufinden, aber ich hab's geschafft.«

Die Mokkakanne blubberte. Minna nahm zwei Tassen aus dem Schrank. In eine löffelte sie Zucker. Sie drehte dabei Siegi den Rücken zu. Nur über die Schulter schaute sie zu ihm hin.

»Im erzbischöflichen Archiv, in einem uralten Pfarrbuch bin ich fündig geworden. Siegfried Johannes, Sohn des Siegfriedus Haberletzer, Müller zu Haching – ich muss schon sagen, in den zwei Wochen, die du fort warst, hast du nichts anbrennen lassen. Aber ich hab kurzerhand elf Monate zurückgerechnet.«

»Gleich 11 Monate?« Siegi schlug sich mit der Hand ans Hirn. »Drum ist der Kerl so dürr! Hat zwei Monate nichts zu essen gehabt außer ein paar Eiern.«

»Hast du ihn etwa wieder mitgebracht?«

»Schläft in der Werkstatt auf dem Boden. Weißt was, Minna, geh zum Metzger, kauf zwei Pfund Schweinernes, ach, kauf vier Pfund, und mach einen gscheiten Schweinsbraten und Knödel. Den braucht der jetzt. Und mir gib endlich einen Schoklad.«

Die Brosche

Ein Sirren und Knistern in der Luft, verbunden mit dem Geruch von Ozon kündigte die Rückkehr der Zeitmaschine an. Diesmal mischte sich noch eine andere Duftnote darunter, eine etwas unangenehme. Minna Haberletzer legte das Strickzeug auf den Tisch, wickelte den Wollknäuel auf und steckte ihn auf die Nadeln. Dann ging sie hinaus in die Garage. Eine Woge von Gestank schlug ihr entgegen und sie rümpfte die Nase. Die Zeitmaschine hatte sich schon materialisiert, war aber noch verschlossen. Tatsächlich war sie über und über besudelt. Die Kugel wackelte hin und her – offensichtlich klemmte die Einstiegsluke. Endlich schwang sie auf und der Ingeniör kugelte heraus.

»Dass du nur wieder da bist!«, rief Minna und setzte gleich hinzu: »Wie schaugts ihr denn aus, du und dei Maschin!«

Der Ingeniör sah tatsächlich ziemlich mitgenommen aus: ein halbes Hosenbein fehlte, der Umhang hing in Fetzen, das weiße Hemd war nicht mehr weiß, sondern hatte dunkle braune Flecken. Um den Kopf war ein fleckiges Tuch gewickelt.

Der Ingeniör streckte ihr die Hand entgegen und stand dann mühsam auf.

»Das letzte Mal war das!«, schimpfte er. »Ich bin Ingeniör und kein Historiker.«

»Gut so. Schenken wir die Maschin dem Heimatmuseum.«

»Niemals«, sagte er, »denen nicht!«

»Magst einen Kaffee?«, flötete Minna. Sie wollte nicht gleich einen Streit anfangen, denn sie war wirklich froh, dass er wieder da war. Das Tuch um den Kopf verrutschte und da sah sie die dicke dunkle Linie auf seiner Stirn.

»Bist wieder wo mit dem Kopf dagegen?«, fragte sie sanft und hob die Hand.

»Ja, gegen ein Wagenrad.«

»Mein Gott! Tot könntest du sein!«

»Ja, war eine knappe Sache. Siehst ja, das ganze Blut auf meinem Hemd. Aber die Julia hat das ganz prima genäht.«

»Soso, die Julia! Jetzt gehst aber unter die Brause, dass du wieder sauber wirst. Ich mach dir inzwischen einen Kaffee.«

»Ja, und hoffentlich hast auch einen Schoklad. Den hab ich wirklich vermisst.«

Der Ingeniör verschwand im Badezimmer und gleich darauf hörte Minna das Wasser rauschen. Sie setzte den Kaffee zu, stellte eine Tasse auf den Küchentisch und legte eine Tafel Schokolade, extra bitter, 60% Kakao daneben.

Sie band sich eine Schürze um. Schlüpfte in ihre Gummistiefel und dann zog sie die Zeitmaschine auf die Wiese hinter dem Haus. Mit dem Gartenschlauch spritzte sie erst einmal die ganze Kugel nass. Dann ging sie mit der Wurzelbürste drüber.

Sie merkte gar nicht, dass der Ingeniör zur Mülltonne ging und die Reste seiner Kleidung hineinstopfte. Erst als er ihr die Hand auf die Schulter legte, fuhr sie herum.

Der Ingeniör war wieder sauber. Die Narbe leuchtete auf seinem Kopf. Unter den Augen waren dunkle Ringe.

»Lass die Maschin ein bisschen weichen«, sagte er, »trink inzwischen mit mir Kaffee. Ich hab dir viel zu erzählen.«

»Von der Julia.«

»Und von der Flavia und von der Claudia.« Der Ingeniör grinste.

»Ich muss das jetzt sauber machen, das stinkt ja so bestialisch. Hast gar im Saustall geparkt? Übrigens hab ich schon meinen Kaffee getrunken.«

»Macht nichts. Setz dich trotzdem zu mir. Außerdem brauch ich dringend einen Schoklad.«

»Hab dir schon eine Tafel hingelegt.«

»Die ist weg. Ich brauch noch zwei. Und noch einen Kaffee. Minna, du ahnst ja nicht, was ich mitgemacht hab!«

»So«, sagte der Ingeniör, »diesmal ist alles schief gegangen. Das erste war, dass sich die Zeitmaschine vertan hat. Ich wollte doch ins Jahr 800, in die Zeit von Kaiser Karl dem Großen. Nix wars. Sie hat noch ein paar hundert Jahre dran gehängt. Zeit des Kaisers Theodebertus Victor. Muss ich dann bei Wikipedia nachschauen, wann das war. Hab schon Angst gehabt, dass ich den Rücksprung nicht schaffe. Bin wirklich froh, dass ich da bin.«

»Ich auch«, piepste Minna.

»Gelandet bin ich«, fuhr der Ingeniör fort, »gelandet bin ich mitten im Hof einer römischen Villa. War schon ein bisschen heruntergewirtschaftet die Villa, muss aber früher schön gewesen sein. Aber wenn man halt nichts reinrichtet, kommt das beste Haus herunter. Gewohnt haben dort ...«

»Flavia, Claudia und Julia«, unterbrach ihn Minna. Der Ingeniör nahm einen Schluck Kaffee.

»Die Flavia war so wie du. Die hat mir gleich gefallen. Ihre Tochter war wie unsere Helene und die Enkelin, die Julia, die war siebzehn. Die war vielleicht ein Früchtchen! Der Seitenschlitz von ihrem Kleid immer offen bis zum Hintern. Oder fast. Die Claudia hat das gar nicht mögen. Aber die Oma hat dann immer gesagt, so war sie auch, damals als junges Mädchen in Rom, bevor sie den Gaius geheiratet hat. Der ihre Erbschaft durchgebracht und sie dann in dieses abgelegene Kaff geschleppt hat.

Also, die drei haben dem Hermes eine Geiß zu opfern versprochen, wenn er ihnen einen Handwerker vorbeischickt. Weil, die Heizung vom Badehaus war nämlich defekt. Und du findest in ganz Gallien, Noricum und Raethien keinen Menschen mehr, der eine Hypocaust-Heizung reparieren kann, hat die Flavia gesagt.«

»Dann bist du für die Flavia in die Heißluftgänge gekraxelt und hast dir dabei den Kopf angehaut«, meinte Minna.

»Ich bin doch nicht blöd! Zwei Kinder aus dem Dorf sind hinein. Die Flavia hat sie sogar bezahlt mit einem Sackerl getrockneter Weinbeerl und Feigen. Die sind gehupft, die Kinder. Überhaupt hatte sie etliche Säcke mit Weinbeerl und Feigen herumstehen. Zu jedem Essen hat es Weinbeerl und Feigen gegeben. Das isst man in Rom, hat Flavia gesagt, aber ich glaub, sie hat das Zeug irgendwo günstig gekriegt und so kam es halt jeden Tag auf den Tisch. Die Kinder haben den Dreck herausgeräumt, ich hab noch ein paar Rohre erneuert und dann hat die Heizerei wieder funktioniert. In dem ganzen Dreck hab ich was gefunden. Das hab ich dir mitgebracht.«

Er langte in seine Hosentasche und holte ein Packerl Stoff heraus. Das legte er vor Minna.

»Auswickeln«, sagte er.

Minna wickelte und wickelte.

»Wahnsinn«, sagte sie, »was das für ein dünner Stoff ist! Feinste Seide. Das sind ja bestimmt schon drei Meter.«

»Wickel nur weiter.«

Minna hatte schon gespürt, dass da noch etwas hartes im Innern war. Endlich die letzte Lage Stoff.

»Oh!«, machte Minna nur. Und schaute auf das Schmuckstück. Es war kaum handtellergroß mit goldenem Rand und einem Muster aus roten und grünen Steinen, das vier im Kreis angeordnete Eidechsen zeigte.
»Ist das echt?«
»Ich denke schon. Der rote Stein ist wohl Granat.«
»Aber, aber ... das gehört doch bestimmt Flavia!«
»Nein, der Julia. Sie hat die Brosche verloren.«
»Hättest sie ihr halt zurückgegeben.«
»Pah! Das ist die Bezahlung für meine Arbeit! Mit Weinbeerl und getrockneten Feigen lasse ich mich nicht abspeisen. Außerdem hat die Prinzessin noch so ein Paar, mit Adlern statt Eidechsen.«
»Schön ist sie schon. Danke!«, hauchte Minna und fiel ihrem Siegi um den Hals und gab ihm einen Kuss. Und noch einen. Und dann haben sie eine Weile gar nichts geredet, sondern sich anders beschäftigt. Als sie dann wieder auf dem Kanapee saßen, mit einer weiteren Tasse Kaffee, sagte die Minna:
»Jetzt musst du mir aber erst noch erzählen, wo du dir das Hirn so schlimm angehaut hast.«

»Also, die Flavia hat gesagt, sie braucht jemanden, der ihrer Mannschaft ein bisschen auf die Sprünge hilft, weil in letzter Zeit läuft das Geschäft so schlecht. Jemanden mit Autorität. Jemanden der reden kann, so wie ich, denn ich hab Latein geredet, das glaubst du nicht, wie der Cicero, hat die Flavia immer gesagt. Latein wie der Cicero! Ich! Mit meinem Vierer in Latein. Jedenfalls eines Morgens sagt sie, heute schaust du dir den Laden an, schaust, was meine Mannschaft so treibt. Dann sind wir, die Claudia, die Julia und ich losgeritten. Also, mit dem Reiten hab ich es nicht so. Aber sie haben gesagt, das Ross läuft von selber hinterher. Wir sind also ein Stück geritten, bis wir auf ihre Leute gestoßen sind. Das waren vielleicht Typen! Denen wäre ich nicht gern im Finstern begegnet. Unrasiert und dreckig, verlaust und abgerissen. Die sind da im Gebüsch gehockt und haben gewartet. Nach einer Weile haben wir Stimmen gehört. Da ist ein ganzer Treck herangezogen, Ochsenkarren, Treiber und ein paar Soldaten mit rostigen Helmen und Spießen. Die ersten Karren haben wir vorbei gelassen, nur die drei letzten haben wir uns geschnappt. Die Soldaten vorne haben sich nicht gekümmert, haben geschaut, dass sie weg kommen.

Aber einer der Ochsentreiber hat mir den Ochsenzwengzweng über den Kopf gezogen und vom Rest weiß ich nichts mehr. Wie ich dann wieder zu mir gekommen bin, hat mich grad die Prinzessin Julia verarztet. Mir sind fast die Augen übergegangen, weil vor meinen Augen ihr Dekolletee war. Bis zum Nabel hab ich gesehen. War aber gut, weil ich hab überhaupt keinen Schmerz gespürt, wie sie meine Kopfwunde zugenäht hat.

Jedenfalls wir haben zwei Karren erbeutet. Inhalt: Weinbeerl, getrocknete Feigen, drei Amphoren mit ranzigem Olivenöl und zwei Fässer Rotwein. Der war nicht schlecht, haben wir nämlich gleich probiert. Die Karren haben wir heimgezogen. Das heißt gezogen haben natürlich die Ochsen. Einen der Ochsen haben sie gleich am Abend geschlachtet, für den Hermes, und dann gefeiert. Aber ich hab genug gehabt. Hab meine Zeitmaschine gesucht. Wollte heim. Nur, ich hab sie nicht gefunden. Haben die Banditen nämlich das abgezogenen Ochsenfell drüber gehängt gehabt. Drum schaut sie auch so aus.

Inzwischen waren die schon alle ganz schön bedudelt. Die Julia hat getanzt. Die Claudia hat getanzt. Das hätte ich schon gerne gesehen, dass die Flavia auch tanzt, aber die hat nicht. Die hat sich an mich gehängt und mir vorgejammert. Was ich für einen guten Straßenräuber abgeben tät. Oder andersherum, ich könnt den Leuten meinen Schutz anbieten vor ihren Straßenräubern und weil ich doch so ein gutes Latein – weißt schon, ich wäre doch absolut vertrauenswürdig und das Geschäft würde sicher noch besser laufen als damals als der Gaius noch lebte. Außerdem bräuchte die Räuberprinzessin eine feste Hand. Ich hab Kopfweh gekriegt und hab gesagt, ich geh schlafen. Und dann hab ich meine Zeitmaschine endlich gefunden und hab mich verdrückt.«

»Ach du liebe Zeit«, sagte Minna. »Ich mag gar nicht dran denken, wo die Brosche her ist. Wem sie die wohl abgeknöpft haben? Aber schön ist sie schon.«

»Ja, sehr schön. Viel schöner als die von der Julia. Wirklich.«

»Die kleinen Eidechsen scheinen fast herumzukrabbeln. Was hast du gesagt, ist auf der Brosche der Räuberprinzessin?«

»Vögel. Einfach vier Vögel.«

»Und der Stoff! So eine feine Seide hab ich noch nie nicht gesehen.«

»Da machst dir ein Kleidl draus. Eins, das du nur für mich anziehst.«

»Aber erst wird die Maschin sauber geputzt. Und dann gehen wir ins Heimatmuseum.«

»Was willst du denn dort?«

»Die haben da beim Glonner hinten gegraben, die Archäologen, und haben zwei Broschen gefunden. Schaust sie dir an, ob es die von der Julia sind.«

Verschollen in der Zukunft

Manchmal hat es der Ingeniör Haberletzer nicht einfach mit seiner Minna. Dann hat sie sich etwas in den Kopf gesetzt und fängt immer wieder damit an. Vor allem seit der Ingeniör eine Zeitmaschine erfunden hat, gibt es immer wieder Auseinandersetzungen um die Reiseziele. So auch heute.

»Ich will jetzt endlich einmal in die Zukunft reisen,« maulte Minna Haberletzer beim Abendessen.

Der Ingenieur Siegi Haberletzer stocherte in seinem Kürbiseintopf. Das war nicht seine Leibspeise und jetzt gab es schon den dritten Tag in Folge Kürbiseintopf und keine Nachspeise.

Er versuchte es mit Ablenkung.

»Du könntest in die Zeit des 30jährigen Krieges reisen und einen Kessel voll Kürbiseintopf mitnehmen, um Kinder vor dem Verhungern zu retten.«

»Pff«, machte Minna.

»Oder in die Zeit vor den Hexenprozessen reisen und die alte Weise von Unterhaching nach Kürbisrezepten fragen.«

Minna schaufelte sich Eintopf in den Mund. Ihr schmeckte er auch nicht. Sie hätte lieber ein Schnitzel gehabt. Aber bevor sie den Ingeniör nicht überzeugt hatte, kam kein Fleisch mehr auf den Tisch. Immerhin konnte sie sich nachher in der Küche heimlich ein paar Scheiben Salami abschneiden.

Siegi legte den Löffel weg und wischte sich mit dem Ärmel über den Mund.

»Ich hab dir doch erklärt, warum es so riskant ist, in die Zukunft zu reisen. Kapierst du das nicht?«

»Nein, das kapier ich nicht. Und ich muss es einfach wissen, ob die Menschheit vernünftig wird oder ob alles den Bach hinunter geht.«

»Das kann ich dir auch so sagen. Das römische Reich ist versunken, davor das ägyptische, das mesopotamische ...«

»Ach hör auf. Deine Vorlesungen verderben mir den Appetit.«

Sie stand auf, nahm ihren Teller und leerte ihn in den Mistkübel. Der Ingeniör schob ihr seinen hinüber. Er hatte in seiner Werkstatt einen Vorrat an Müsli und Milch und würde schon nicht verhungern.

Ein paar Tage redete Minna nicht mehr darüber und es kam auch wieder relativ normales Essen auf den Tisch: Nudeln mit grüner Sauce, Kartoffeln und Bratwürstl. Siegi dachte schon, Minna wäre zur Vernunft gekommen. Doch dann kam er eines Morgens in die Werkstatt, da war die Zeitmaschine verschwunden und auf der Werkbank lag ein Zettel: Bin in das Jahr 2111 gereist. Da konnte er nur hoffen, dass alles gut ging.

Minnas Zeitmaschine landete dort, wo sie gestartet war, nur im Jahre 2111. Der Qualm hatte sich kaum verzogen, da kamen drei Kinder angelaufen: rotznasert, die Haare zottert und gwapft, löchrige Hosen und dreckstarrende Jacken.

»Hey«, sagten sie, »Alde, was n das?«

»Schleichts enk«, sagte Minna, »davon versteht ihr nichts.«

»Cool!«, sagte der eine. »Ganz durchsichtig.«

»Das ist Glas«, erklärte Minna, »und lasst bitte die Steine liegen. Glas zerbricht ganz leicht.«

»Glas gibt's hier in Mengen, da draußen auf der Wiese, wo der große Turm liegt.«

Sie pufften sich gegenseitig an und kicherten. Dann rannten sie weg. Rannten die Straße entlang. Minna schaute ihnen nach. Schaute ihnen lange nach und wunderte sich, wie weit sie nachschauen konnte: Kein

Haus mehr weit und breit. Nur stachliges Gestrüpp, überragt von ein paar Herkulesstauden. Und die Straße halt, zwar mit Frostsprüngen und Schlaglöchern, aber an sich noch ganz in Ordnung. Wenn kein Auto fährt, hält so eine Straße ewig.

Minna zog ihre Glaskugel ein wenig zur Seite und bog ein paar Brombeerranken darüber. Besser, sie versteckte ihre Zeitmaschine. Autsch, das waren vielleicht stachlige Brombeeren. Das also war die Zukunft: hundertjährige Zypressen, wo einst Thujenhecken waren. Mauerreste von Efeu und Brennnesseln überwuchert. Der Kirchturm ein schwarzer Stumpf. Und Brombeerhecken. Überall stachelige meterlange Ranken.

Ein Glitzern und Spiegeln lockte sie hinaus Richtung Ottobrunn. Sollte jetzt hier ein See sein? Nein: Das war ein Feld von Solarpaneelen: aber alle zerschlagen in tausend Scherben. Und dazwischen die Reste eines Windturmes, streck der längs umgefallen und in drei Teile zerbrochen. Minna spazierte zwischen den Trümmern hin und her. Ein Rotorblatt steckte fast aufrecht im Boden.

Der Ingeniör war gerade mit einer sehr tüfteligen Lötarbeit beschäftigt, als die Zeitmaschine wieder landete.

»Na, die ist ja schnell wieder da«, wunderte er sich. Die Klappe ging auf und heraus purzelten drei Kinder, rotznasig, barfuß, in verdreckten Jacken und löchrigen Jeans.

»Hey, Alda«, sagte der größte von ihnen, »ist das cool hier.«

»Nichts anrühren!«, rief der Ingeniör. Aber es war zu spät. Die drei drückten auf jeden Knopf in der Werkstatt, nahmen jedes der kostbaren Präzisionswerkzeuge in die Hand. Die Bohrmaschine heulte auf, die Stichsäge jaulte, der Oszillograph leuchtete auf, ein roter Laserpunkt kreiste unter der Decke. Einer klopfte mit dem Fäustel auf die Werkbank, dass alle Lötstellen wieder aufsprangen.

»Ruhe«, schrie der Ingeniör. Aber niemand hörte ihn. Eines der Kinder heulte auf, weil es sich an etwas geschnitten hatte und Blut auf den Schaltplan tropfte. Der Ingeniör stürzte zum Sicherungskasten und legte alle Schalter um. Das Gekreische der Maschinen erstarb. Aber es war so laut wie vorher, weil die Kinder schrien.

Der Ingeniör holte den Verbandskasten – zum Glück hatte er ihn erst vor kurzem wieder aufgefüllt. Ein paar große Pflaster und dann waren auch die Kinder still.

»Da hätte leicht der Finger ab sein können«, sagte er vorwurfsvoll.

»Wenn du auch lauter so elektristische Maschinen hast«, konterte ein Kind. Anscheinend ein Mädchen.

Dann standen sie da, schauten den Ingeniör an, schauten sich an und kicherten.

»Wollt ihr was essen?«, fragte der Ingeniör. »Ich hab da Äpfel.«

»Nein, keine Äpfel. Bäh, Äpfel, das harte saure Zeugs.«

»Oder Brot?«

»Brot? Was ist Brot?«

Er führte sie in die Küche, setzte sie aufs Kanapee und dann schnitt er ihnen Brot ab. Bestrich es mit Butter und Marmelade. Schenkte den Kindern Milch ein. Im Kühlschrank fand er eine halbe Salami. Die schnitt er in Scheiben. Die Kinder hielten sich mehr an die Marmelade, so aß er selber die Wurst auf. Die Kinder aßen. Besser sollte man sage, sie fraßen: schoben sich das Brot in den Mund und kauten mit vollen Backen. Als sie auch noch das Marmeladenglas ausgeschleckt hatten, fragte der Ingeniör: »Und wo ist Minna?«

»Du meinst die Frau? Die ist zum umgefallenen Turm gegangen.«

»Ok«, sagte er, »Dann gehen wir jetzt da auch hin.«

»Wir wollen aber hier bleiben. Bei dir gefällt es uns besser.«

»Ihr müsst doch nach Hause zu Euren Eltern.«

»Müssen wir nicht. Die kommen auch ohne uns zurecht. Wir bleiben bei dir. Du hast Elekität. Die haben wir nicht.«

»Elektrizität heißt das. Und warum habt ihr die nicht?«

»Weil alles kaputt ist.«

»Wer hat sie kaputt gemacht?«

»Wissen wir nicht.« Sie schauten ihn mit unschuldiger Miene an.

»Wart ihr das selber?«

»Hat Spaß gemacht. Bumm! Dann ist der Turm umgefallen.« Sie lachten.

»Trotzdem, ihr fahrt mit mir mit und dann zeigt ihr mir alles. Zu viert quetschten sie sich in die Zeitmaschine und starteten. Der Zeiger auf dem Display zählte 2033, 2034, 2025 ... Bei 2111 blieb er stehen. Allmählich nahm ihre Umgebung Gestalt an.

Sie waren auf einem Balkon gelandet. Überall standen Blumenkübel, aus denen Pflanzen rankten. Orangen funkelten im Laub, stachlige Rambutan. Die Kinder waren im Nu zwischen den Pflanzen verschwunden. Der Ingeniör beugte sich über die Brüstung. Sie befanden sich schätzungsweise im 17. Stock einer gewaltigen Wohnpyramide. Ganz unten am Fuß entdeckte er die kleine gelbe Kirche. Die gab es also noch. Aber ansonsten war die ganze Grünau ein einziges Bauwerk. Die Kinder quetschten ihre Nasen an die Glastür zum Wohnraum.

»Einsteigen!« rief der Ingeniör, »falsche Koordinaten.«

»Och, aber hier ist es auch schön.« Sie bissen in die Orangen und der Saft lief ihnen übers Kinn. Einer hielt ein Kaninchen in der Hand. »Das braten wir uns heute Abend«, verkündete er stolz.

»Bring es sofort zurück!«, befahl der Ingeniör. Aber der Kerl steckte es sich nur unter seine Jacke und der Ingeniör war zu sehr beschäftigt, seine Zeitmaschine umzuprogrammieren.

Diesmal landeten sie auf einer verbrannten und verkohlten Fläche. Der Ingeniör spähte nur kurz aus der einen Spalt geöffneten Klappe. Die Kinder ließ er lieber nicht hinaus.

»Wahnsinn!«, stellte er fest. »Weltraumbahnhof Ottobrunn. Sie haben tatsächlich ein Kabel gespannt zur Raumstation und fahren mit Kabinen auf und ab. Schade, dass wir keine Zeit haben. Das hätte ich mir gerne angeschaut.«

Nächster Versuch: Sie landeten auf einer großen Rasenfläche. Er wollte gerade die Klappe aufmachen, da rasten vier Hunde heran und fletschten die Zähne. Die Kinder drückten sich aneinander.

»Gibt es bei Euch scharfe Hunde?«

»Nnnein! Oder nur ganz selten.«

»Jetzt hat mich das Karnickel nass gebieselt«, flüsterte einer.

Sie starteten von Neuem.

»Der Eli ist schlecht«, sagte der größte von den Dreien. »Die muss gleich kotzen.«

»Wir landen gleich wieder. Halt ihr so lange den Mund zu.«

»Es ist ja nur, weil es so schaukelt.«

»Wir müssen zurück. Die Batterie ist gleich leer.«

So landeten sie wieder in der Werkstatt. Und Eli erbrach sich auf den Fußboden: braune Brotbröckerl und gestöckelte Milch und dazwischen rote Marmeladetupfer.

Der Ingeniör steckte die Zeitmaschine ans Ladegerät. Die Kinder gingen in den Garten, häuteten das Kaninchen und nahmen es aus. Dann zündeten sie ein Feuer an, um es zu braten. Der Ingeniör blieb in der Werkstatt und raufte sich die Haare.

»Warum musst du nur so halsstarrig sein, Minna. Es gibt doch so viele mögliche Zukünfte. Wie soll ich dich nur finden?«

Eli brachte ihm ein Stück Fleisch. Aber er wollte es nicht.

Minna begutachtete den zerbrochenen Windkraft-Turm. Krähen segelten über sie hinweg und krächzten. Das war das einzige Zeichen von Leben weit und breit. Ein ziemlich kalter Wind blies und sie fror in ihrer dünnen Strickjacke. Wahrscheinlich würde der Ingeniör sie auslachen, wenn sie gleich wieder heimkam. Also spazierte sie noch ein Stück weiter. Die Autobahnbrücke war eingestürzt. Aber zwischen den Betontrümmern lief ein kleiner Pfad, der häufiger begangen schien. Sie kam zu einer Art Höhle zwischen zwei schief stehenden Platten. In der Höhle lagen ein paar alte Decken. Vielleicht war das ein Versteck der Kinder? Überhaupt, diese Kinder. Auf einmal hatte sie ein ganz ungutes Gefühl. Sie rannte zurück zur Zeitmaschine. Ja, sie rannte. Völlig außer Atem kam sie zu der Stelle, wo die Zeitmaschine versteckt war. Versteckt hätte sein müssen. Denn sie war nicht mehr da. Verdammte Bagage!

»He!« schrie Minna, »gebt mir sofort meine Glaskugel wieder!« Nichts. Nur Krahkrah über ihr. Und das Rascheln der Blätter im Wind.

Eli musterte die Pfütze mit Erbrochenem.

»Das sollte ich wohl weg machen«, stellte sie fest.

»Im Bad im Schrank sind Eimer und Lumpen«, sagte der Ingeniör.

»Wo?«

Der Ingeniör führte sie ins Bad.

»Oh! Was ist denn das?«

»Toilette und Badewanne. Aber ich dusche nur.«

Eli klappte den Toilettendeckel auf. »Da hinein bieseln?« Schon schob sie sich die Hose herunter. Blieb aber dann stehen. »Badewanne?« Der Ingeniör füllte den Putzkübel am Wasserhahn mit heißem Wasser. »Hast du warmes Wasser?«

Sie setzte sich aufs Klo und redete weiter.

»Darf ich? Ich meine, wenn ich ganz schön sauber wische, darf ich dann baden? In der Wanne? Mit heißem Wasser? Hast du auch Schaum?« Sie sprang vom Klo, zog ihre Hose wieder in die Höhe und rannte in die Werkstatt sauber putzen.

Minna hatte sich in der Höhle unter der Autobahn eingerichtet, so gut es ging. Die Decken ausgeschüttelt, das Laub zusammen geschoben und da lag sie nun. Ihr Magen knurrte. Die Brombeeren waren zwar ganz gut gewesen, aber sie zu pflücken hatte ihr einige blutige Kratzer eingebracht. Mittendrin, gut versteckt hatte sie einen Kürbis entdeckt. Was gäbe sie jetzt für einen Teller Kürbiseintopf! Aber wie Feuer machen? Und wie kochen ohne Topf, ganz davon abgesehen, dass sie ihre Gewürzgläser nicht zur Hand hatte. Schlafen konnte sie hier bestimmt nicht. Sie war schon mit dem Hinterteil durch die Laubschicht durchgesackt bis auf den harten Boden.Und dann diese unheimlichen Geräusche! Den ganzen Tag hatte sie keine Menschenseele gesehen, obwohl sie den ihr gut vertrauten Ort durchstreift hatte.

Alles still und tot. Aber jetzt in der Nacht! Dieses Rascheln und Kratzen und Schaben und Knarzen und Piepsen und ... Wer das wohl war? Doch bestimmt nicht nur Ratten und Mäuse und Marder.

Gegen 2 Uhr gab der Ingeniör die Nachdenkerei auf. Er hatte keine Idee, wie er genau die mögliche Zukunft finden könnte, in die Minna geraten war, es sei denn er würde zu genau derselben Stunde wie Minna starten. Vielleicht klappte es. Es war jedenfalls das einzige, was ihm einfiel. Er stellte sich vor, wie die Hunderttausend verschiedenen Möglichkeiten der Zukunft durch die höheren Dimensionen rotierten und da hieß es halt im richtigen Moment aufspringen. Er ging ins Wohnzimmer um sich mit einem Grappa zu stärken. Die Kinder lagen auf dem Sofa und schliefen. Eli hatte sich in Badetücher gewickelt. Nur ihr Haarschopf schaute heraus. Ihre Kleidung hatte sie anscheinend gewaschen, denn die hing nass über den Stühlen. Er hob Eli auf und trug sie ins Schlafzimmer. Legte sie in Minnas Bett. Damit er in der Nacht nicht so alleine war.

Minna erwachte vom Geschrei der Krähen. Sie wickelte sich aus den stinkenden Decken und kroch aus der Höhle. Die Krähen schienen etwas zu verfolgen, denn sie kreisten immer über derselben Stelle. Sie packte eine der Scherben und stapfte näher hin. Aber da war nichts. Die Krähen kreisten und schrien einfach so. Minna rieb sich die Augen. Sie war noch so müde. Die Sonne war gerade aufgegangen. So früh stand sie gewöhnlich nicht auf und wenn sie aufstand, brauchte sie als erstes einen Kaffee. War hier auch nicht zu haben. Sie lehnte sich gegen den Turmstumpf.

 Tja, was tun? Die Kinder suchen und hoffen, dass sie die Zeitmaschine nicht zerschlagen hatten?

Losmarschieren in Richtung München und Menschen suchen? Wo Kinder waren, konnten Erwachsene nicht weit sein. Oder doch? Oder einfach warten und hoffen, dass der Ingeniör eine neue Zeitmaschine baute und sie holte? Dann allerdings durfte sie nicht zu weit von hier weg. Ohne Kaffee konnte sie zu keiner Entscheidung finden. Und ein klitzekleines Croissant wäre auch nicht schlecht.

Der Ingeniör hatte sich extra einen Wecker gestellt. Eli drehte sich nur um und schlief weiter. Aus dem Garten klang lustiges Gekreische.
  Die Sonne kroch gerade über die Dächer der Nachbarhäuser. Zwei nackte Buben hüpften durch den Garten. Der eine hatte den Gartenschlauch voll aufgedreht und spritzte den anderen nass. Na, wenigstens wurden sie etwas sauberer. Also, die konnte er nicht hier lassen. Wer weiß, was die anstellten. Bis er sich angezogen hatte, waren die Buben schwarz: sie hatten sich mit den Resten des Feuers eingeschmiert. So standen sie an der Terrassentür und grinsten. Und rieben mit ihren fettigen Pfoten Schmiere über das Glas. Das Wasser hatten sie natürlich nicht abgestellt. Siegi kommandierte sie in den Rasen, um sie wieder abzuspritzen. Aber sie rannten hierhin und dorthin und kreischten. Im Nachbarhaus wurde ein Fenster aufgerissen. »Spinnen Sie jetzt komplett?«, schrie die Nachbarin. »Wissen Sie, wie spät es ist?«
  Noch eine Stimme, aus einer anderen Richtung und einem anderen Fenster: »Das hab ich ja schon immer gewusst, dass bei Ihnen eine Schraube locker ist. Ich hol jetzt die Polizei, damit Sie's wissen. Die bringt Sie direkt nach Haar.«

»Schnell«, sagte der Ingeniör, »schnell!« Sie rannten ins Haus, zogen sich an und dann nichts wie in die Zeitmaschine und weg.

Sie waren schon im Jahr 2078, da sagte der eine: »Wir haben Eli vergessen.«

Und dann war es 2111 und sie landeten. Mitten im Brombeergestrüpp.

War ein bisschen mühsam auszusteigen und sich zur Straße durchzukämpfen. Denn eine Straße war da, eindeutig, schnurgerade.

»Sind wir richtig?« fragte der Ingeniör. Die Kinder schauten sich um.

»Heh,« sagte der eine, »Schau, Alda, der Turm steht wieder!«

Ein großes Windrad drehte sich über dem Gestrüpp. Und Photozellen glänzten im Sonnenlicht.

»Sind wir nun richtig oder nicht?«

»Ja, schon, aber der Turm da, der ist neulich umgefallen und hat alle Spiegel zerschlagen.«

»Das heißt, es stimmt nicht.«

»Doch, doch! Es stimmt alles. Komm, wir schauen ob unsere Höhle noch da ist« In diesem Moment tauchten drei Kinder auf: rotznasig, die Haare zottig und gwapft, löchrige Hosen, dreckige Jacken.

»Was macht ihr denn hier?«

»Da ist ja Eli.«

»Ich bin nicht Eli, ich bin Tessa.«

»Daneben«, sagte der Ingeniör, »nicht viel, aber daneben. Zu früh abgeflogen.«

Die vier Buben schauten sich an und ballten die Fäuste.

»Wehe, ihr seid in unserer Höhle.«

»In unsere Höhle kommt ihr nicht!«

Schon fielen sie übereinander her. Eli, oder vielmehr Tessa stand grinsend mit verschränkten Armen daneben.

Der Ingeniör warf sich ins Getümmel. Er schrie »Aufhören, Aufhören!« und zerrte mal an der Jacke, mal an jenem Ärmel, bekam ein paar Fußtritte ab. Irgendwie gelang es ihm, sie auseinander zu bringen, vielleicht hörten sie aber auch von selber auf. Schließlich standen sie sich wieder zwei und zwei gegenüber. Der Ingeniör legte zweien die Hände auf die Schulter und sagte: »wir fliegen ab.«

»Da flieg aber ich mit und nicht du!« schrie einer von der anderen Gruppe und ging auf sein Gegenüber los.

»Das ist unser Alder!« schrie ein anderer. Leider konnte der Ingeniör »seine Buben« nicht von den fremden unterscheiden, nicht einmal am Grad der Verschmutzung. Aber alle vier – oder vielmehr fünf, denn auch Tessa meldete Ansprüche an – konnte er aber nicht mitnehmen.

»Wozu ist denn dieses Windrad gut?«, fragte er, um sie abzulenken.

»Das macht Elexität!« jubelten zwei von ihnen.

»Aha. Und wozu braucht ihr die Elektrizität?«

»Hmm. Weiß nicht.«

»Ich weiß, um Maschinen anzutreiben, solche wie du zu Hause hast.«

»Nichts kann man damit machen, gar nichts.«

Die Buben drängelten sich so um den Ingeniör, schubsten sich hin und her, dass er sie immer noch nicht auseinander sortieren konnte.

»Dann gehen wir mal hin und schauen uns an, was man machen kann«, schlug er vor.

»Da darf man nicht hin. ... Wir sind die ganze Zeit hingegangen. ... Das ist verboten! ... Nix is verboten«, riefen sie durcheinander.

Sicherheitshalber schraubte der Ingeniör schnell die Rückwand seiner Kapsel auf und nahm das Verbindungsstück zur Batterie heraus. Die Vorliebe für Knöpfchen drücken kannte er ja schon und er wollte nicht hier zurückbleiben müssen, weil sich ein paar mit der Zeitkapsel davon stahlen.

Unterwegs klaubten die Buben Steine auf. Kaum waren sie auf dem Feld angekommen, begannen sie, diese auf die Photozellen zu werfen.

»Heh, ihr macht die ja kaputt!«

»Das kracht so schön.«

»Aufhören!«

Splitter flogen.

»Verdammte Bande! Da habt ihr bald keine Elektrizität mehr.«

»Brauchen wir auch nicht.«

Zack, ein weiteres Paneel zersplitterte.

Der Ingeniör packte einen von ihnen und schüttelte ihn.

»Wollte ihr wohl vernünftig sein!«

Aber der Kerl riss sich los und rannte davon. Der Ingeniör erwischte einen anderen am Arm und versuchte ihm den Stein zu entwinden. Der duckte sich unter ihm hinweg und lief in die andere Richtung. Irgendwo mussten noch zwei sein, aber die waren auch verschwunden. Vielleicht hatten sie sich unter den Paneelen versteckt. Der Ingenör ging in die Hocke. Tatsächlich da kauerten zwei.

»Euch erwisch ich schon noch!«, schrie er und rannte los. Aber die zwei waren schon davon. Da traf ihn ein Stein an der Schulter. Er drehte sich um. Eli oder vielmehr Tessa stand da und grinste.

»Hast du den Stein auf mich geworfen?« Er machte einen Schritt auf sie zu. Doch da war sie schon zwei Reihen weiter und warf einen weiteren Stein auf ihn. Der traf zum Glück nicht. Blitzschnell tauchte sie unter den Paneelen durch und war schon auf der anderen Seite. Wieder ein schlecht gezielter Stein.

»Habt mich doch gern«, knurrte der Ingeniör und trat den Rückzug an. Tessa kletterte auf eines der Paneele und riss die Arme in Siegerpose in die Höhe.

»Brüder, wo seid ihr?«, gellte ihr Schrei. »Der Feind ergreift die Flucht. Ihm nach!«

Der Ingeniör rannte so schnell er konnte. Ab und zu schaute er sich um. Tessa verfolgte ihn, aber in sicherem Abstand. Endlich, da stand die Zeitmaschine. Verdammt, er musste noch den Unterbrecher hineinstopseln. Sie kamen schon näher. Ein erster Stein flog. Aber er fiel noch vor der Kapsel auf den Boden. Der Ingeniör war nervös und brachte den Unterbrecher nicht richtig an seine Position. Ein weiterer Stein prallte von der Kapsel ab. Nun packte ihn aber richtig die Wut. Er hob auch einen Stein auf und schleuderte ihn in Richtung der Kinder. Die standen in einer Front – gerade in Steinwurfreichweite. Als sie aber sahen, dass er zum Gegenangriff überging, wichen sie ein paar Schritte zurück. Johlten, als der Stein vor ihnen zu Boden fiel. Endlich saß der Unterbrecher wieder. Siegi prüfte seinen Sitz. Nicht dass er unterwegs in seine Zeit noch irgendwo strandete ...

Wieder ein paar Steine, direkt auf die Glaskuppel.

»Jetzt aber pack ich euch«, schrie er und rannte in Richtung der Kinder. Ein paar schlecht gezielte Steine fielen links und rechts und die Kinder rannten nach allen Seiten weg.

Aber jetzt. Er öffnete die Klappe und stieg ein. Da waren sie schon wieder. Er drückte den Knopf nichts.

Verdammt, dieser Unterbrecher!

Siegi sprang wieder aus der Kapsel. Die Kinder näherten sich jetzt von zwei Seiten. Doch der Unterbrecher, er saß richtig. Wieder in die Kapsel. Die Klappe schließen. Ah, die klemmte, aufmachen, nochmal kräftig zuschlagen. Zwei Steine prasselten auf die Kapsel. Siegi drückte den Rückreise-Knopf. Das Display leuchtete auf.

Ein weiterer Stein, direkt in die Kapsel, traf ihn an der Stirn. Aber das war nur, weil die Kapsel sich schon auflöste um in der Vergangenheit zu verschwinden.

Eli hatte sich aus Minnas Kleiderschrank neu eingekleidet: Minnas schönste Bluse, die grüne mit den Biesen, trug sie als Kleid. Mit Hilfe von Tüchern um Brust und Taille regulierte sie die Weite. Aus einem bunt gestreiften Tuch hatte sie sich eine Art Turban geformt. Was Minna wohl dazu sagen würde? Und rote Stöckelschuhe. Hatte der Ingeniör gar nicht gewusst, dass Minna so etwas besaß. Dem Ingeniör füllten sich die Augen mit Wasser. Ach, Minna, wie soll ich dich je wiederfinden!

»Ich hab uns was gekocht«, sagte Eli. Sie führte ihn in den Garten. Dort brodelte ein Topf über einem offenen Feuer mitten im Rasen.

»Warum kochst du denn nicht in der Küche?«

»Da kann ich doch kein Feuer machen!«

»Ach so. Ich zeig dir, wie man mit Elektrizität kocht.«

»Mit Elekität kann man kochen? Ohne Feuer?« Siegi nickte nur.

Sie stellte den rußgeschwärzten Topf auf den Gartentisch und drückte Siegi einen Löffel in die Hand.

»Keine Teller?«

»Teller?«

»Zeig ich dir nachher.«

Sie hob den Deckel. Ein vertrauter Geruch: Kürbiseintopf.

»Ich hab so viel gekocht, damit deine Minna auch was zu essen hat, wenn sie wieder kommt.«

Jetzt ließen sich die Tränen nicht zurückhalten. Der Ingeniör rotzte und löffelte den Kürbiseintopf und putzte sich die Nase und trocknete sich die Augen und löffelte aus dem Topf und dabei rannen ihm die Tränen über die Wangen.

Eli tätschelte seine Hand.

»Morgen findest du sie bestimmt.«

Siegi nickte.

Minna strich durch den Rest des Ortes, der ihr einst so vertraut gewesen war. Es gab nur noch Ruinen, Berge von Trümmern und tiefe Löcher, wo einst Tiefgaragen gewesen waren. Warum hauste hier niemand außer den Kindern, die mit ihrer Zeitmaschine verschwunden waren? War hier etwas faul? Gift? Eine Seuche? Strahlung und so? Radioaktivität? No-go-aerea? Langsam ahnte sie, dass diese Kinder die Zeitmaschine nicht irgendwo versteckt hatten, sondern mit ihr auf die Rückreise gegangen waren. Damit schöpfte sie auch wieder etwas Hoffnung. Wie programmiert, würde die Zeitmaschine in Siegis Werkstatt landen und dann müsste sie Siegi sie nur aufladen und konnte postwendend wieder kommen und sie abholen. Nur, warum war er noch nicht da? Immer wieder kehrte sie deswegen von ihren Ausflügen nach spätestens einer Stunde zur Landestelle zurück. Doch der Tag verging ...

Siegi war froh, dass Eli neben ihm im Bett schlief. Zwar atmete sie nur ganz leise und er musste die Ohren spitzen, um sie atmen zu hören – was bei Minnas lautem Atmen nie nötig war –, aber es war sehr beruhigend, sie neben sich zu wissen. So schlief er schließlich ein. Mitten in der Nacht wachte er auf, weil Eli fürchterlich schluchzte. Er nahm sie in die Arme und schüttelte sie ein bisschen, aber sie wachte nicht auf. Stattdessen schlang sie die Arme um seinen Hals und die Beine um seine Brust und jammerte: »Beib bei mir! Bleib bei mir.«

Armes Hascherl, dachte Siegi, ich kann dich doch nicht wegbringen. So schlich er sich am Morgen ganz leise in die Werkstatt, um die Zeitmaschine wieder zu starten.

Minna hörte die Kaffeemaschine glucksen und spürte den Duft von frisch gekochtem Kaffee in der Nase. Der Ingeniör kocht mir heute einen Kaffee, dachte sie und streckte sich noch einmal wohlig. Die Maschine gluckerte und gluckerte weiter. Minna öffnete die Augen – und war zurück in ihrer Höhle. Das Gluckern kam vom Wasser, das draußen von den Betonbrocken lief. Es regnete. Das war der Moment, wo Minna ihre ganze Zuversicht verlor. Dass sie sich hauptsächlich von Brombeeren und unreifen Äpfeln ernähren musste, das war nicht weiter schlimm, hatte sie sich immer vorgesagt. Aber kein Kaffee – das war ..., das war die Hölle. Minna wurde von der finstersten Verzweiflung gepackt und kroch wieder unter die Decken.

Gestern Abend hatte sie noch Pläne gemacht, wie sie Wintervorräte anlegen könnte. Sie hatte auch eine weitere Höhle gefunden, in der stand ein Kochtopf auf einem rußigen Dreibein und verkohltes Holz. Nur, dass Minna nicht wusste, wie sie Feuer machen könnte, um sich wenigstens Kürbisschnitze zu rösten. Bis zum Frühjahr würde sie es schon lernen ...

Jetzt aber, jetzt kam ihr die ganze Ausweglosigkeit ihrer Lage zum Bewusstsein.

Draußen prasselte der Regen und drinnen flossen die Tränen. Als Minna keine Tränen mehr hatte, stand sie schließlich doch wieder auf. Nein, allein auf sich gestellt würde sie den Winter nicht überleben. Sie musste Menschen suchen. Sie konnte nicht immer hier bleiben und drauf hoffen, dass Siegi irgendwann auftauchte. Was hatte er ihr immer erklärt: »Es gibt viele mögliche

Zukünfte. Du weißt nicht, in welcher du landest. Was heißt hier, die richtige Zukunft? Das ist noch gar nicht sicher, wie es voran gehen wird und deswegen gibt es ein Multiversum von Zukünften.«

Ob Siegi einen Weg fand, die richtige Zukunft, die, in der sie gerade gelandet war, zu finden? Wohl nicht so schnell. Wie lange dauerte es, bis er alle durchprobiert hatte? Drei Jahre? Zehn Jahre? Besser sie stellte sich darauf ein, längere Zeit hier zu bleiben. Aber wichtig war, das war ihr klar, Anschluss zu finden und Menschen, mit denen sie reden konnte und die ihr zeigten, wie man Feuer macht. Und wenn es nur die drei dreckigen Kinder waren. Sie beschloss, Richtung München zu gehen. Da mussten doch noch ein paar übrig sein, in irgendwelchen Löchern hausen. Vielleicht hatten sie sogar Vorräte aus den alten Supermärkten gehortet?

Minna wickelte ein paar Scherben in die Decke und schnürte sie zu einem Bündel. Als Schnur flocht sie Grashalme. Oben drauf band sie den Kochtopf und dann band sie sich das Bündel mittels ihrer Strickjacke auf den Rücken. Es war schon Spätnachmittag, als sie endlich losging. Aber einen letzten Blick auf ihren alten Wohnort wollte sie sich noch gönnen. Vielleicht konnte sie irgendwie in den Dreck kratzen: »Siegi, ich komme wieder.«

Deswegen ließ sie den Blick dauernd über den Boden schweifen, ob sie vielleicht irgendwas fand, vielleicht ein altes Brett, in das sie mit einer Scherbe ihre Botschaft ritzen konnte. Auf einmal prallte sie gegen etwas: Mitten auf der Straße stand die Zeitmaschine. Minna konnte es erst gar nicht glauben. Vielleicht war das nur eine Hungervision? Hatte sie irgendwelche Kräuter gegessen? Enthielten die sauren Äpfel psychoaktive Substanzen?

Minna betastete die Kugel. Sie war fest und kühl und glatt. Die Klappe klemmte ein bisschen, aber Minna brachte sie auf und kletterte hinein. Hoppla, der Kochtopf blieb am Eingang hängen. Rückwärts kroch sie wieder hinaus. Und ließ ihr Bündel fallen. Dann zwängte sie sich wieder hinein und ließ sich auf den Sitz fallen.

»Siegi, du bist ein Ass«, dachte sie. »Du hast es geschafft, mir die Maschine zu schicken.«

Da lag auch etwas auf dem Sitz: eine Thermoskanne. Minna schraubte sie auf. Der Geruch von Kaffee stieg ihr in die Nase. Sie goss Kaffee in den Becher und trank den ersten Schluck.

»Siegi, du hast gewusst, was ich als erstes brauche.« Tränen traten ihr in die Augen.

Sie drückte auf den Startknopf, nahm noch einen Schluck Kaffee und lehnte sich zurück und schloss die Augen, wartete auf das vertraute Schaukeln und Rütteln, wenn die Maschine abhob. Nichts schaukelte und rüttelte. Minna öffnete die Augen. Kein rotes Licht, kein blaues Funkeln des Zählers, der die Jahreszahlen zählte. Keine grünen Koordinaten.

Ach ja, die Tür. Die Tür, die sperrte. Und wenn sie nicht richtig zu war, dann startete die Maschine nicht. Sie öffnete die Klappe noch einmal und zog sie mit aller Kraft zu. Mit einem satten Knaller rastete der Verschluss ein. Kaffee schwappte aus dem Becher. Minna drückte auf den Knopf. Nichts. Nochmal. Nichts. Aber die Tür war zu. War so gut zu, dass Minna sie nicht aufbrachte. Die Sicherheitsverriegelung. Sie musste die Sicherheitsverriegelung unten links von Hand lösen, was gar nicht so einfach war auf diesem engen Raum. Es fiel Minna doch deutlich leichter als früher. Anscheinend hatte sie abgenommen. Kein Wunder bei der Diät!

Dann noch ein Versuch: Tür schließen, nicht zu heftig, aber doch fest genug. Startknopf drücken – nichts.

Batterie leer! Minna dachte nach: Batterie – Strom – Solarzellen. Der Kaffee tat seine Wirkung, kreiste in ihrem Blut und schaltete in allen Gehirnzellen das Licht an. Sie würde das größte intakte Stück Solarzelle suchen gehen, sicher irgendwo Drähte finden und damit die Batterien wieder aufladen. Würde einige Zeit in Anspruch nehmen, aber der Frau vom Ingeniör ist nichts zu schwör. Sie legte ihr Bündel in die Kapsel. Dann zog sie die Kapsel vom Weg weg ins Gebüsch – man konnte nie wissen, wer vorbei kam. Und machte sich auf den Weg.

Weiter hinten, da schienen die Zellen noch ziemlich intakt zu sein. Minna stiefelte drauf los. Die Scherben knirschten unter ihren Schritten. Der umgefallene Turm lag quer im Weg. Das abgebrochene Rotorblatt ragte senkrecht vor ihr auf. Schade, wirklich schade. Das Windrad hätte ihre Batterien im Nullkommanix aufgeladen. Dann sah sie eine Gestalt zwischen den Reihen. Eine gebückte Gestalt, die so dahin stolperte und etwas zu suchen schien. Minna versteckte sich hinter dem Rotorblatt. Die Gestalt blieb stehen, bückte sich, hob etwas auf, warf es wieder weg.

»Du wolltest doch Menschen suchen«, sprach sie zu sich selber, »hier ist einer. – Jetzt nicht mehr, jetzt hab ich ja die Zeitmaschine wieder. Womöglich muss ich den noch mitnehmen. – Und, wäre das so schlimm? – Was würde Siegi sagen! – Aber vielleicht kann er dir helfen, die Zeitmaschine wieder in Gang zu bringen. – Das schaff ich schon allein. – Vielleicht ist auch mehr kaputt und du musst doch auf immer hier bleiben. Dann wärst du sicher froh, jemanden zu haben. – Die Zeitmaschine ist nicht kaputt. Der fehlt nur Strom. Ich werde Siegi sagen, er soll unbedingt eine Solarzelle an Bord stellen,damit man sie überall aufladen kann. – Dazu musst du erst wieder zu Hause sein. «

Die Gestalt kam näher. Immerhin trennten drei Reihen von Gestellen voller scharfkantiger Splitter sie voneinander. Minna könnte es schon wagen, aus ihrer Deckung zu kommen und ihn anzurufen.

Aber wenn das ein Gangster ist? Ein Plünderer? Ein Marodeur? Waren nicht im Dreißigjährigen Krieg die zurückgelassenen Soldaten die Schlimmsten? Minna nahm ein scharfkantiges Glasstück in die Hand. So leicht kriegst du mich nicht, sagte sie fast laut. Dann rief sie über das Feld hinweg: »Hallo! Ist da wer?«

Die Gestalt zuckte zusammen.

»Was suchen Sie hier?«, fragte sie. Die Gestalt schaute sich nach allen Seiten um. Vielleicht war sie nicht laut genug. Vielleicht sah er sie wirklich nicht. Es wurde schon dunkel. Denn auch wenn es nicht mehr regnete, die Wolken hingen tief.

»Kommen Sie nicht näher!«, rief sie so laut sie konnte. Und gleich noch einmal: »Kommen sie nicht näher!«

Die Gestalt schwankte. Was, wenn er eine Pistole oder ein Gewehr hatte?

»Ich bin bewaffnet!«, schrie Minna. »Bleiben Sie wo Sie sind! Oder ich knalle Sie ab.«

»Minna«, hörte sie ganz leise, »mein Gott, Minna! Da bist du ja.« Und dann stolperte die Gestalt vorwärts und Minna auch und am Ende der Reihen fielen sie sich in die Arme.

»Die Maschin ist weg!«, erschrak Siegi, als sie in ihre Straße einbogen.

»Ich hab sie nur versteckt«, beruhigte ihn Minna, »damit sie niemand findet. Übrigens, da wirst du noch Arbeit haben. Sie geht nämlich nicht, sonst wär ich schon weg damit.«

»Die Maschin geht schon«, erklärte der Ingeniör, »ich hab nur ein Teil herausgenommen, damit sie niemand starten kann. Vor allem nicht diese Dreckspatzen von Kindern.«

»Ist ja grad gut, dass du das gemacht hast, sonst wär ich jetzt wieder daheim und du müsstest hier bleiben.«

Die Wolken rissen im Westen auf und die Abendsonne schickte ein paar warme Strahlen.

Minna und Siegi hatten kein Auge dafür. Sie zogen die Maschine heraus und Siegi setzte den Unterbrecher wieder ein.

»Haben wir denn überhaupt Platz zusammen?«

»Leicht! Du scheinst mir eh dünn geworden zu sein.«

»Du auch, Siegi. War niemand da, der dir was zu essen gemacht hätte. Wenn ich heimkomme, mach ich Dir als erstes ein Wurstbrot. Und mir auch.«

»Brot ist keins mehr da. Und die Wurst ist auch weg. Das Marmelad auch. Aber Kürbiseintopf ist genügend da.«

Minna lachte.

»Der ist schon so alt, den schütten wir weg. Kaiserschmarrn, da drauf hätt ich einen Glust. Und du doch auch. Kaiserschmarrn magst du immer. Und du hast dir eine Belohnung verdient.«

»Da ist noch etwas, was ich dir erzählen muss«, fing Siegi an. »Wir haben jetzt nämlich eine Tochter, noch eine Tochter. Die ist aber ein bisschen, wie soll ich sagen, die muss sich erst noch einleben. Die hat mir Kürbiseintopf gekocht. Bitte, zeig ihr gleich, wie man Kaiserschmarrn macht.«

Danzn dua i ned!

Der Ingeniör Siegfried Haberletzer, genannt Siegi oder der Ingeniör, steht in der Werkstatt. Er trägt einen grauen Arbeitsmantel, eine Wollmütze unbestimmter Farbe und eine Schutzbrille. Vor ihm auf dem Tisch liegt eine Platte, liegen Drähte, Zangen, Pinzetten, Klammern usw. In der rechten Hand hält er den Lötkolben mit rot glühender Spitze und klebt grad einen silbernen Tropfen auf die Platte.

Die Tür zur Werkstatt öffnet sich einen Spalt und seine Frau Minna späht herein.

»Bist bald fertig, Siegi?«, fragt sie.

»Wann müssen wir denn dort sein?« Er legt den Lötkolben ab.

»Um achte.«

»Um achte? Da ist ja noch viel Zeit.« Er greift wieder nach dem Lötkolben.

»Sooo vui aa nimma«, meint Minna.

»Ich bin gleich fertig. Aber eines sag ich dir, tanzen tu ich nicht. Heute nicht.«

«I woass scho. Aba schaug zua, dass d fertig werst.«

Die Tür schließt sich wieder. Der Ingeniör arbeitet weiter. Voll konzentriert lötet er verschiedene Drähte und Widerstände und Kondensatoren auf seine Platte. Ab und zu wirft er einen Blick auf den Schaltplan, der neben ihm auf dem Tisch liegt. Rauch wolkt, Funken sprühen, Zischen und Knistern und Fauchen und …

Die Tür öffnet sich. Minna kommt herein.

»Imma no ned fertig, Siegi?«

»Habs gleich.«

»Weil mia miassn los.«

»Wieso? Wozu müssen wir los? Ah so, ja, ist gut. Ich habs gleich.«

»Weil es is scho hoiwe sieme.«

»Wann müssen wir dort sei?«

»Umara achte.«

»Da haben wir noch viel Zeit«, stellt Siegi aufatmend fest.

»Aba um sieme miassma geh.«

»Das ist viel zu früh. So lang brauchen wir doch nicht bis in die Schwanthaler Straße.«

»Brauch ma leicht,« hält Minna dagegen. »Erst zum Bahnhof, dann d S-Bahn. Woasst scho, de hat leicht amoi Verspätung, und bis zum Hauptbahnhof. Da miassma dann recht weit geh, bis ma bei da Tram san.«

Siegi unterbricht sie: »Geh, da brauchen wir doch keine Tram, bis in die Schwanthaler Straße. Das gehen wir doch in fünf Minuten. Was sag ich, in zwei Minuten sind wir dort.«

«So renna ko i heid ned. Weil i ziag meine Stecklschua an.«

»Deine Stöckelschuhe? Mit denen du nicht gehen kannst. Warum denn das?«

»Zum Danzn ziagt ma Stecklschua o.«

Siegi runzelt die Stirn, schaut Minna ernst an und verkündet: »Das sag ich dir gleich. Danzn, danzn tu ich nicht. Keinesfalls.«

»Scho recht. Aba jetzt schau, dass d fertig wirst.«

Der Ingeniör arbeitet weiter. Ab und zu muss er husten. Oder sich am Kopf kratzen. Er kratzt sich mit dem abgestreckten kleinen Finger, weil er ja den Lötkolben in der Hand hat. Trotzdem kokelt er die Mütze etwas an.

Die Tür öffnet sich. Minna im Mantel und Handtasche in der Hand steht da.

»Ja, was is denn? Bist imma no ned fertig. In fünf Minuten miass ma geh!«

»Warum sagst mir denn nix? Das ist jetzt aber knapp. In fünf Minuten bin ich nicht fertig. Hättest mir auch früher Bescheid geben können.«

»Jetzt schick di, dass ma weida kemman.«

»Ich muss mich doch noch umziehen. So kann ich nicht zum Tanzen gehen.«

»Hab da scho ois herglegt, a weiß Hemmat, a Jackett.«

»Auch ein Krawattl?«

»Brauchts ned. Weil du danzt ja ned.«

«Nein, i danz ned. Ganz gewiss tanz ich nicht."

Der Ingeniör legt den Lötkolben ab, zieht den Stecker, nimmt die Brille und die Mütze ab, hängt den Arbeitsmantel an den Haken an der Tür. Dann verlässt er die Werkstatt.

Minna und Siegi sind unterwegs zum Bahnhof. Es ist der typische Gehweg einer Vorstadtstraße: links zwei Meter hohe Thujenhecken, die halb in den Gehsteig hinein gewuchert sind, rechts eine Reihe parkender Autos: Cayenne, Hummer, Wohnmobile. In der Mitte des Trottoirs ein dicker weißer Strich, der Fahrrad und Fußgängerbereich trennt. Auf dem Gehweg liegt noch der Split vom letzten Wintereinfall.

Minna mit Stöckelschuhen und Handtasche, versucht mit dem Ingeniör Schritt zu halten.

»Hast gwis den Lötkolben ausgsteckt?«, fragt Minna.

»Ganz gewiss, den lass ich doch nicht eingesteckt.«

»Aba es ko doch amoi vorkemma, das ma was vagisst.«

»Das vergesse ich nie. Das ist mir in Fleisch und Blut übergegangen.«

»Aba, wennsd grad an was andas denkst?«

»Warum sollte ich an etwas anderes denken?«

»Jo mei, was woass i. An die Müllerin vielleicht?«

Die beiden gehen schweigend ein Stück nebeneinander her. Dann fängt Minna wieder an: »Na, hoffentlich hasd di ned deischt.«

»Was deischt?«

»Ja, mit dem Lötkolben. Dass dn do net ausgsteckt hast.«

»Den hab ich ausgesteckt.«

»Aba wenn di irgendwas abglenkt hat.«

»Was soll mich denn abglenkt haben?«

»I zum Beispui. I. Weil i in d Werkstatt kemma bin und gredt hab. Du sagst doch oiwei, des lenkt di ab. Da kunnts doch sei, dass d vagessn hast, den Lötkolben auszstecka.

»Unsinn!«

»Oiso mia lasst des koa Rua ned! I geh numoi hoam und schaug nach.«

Minna macht kehrt und geht nach Hause. Langsam. Der Ingeniör schaut ihr nach. Sieht, wie sie auf ihrem Stöckel umknickt. Schüttelt den Kopf und wartet. Geht hin und her, schaut hierhin und dorthin. Auf einmal hat er eine Idee, zieht einen Zettel und einen Stift aus der Jackentasche und fängt an, was aufzuschreiben.

Nach einer Weile taucht Minna wieder auf. Ziemlich flotten Schrittes.

»Und? War er ausgsteckt, da Lötkolben?«

»Ja.«

»Hab ich dir doch gesagt.«

»Hoffentlich hab i jetzt s Liacht ned brenna lassn in da Werkstatt.«

»Das macht nix. Jetzt geh schon. Sonst fährt uns die S-Bahn vor der Nase weg.«

»Aussadem hab i andane Schuach ozong. Damit i dia hinterhea laffa ko. Weil des schaff i nia ned, zua S-Bahn mid de Stecklschua. Da tat mas nimma dawischn.«

»Gut so.«

»Aba danzn ko i mit de Schua ned. Des sag i da glei.«

»Minna, wir gehen jetzt ins Petit Palais. Da wird getanzt!«

«Danzn dua i ned. Heit ned. Weil i hab de falschn Schuach o.«

»Danzt werd. Wozu sonst gehen wir ins Petit Palais?«

»Du kannst ja danzn. Aba i ned.«

»Danzt werd. Und zwar mit mir. Wär ja noch schöner. Steck ich extra den Lötkolben aus und dann tät sie nicht mit mir tanzen.«

Gruß aus Chile

Die Kaffeetassen waren leer, auf den Kuchentellern nur noch ein paar Brösel. Minna griff nach dem Strickzeug. Der Ingeniör saß einfach da, ein bisschen zusammengesunken, den Kopf eingezogen.

»Müde?«, fragte Minna.

»Eigentlich nicht.«

Minna strickte eine Nadel ab. Mit der frei gewordenen Nadel kratzte sie sich am Kopf.

»Brütest du grad eine neue Idee aus?«

»Eigentlich nicht.«

Minna strickte eine weitere Nadel ab. Dann legte sie das Strickzeug auf den Tisch.

»Ich muss jetzt das Bad putzen«, sagte sie und verschwand. Als sie nach einer halben Stunde zurück kam, saß der Ingeniör immer noch da.

»Noch einen Kaffee?«, fragte Minna.

»Eigentlich nicht.«

»Ich muss jetzt kochen anfangen.«

»Kann ich dir was helfen?«

»Eigentlich nicht.«

Minna holte Mehl und Milch und eine Schüssel und den Rührbesen.

»Willst du nicht in die Werkstatt gehen. Ich kann nicht arbeiten, wenn du mich so beobachtest.«

»Eigentlich nicht.«

Nach dem Abendessen rief Minna ihre Tochter an.

»Mit dem Ingeniör ist etwas nicht in Ordnung«, erklärte sie.

»Geh, Mama, wahrscheinlich denkt er über eine neue Erfindung nach.«

»Nein, denn wenn er das tut, dann hat er einen ganz abwesenden Blick, nimmt nichts um sich her wahr. Aber heute, heute hat er mich die ganze Zeit angeschaut.«

»Mama, das gibt sich schon wieder. Wirst sehen.«

Dann legte sie auf. Denn Ferngespräche nach Chile sind teuer. Dass Minna sich diese Ausgabe leistete, zeigt, wie besorgt sie war.

Am nächsten Tag holte sie gerade ihr Fahrrad aus der Garage, als der Ingeniör in der Haustür erschien.

»Wo fährst du denn hin?«

»Ich fahr zum Gärtner, Gmias holen.«

»Da fahr ich mit.«

»Du fährst mit?«

»Ja, warum nicht? Stör ich dich?«

»Eigentlich nicht.«

Vielleicht braucht er einfach eine Auszeit, dachte sich Minna, oder Inspiration für neue Erfindungen. Radfahren ist da nicht das Schlechteste.

Es wurde eine vergnügliche Fahrt zum Gärtner. Am Heimweg machten sie noch Station in der Eisdiele und schleckten Mango- und Malaga-Eis. Minna kochte Wirsing und Kartoffeln und für jeden eine Bratwurst dazu. Nach dem Essen holte der Ingeniör eine Flasche Rotwein aus dem Keller und setzte sich wieder zu Minna auf das Kanapee.

Nachdem sie angestoßen hatten und die ersten Schlucke getrunken hatten, fing der Ingeniör an.

»Weißt Minna, in dieser modernen Zeit ist es nichts mehr mit der Erfinderei. Nur noch Chips und programmieren und Apps und Adds und Javas. Ich hör jetzt damit auf. Wir kaufen uns ein Segelboot und segeln rund um die Welt.«

»Nein, niemals! Ich segle nicht übers Meer. Nur Wasser rings umher – das ist nichts für mich.«

»Du hast doch früher immer Bücher über Weltumsegelungen gelesen.«

»Ich hab auch Bücher über die Taklamakan und Tibet gelesen.«

»Also gut, dann kaufen wir uns ein Wohnmobil und fahren durch die Taklamakan und nach Tibet.«

Minna hielt die Luft an.

»Es muss nicht Tibet sein«, sagte sie schließlich nach einer Weile.

»Was denn? Afrika? Namibia soll toll sein.«

Minna holte wieder Luft, tief und lang und dann legte sie los:

»Also, ein Wohnmobil, das fänd ich toll. Da ist doch bestimmt eine Kaffeemaschine eingebaut. Backrohr muss natürlich auch sein wegen dem Kuchenbacken. Und ein Kanapee. Wenn nicht, bauen wir eines ein. In einem Wohnmobil ist ja bestimmt viel Platz. Da kann ich mein Strickzeug und ein paar Vorräte an Wolle mitnehmen. Und du musst Werkzeug mitnehmen. Denn an so einem Wohnmobil ist immer wieder etwas zu reparieren. Ersatzteile nicht vergessen, Rohre, Kabel, Stecker, den Lötkolben, die Bohrmaschine, eine kleine Säge wäre nützlich, wenn man irgendwo übernachtet und ein Feuer machen will.«

»Minna«, unterbrach sie der Ingeniör, »so ein Wohnmobil, wie du dir vorstellst, das muss aber ziemlich groß sein. Ich glaube nicht, dass es so was gibt.«

»Dann kaufen wir uns halt einen kleinen Bus und bauen ihn selber aus. Nach unseren Vorstellungen.«

»Kleiner Bus? Das müsste wahrscheinlich ein Gelenkbus sein, wie er durch die Stadt fährt, nach dem was du alles drin mitnehmen willst.«

Der Ingeniör trank einen Schluck Rotwein. Minna nippte an ihrem Glas und hielt die Augen geschlossen, damit er nicht das Glitzern darin sehen konnte.

»Weißt du, Minna,« fing der Ingeniör wieder an, »in unserem Alter, da sollte man abbauen, nicht neue Dinge anhäufen, sondern sich vom Alten trennen. Hab ich gelesen. Ballast abwerfen. Frei werden. Nicht seinen ganzen Krempel mitnehmen, sondern sich auf das Wesentliche beschränken.«

Minna nickte so heftig, dass ein paar Tropfen Rotwein aus dem Glas in ihr Gesicht spritzten.

»Klar«, sagte sie. »Eine Unterhose zum Wechseln, ein Paar Reservestrümpfe, einen Schlafanzug, eine warme Strickjacke, eine Regenhaut und die Zahnbürste. Das passt ja in einen Rucksack. Mehr braucht man nicht.«

Sie stellte das Glas ab und wischte sich die Tropfen ab.

»Genau«, sagte der Ingeniör, »Zen oder die Kunst mit ohne nichts, die Welt zu umrunden.«

»Soll ich packen? Dann können wir morgen losgehen.«

Minna stand auf und holte den Spüllumpen, um die Weintropfen vom Tisch wegzuwischen.

»Eigentlich nicht. Ein bisschen sollten wir schon planen.«

»Die Polarität von geplanter und spontaner Handlung entspricht den Prinzipien von Yin und Yang. Wir haben unser ganzen Leben planmäßig gelebt, also im Yang. Warum jetzt nicht dem Yin folgen und spontan aufbrechen? Einfach losgehen und schauen, wo wir hinkommen.« Minna hatte schon die Türklinke in der Hand. Der Ingeniör war etwas verwirrt.

»Warte, Minna. Wir müssen doch überlegen, wie wir aus der Ferne an Geld dran kommen. Wir brauchen Papiere, eventuell sogar das eine oder andere Visum.«

Minna kehrte wieder um, stützte ihre Hände auf den Küchentisch.

»Und einen Auslandskrankenschein natürlich, den müssen wir auch beantragen.«

Der Ingeniör atmete auf.

»Und«, setzte Minna hinzu, »das ganze Gemüse weg essen, das ich heute gekauft habe.«

»Das muss aber jetzt nicht gleich sein. Setz dich wieder her.«

»Wir könnten ja die Helene in Chile besuchen, in ihrem Observatorium. Und durch die Atacamawüste fahren.«

»Mit dem Wohnmobil?«, fragte der Ingeniör. Er war total verwirrt.

»Eigentlich nicht. Eher mit dem Flugzeug.«

»DAS, liebe Minna, das ist eine super Idee! Das machen wir. Wir fliegen nach Chile. Morgen buch ich einen Flug.«

»Und ich schreib Helene eine Mail, dass wir kommen. Sofort schreib ich die!«

Eine Viertelstunde später kam eine Antwort-Mail von Helene: »Ihr könnt leider nicht kommen. Ich kehre nämlich für ein Jahr oder so nach Deutschland zurück. Richtet schon einmal mein Zimmer her. Außerdem hab ich eine Überraschung für euch. Da werdet ihr staunen!«

»Was wird das schon wieder für eine Überraschung sein«, brummte Siegi. »Ein neuer Freund halt. Hoffentlich nicht wieder so einer wie der letzte, der die ganze Nacht vor seinem Computer sitzt und Zahlenreihen und Tabellen vorbei rauschen lässt, weil er statistische Ausreißer sucht.«

»Ah, Siegi, das ist jetzt nicht mehr nötig. Da gibt es doch den Schubert-Algorithmus, der sucht dir die Ausreißer.«

»Oder wie der andere, der Archäologe, der mit den dreckigen Stiefeln und den Trauerrändern unter den Fingernägeln, den zerrissenen Jeans und dem Flanellhemd.«

»Ja mei, Archäologen wühlen halt im Dreck, in altem Dreck. Aber sonst war er ganz nett.«

»Es wird doch in dem riesigen Land auch vernünftige Männer geben und nicht nur Astronomen und Archäologen. Kann sie denn nicht einen ganz normalen Ingenieur auftreiben? Gibt es doch an einem Observatorium bestimmt auch. Einen, der ihnen die Linsen poliert und die Zahnräder ölt.«

»Oh mei, Siegi, heute macht das alles der Computer. Hast du doch selber gestern gesagt.«

»Trotzdem, Minna, mit unserer Helene, da wird das nichts mehr. Immer nur Quasare im Kopf. Die ganze Nacht am Teleskop sitzen. Die kriegt nie an gscheiten Mann.«

»Und mia, mia kriang nia koa Enkelkind ned.« Minna hatte plötzlich so ein feuchtes Gefühl um die Augen.

»Die wird ja bald 40, die Helene. Dann ist Schluss damit«, bestätigte der Ingeniör.

»Wozu hab ich dann a ganze Kistn voller Babysachen gstrickt?«, jammerte Minna. Jetzt begannen die Tränen über die Wangen zu laufen. Siegi legte den Arm um sie und sagte kein Wort, bis sie sich wieder beruhigt hatte.

Dann meinte er: »Wenn die Helene eh ein ganzes Jahr da ist, können wir doch wegfahren, wir zwei. Soll sie sich allein kümmern. Wir fahren nach Sizilien, was meinst?«

Endlich war der Tag von Helenes Ankunft da. Minna und Siegi holten sie natürlich am Flughafen ab. Sie standen vor der großen Tür und warteten und warteten, dass endlich die Maschine aus Chile landete, dass endlich das Gepäck ausgeladen war und dann dass endlich Helene auftauchte. Immer war sie unter den ersten gewesen, aber heute …

Womöglich war sie gar nicht mitgekommen, hatte den Flug in Santiago verpasst, weil ihr Auto in der Atacamawüste steckengeblieben war? Hatte es dort nicht neulich das erste Mal seit 123 Jahren geregnet?

Da, endlich kam sie. Schob einen Gepäckwagen vor sich her mit drei Koffern beladen und dann obenauf noch eine Riesentasche. Kam ganz langsam angetappt, weil sie immer wieder stehen blieb und etwas in der Tasche richtete.

»Einen Gschpusi hat sie diesmal nicht dabei«, stellte Siegi beruhigt fest. Minna hüpfte von einem Fuß auf den anderen. »Die Überraschung«, murmelte sie, »die Überraschung! Nix wird's mit nach Sizilien fahren.«

Die Tür ging auf, Helene schob ihren Kofferkarren durch, entdeckte ihre Eltern, eilte auf sie zu, hob die Tasche von ihrem Karren und drückte sie Siegi in die Hand.

»Da habt ihr sie«, sagte sie, »eure Isolde, eure Enkelin!«

Die Reise zur Beerdigung

Der Ingeniör und die Minna Haberletzer saßen Abends vor dem Schlafengehen noch in der Küche, um ein kleines Glas Rotwein zu trinken. Minna waren fünf Maschen von der Nadel gefallen und sie war zu müde, um sie wieder aufzuheben. Der Ingeniör hatte den Bleistift auf das Blatt Papier gelegt, schaute aber noch etwas munterer drein.

»Hast du die Zeitmaschine wieder repariert?«, fragte Minna.

»Ja, ja, die geht jetzt wieder«, antwortete der Ingeniör.

»Dann könnte ich ja ...«

»Nein«, unterbrach sie der Ingeniör, »jetzt bin ich dran.«

»Wo willst du denn hin?«

»Ich will auf mein Begräbnis. Ich will wissen, wer kommt und was sie über mich sagen.«

Minna nickte.

»Es gibt nur ein Problem – ich weiß nicht, wann das ist.«

»Du kannst ja erst einmal 20 Jahre hupfen. Wenn du dann jemanden in der Werkstatt antriffst, dann hupfst du noch ein Jahr weiter. Wenn nicht, hupfst du ein Jahr zurück.«

»Ja klar, aber dann will ich doch genau den Tag treffen. Da muss ich möglicherweise ziemlich viel hin und her hüpfen.«

»Aber immer kürzere Hupfer.«

»Trotzdem – mir wird doch immer so schlecht dabei.«

»Dann lass mich.«

»Nein, nein, das will ich schon selber sehen. Übrigens, bist du schon sehr müde, Minna, oder geht heut noch was?«

Am nächsten Morgen um 9 Uhr brach der Ingeniör auf. Minna stand in der Werkstatt und winkte ihm nach, bis die Kapsel so klein war wie ein Stecknadelkopf. Dann ging sie wieder in die Küche, setzte sich aufs Kanapee und begann zu stricken, aber erst einmal musste sie die fünf Maschen aufheben, die ihr am Vorabend hinuntergefallen waren. Immer wieder legte sie das Strickzeug aus der Hand, stand auf, schaute aus dem Fenster, setzte sich wieder hin, strickte wieder eine halbe Runde – Minna machte sich Sorgen.

»Wenn das nur gut geht mit der Hin-und-Her-Hupferei. Hoffentlich geht ihm nicht die Energie aus, brennt ihm keine Sicherung durch, reißt ihm kein Kabel, stolpert er nicht beim Aussteigen, bricht sich nicht den Knöchel, verstaucht sich nicht die Hand, haut sich nicht den Kopf an.«

Je länger der Ingeniör weg war, desto größer wurden die Sorgen. Gegen 11 Uhr klingelte es an der Haustür. Minna stand schnell auf und stürzte zur Haustür. Das Strickzeug fiel vom Tisch, Minna blieb mit dem Fuß in der Wolle hängen, merkte es nicht und zog die Wolle hinter sich her. Es waren zwei Bibelforscherinnen, die Minna erklären wollten, dass das Ende der Welt ziemlich nahe wäre. Minna schlug ihnen die Tür vor der Nase zu. Wenn sie schon aufgestanden war, konnte sie auch noch in die Werkstatt schauen, ob der Siegi schon wieder zurück war. War er nicht. Da merkte sie, dass sie fast den halben Knäuel Wolle abgewickelt hatte. Der Knäuel war unters Kanapee gerollt. Minna holte ihn mit einem Kochlöffel hervor und begann aufzuwickeln. Mittendrin klingelte das Telefon.

»Das ist der Siegi«, dachte sie. Legte den Knäuel aufs Kanapee und ging in den Gang zum Telefontischchen. Diesmal fiel das Strickzeug vom Tisch und eine Nadel rutschte heraus.

Am Telefon war Helene, ihre Tochter.

»Ich brauch den Papa«, sagte sie, »warum ist der nicht da? Wo ist er denn hin? Wann kommt er denn heim? Ach ist das blöd, dass der nicht da ist. Ich hätte ihn so dringend etwas fragen müssen.«

»Helene, hör auf, ich bin schon froh, wenn er wieder gesund nach Hause kommt.«

»Wie kannst du ihn denn nur alleine weglassen? Du weißt doch wie, er ist. Wenn ihm etwas einfällt, vergisst er, aus der S-Bahn auszusteigen.«

»Jetzt übertreib nicht, Helene, das ist ihm noch nie passiert.«

»Doch, doch, das ist euch einmal passiert. Das hast du mir selber erzählt.«

»Ach, das meinst du, aber da war ich sogar dabei und wir haben uns unterhalten und deshalb vergessen auszusteigen.«

»Egal, aber der Papa soll mich sofort anrufen, wenn er wieder zu Hause ist. Soll nicht erst Kaffee trinken und Kuchen essen, sondern mich gleich anrufen.«

Die Minna war während des Telefonierens hin und hergelaufen. Als sie dann in die Küche kam, lag das Strickzeug gleich bei der Tür und war ganz zusammengezogen. Da waren so viele Maschen aufzuheben, dass Minna auch noch die restlichen Nadeln herauszog und 17 Reihen auftrennte und neu strickte. Als sie es geschafft hatte, war es viertel nach zwei. Minna kochte Kaffee. Minna strich ein paar Butterbrote. Minna ging in den Garten und holte Schnittlauch – und Siegi war immer noch nicht da.

Um vier Uhr war Siegi immer noch nicht zurück. Minna tigerte unruhig durchs Haus: hinauf in den Dachboden, hinunter in den Keller, hinaus in den Garten und das Ganze wieder von vorne. Jetzt wären ihr die Bibelforscher recht gewesen oder ein Anruf von Helene oder von wem auch immer. Aber niemand rief an. Sie wählte die Nummer ihrer besten Freundin – nicht zu Hause, die der zweitbesten, der drittbesten, viert, fünft, sechst – keine war zu Hause.

Es wurde 5 Uhr, es wurde 6 Uhr und Siegi war immer noch nicht da. 8 Stunden! Hoffentlich war ihm nichts passiert. Um sich abzulenken begann Minna mit der langweiligsten Arbeit, die man sich vorstellen kann, sie begann die Lichtschalter und Türklinken zu putzen. Es wurde 7 Uhr und Siegi war immer noch nicht da.

Minna rührte einen Pfannenkuchenteig an, verrührte Topfen mit Zitronensaft, Rum, Rosinen und Honig für Topfenpalatschinken, Siegis Lieblingsgericht. Sie buk die Pfannkuchen aus und füllte sie mit dem Topfen, stapelte sie im Reindl, übergoss sie mit Sauerrahm und stellte sie zum Aufbacken ins Backrohr.

Es war 8 Uhr und Siegi war immer noch nicht da. Um 12 Minuten vor 9 Uhr hörte sie ein Geräusch in der Werkstatt. Sie rannte hinüber und da, tatsächlich, da stand die Zeitkapsel und Siegi stieg aus.

»Warum warst du denn so lange weg«, schimpfte sie. »Ich hab mir solche Sorgen gemacht.« Schnell wischte sie sich über die Augen. Die Tränen, die ihr aufstiegen, brauchte Siegi nicht zu sehen.

»Der Pfarrer hat so lange gebraucht für die Messe und dann waren auch noch so viele Leute auf der Beerdigung!«

»Hättst ja nicht bis zum Schluss bleiben müssen.«

»Irgendwer muss ja schließlich zahlen.«

Siegi stieg aus und schwankte etwas. Minna stieg eine verdächtige Wolke in die Nase.

»Du hast einen Rausch!«, rief sie empört.

»War ja schließlich mein eigener Leichenschmaus. Da werd ich wohl noch ein Bier oder zwei trinken dürfen.«

»Das waren eher drei oder vier«. Minna rümpfte die Nase.

»Und wenn schon ...«

Siegi stützte sich am Türrahmen ab.

»Schamen sollst dich«, keifte Minna.

»Naa«, sagte er, »das ist überhaupt kein Grund nicht mich zu schämen.«

»Ich sitz daheim und mach mir Sorgen und du, du, du saufst dir einen Rausch an.«

Siegi verschwand im Klo. Minna hörte es plätschern und plätschern. Dann hörte sie den Siegi würgen. Sie hämmerte mit den Fäusten an die Klotür. »Mach auf!«

Tat er aber nicht. Würgte weiter. Dann lief das Wasser.

»Siegi, geht es dir nicht gut?«, jammerte Minna. »Soll ich dir was bringen?«

Da wurde die Tür aufgerissen.

»Ich brauch nichts«, sagte Siegi, »ich geh ins Bett.«

»Und die Topfenpalatschinken? Um Gotts Willen, die Topfenpalatschinken, die sind wahrscheinlich schon ganz schwarz und verbrannt.«

Minna stürzte in die Küche. Nichts war schwarz und verbrannt, sie hatte das Backrohr gar nicht eingeschaltet.

Siegi war tatsächlich ins Schlafzimmer gegangen und zog sich aus.

»Willst du denn nichts essen?« fragte Minna.

»Ich hab schon gegessen«, sagte er, »einen Schweinsbraten mit Knödel, war sehr gut, der Braten, und eine Schwarzwälderkirschtorte und eine Mokkasahnetorte und dann noch Bratwürstl mit Kraut.«

»Kein Wunder dass dir schlecht ist.«

»Davon ist mir nicht schlecht, denn gegen das Schlechtsein habe ich zwei Willi und einen Himbeergeist getrunken.«

»Und was mach ich mit den Topfenpalatschinken? Die hab ich extra wegen dir gemacht.«

»Kannst selber essen, ich geh jetzt ins Bett!«
Legte sich hin und schlief sofort ein.

»Jetzt erzähl schon«, sagte Minna am nächsten Morgen beim Frühstück.

Siegi trank nur schwarzen Kaffee, er wollte weder Zucker noch Milch und schon gar nichts essen.

»Was soll ich schon erzählen. Ich bin ein bisserl hin und her und dann hab ich die Beerdigung erwischt und bin hingegangen.«

»Und? War ich auch da? Was haben denn die Leute zu dir gesagt?«

»Gar nichts haben sie gesagt. Und du, du hast mich nicht ein einziges Mal angeschaut. Du hast einen Blumenstrauß ins Grab hinunter geworfen und dann bist du weggeführt worden.«

«Wie hab ich denn ausgeschaut?«

»So wie immer.«

»Das heißt, das heißt,« Minna begann zu schluchzen, »du stirbst vor mir und lässt mich allein zurück.« Die Tränen liefen ihr nur so über die Wangen, die Brille beschlug. Minna setzte sie ab, holte ein Taschentuch und wischte sich die Augen.

»Das hab ich mir schon gedacht, dass du ganz hysterisch wirst und drum ist es besser, ich erzähl dir gar nichts.«

»Nein, erzähl nur, ich halt das schon aus.« Minna blickte ihn ganz erwartungsvoll an.

»Nix sag ich mehr, gar nix.«

Und dabei blieb es. Der Ingeniör ließ sich kein Wort mehr entlocken. Er ging in die Werkstatt und begann zu sägen und zu schneiden und zu bohren.

»Was baust du denn?«

»Einen Tresor.«

»Mit Zahlenschloss oder mit Schlüssel?«

»Mit Zeitschloss – er geht erst auf, wenn ich gestorben bin.«
»Und was kommt da hinein?«
»Mein Testament.«
»Wir haben doch schon eins beim Notar.«
»Dann ist hier noch eins, ein anderes.«
»Das kannst du nicht ohne mich machen.«
»Dieses Testament schon.«

Minna wurmte es sehr, dass der Siegi so gar nichts erzählte.

Sie ließ sich einiges einfallen, um Siegi in eine Erzählstimmung zu versetzen: Topfenpalatschinken mit viel viel Rum, Reiberdatschi mit Apfelmus mit viel Calvados. Zwei Wochen lang gab es nur Siegis Leibspeisen zu essen und Minna umgurrte ihn, machte den Kaffee extra stark, zog ihr schönstes Nachthemd an – es war schon ziemlich eng, so lange hatte sie es nicht mehr angezogen –, massierte Siegis verspannten Rücken mit duftendem Öl. – Es half nichts. Siegi genoss die Vorzugsbehandlung, hielt aber den Mund. Schließlich ließ sich Minna dazu herab und schnitt ihm die Haare selber – beim Friseur werden die Leute doch gesprächig.

»Ja«, sagte Siegi, »bei der ersten Landung, war die Werkstatt perfekt aufgeräumt, aber ziemlich verstaubt. Also bin ich ein paar Jahre zurück. Da war Siegi grad am Basteln. Also wieder ein paar Jahre vor. Da war die Werkstatt ein bisserl unordentlich, ein bisserl sehr unordentlich. Nichts war an seinem Platz. Da hab ich erst einmal ein bisschen aufgeräumt. Ein paar neue Maschinen standen auch herum. Ich hab noch ganz schön was vor mir. Interessante Sachen werde ich noch erfinden. Kannst du nicht ein bisschen schneller schneiden, damit ich endlich wieder an die Arbeit kann?«

Dann spielte Minna zwei Wochen lang die Beleidigte. Zu essen gab es nur Sachen, die der Ingeniör gar nicht mochte: Blutwurstgröstl oder Grießnockerlsuppe oder Hackbraten. Minna zog aus dem Schlafzimmer aus und schlief in Helenes Bett. Der Kaffee war dünn und sie würzte ihn extra noch mit einer Prise Salz. Minna putzte und schrubbte den ganzen Tag, ließ den Staubsauger laufen – alles Dinge, die den Ingeniör aufregten.

»Ungemütlich ist das hier«, schimpfte er.

»Weil du mir nicht erzählen magst, was du gesehen hast – grad deswegen mach ich das.«

»Jetzt erzähl ich dir extra nix.«

Inzwischen war der Tresor fertig und tickte über der Werkbank.

»Hast du den auch gesehen, wie du dort warst?«, fragte Minna.

»Danach hab ich ja nicht geschaut.«

»Weil, wenn es ihn in der Zukunft nicht gegeben hat, darfst du so was auch nicht bauen.«

Der Ingeniör kratzte sich am Kopf.

»Oder du musst ihn so einbauen, dass du ihn nicht findest.«

»Aber es muss so sein, dass ihn jeder sieht, der in die Werkstatt kommt.«

»Wenn du aber doch keinen gesehen hast ...«

»Ich krieg ihn nicht mehr von der Wand, ich hab ihn einzementiert. Der bleibt da.«

Es war Sommer. Minna goss die Tomaten an der Rückwand der Werkstatt. Da sah sie, dass der Putz Sprünge hatte. Sie wollte es dem Ingeniör sagen, vergaß es aber. Ein paar Tage später war der Putz herunter gefallen. Der Ingeniör war grad in die Stadt gefahren. In den letzten Wochen fuhr er häufig in die Stadt. Was er dort machte, verriet er nicht. Minna ärgerte die ganze

Geheimniskrämerei fürchterlich. Nur warum war dieses Loch im Putz genau viereckig? Da kam ihr die Erleuchtung: Das war die Rückseite des Tresors! Als der Ingeniör zwei Tage später wieder in die Stadt fuhr – ich komm erst gegen 4 Uhr zurück, brauchst also mit dem Kaffee nicht auf mich zu warten – holte sie den Spengler und der brannte mit dem Schneidbrenner ein Loch in das Metall. Das dauerte grad mal eine halbe Stunde. Minna bezahlte den Mann, gab ihm noch ein Trinkgeld. Dann holte sie sich ein Stockerl, stieg hinauf und schaute in den Tresor. Ja, da war Papier drin – drin gewesen. Denn der Schneidbrenner hatte es zu Asche verbrannt. Man erkannte noch die einzelnen Blätter, aber bei Berührung zerfielen sie. Minna klebte die Rückwand mit Uhu an und schmierte Gips darüber.

Einige Wochen später meinte der Ingeniör: »Minna, sag, könnten wir uns nicht so ein Dings, du weißt schon, so ein Gestell, auf dem man hupfen kann, anschaffen?«

»Ich weiß nicht, was du meinst.«

»Ja, halt, so ein rundes Gestell, das mit einer Plane bespannt ist und da springt man drauf und das ist elastisch und schleudert dich in die Luft.«

»Ein Trampolin vielleicht?«

»Ja, genau, ein Trampolin. Ich bin einfach nicht auf den Namen gekommen.«

»Mein lieber Siegi, könnte es sein, dass du Alzheimer hast?«

Der Ingeniör winkte ab: »Nie und niemals hab ich Alzheimer.«

»Oder BSE.«

»Auch nicht.«

»Parkinson?«

»Musst dir keine Sorgen machen, hab ich alles nicht.«

»Bist du dir da so sicher?«

»Ziemlich. Ich war in der Neurologie und hab alles durchchecken lassen – hab ich alles nicht.«

»Wo warst du?« Minna schaute ihn mit offenem Mund an. »In der Neurologie? Durchchecken? Davon hast du gar nichts gesagt.«

»Ich wollte halt nicht, dass du dir Sorgen machst. Wenn ich mal ein Wort nicht weiß, dann ist das ganz normal, sagt der Professor. Er hat das auch.«

»Aber ein Trampolin will ich haben«, fügte er hinzu. »Weil der Professor hat gesagt, ich muss was für meinen Gleichgewichtssinn tun. Ihn trainieren. Könnte dir auch nicht schaden.«

Minna stand immer noch da und starrte den Ingeniör an. Schließlich ging ein Ruck durch sie und dann fing sie zu schimpfen an: »Du gehst zum Doktor und sagst nichts davon, dass es dir schlecht geht. Ahnungslos bin ich. Das ist unfair. Wie kommst du überhaupt auf die Idee? In die Neurologie! Einfach so. Ein Vertrauensbruch ist das, wenn du heimlich zum Doktor gehst. Nimmst du womöglich auch heimlich Viagra? Weil das gibt es ja nicht, dass ein Mann in deinem Alter dauernd ... Mir sagst du davon natürlich nichts. Lässt mich dumm bleiben. Ich bin ein Hascherl, mit dem du denkst, dass du machen kannst ...«

In dem Ton ging es noch eine Weile weiter. Der Ingeniör stand da, ließ die Schultern hängen und das Donnerwetter über sich ergehen. Minna hatte einen roten Kopf, so regte sie sich auf. Schließlich blieb ihr die Luft weg und oder ihr gingen die Worte aus, jedenfalls fing sie zu weinen an. Dicke Tränen quollen aus ihren Augen. Als der Ingeniör sie trösten wollte, schob sie ihn weg, schob ihn in die Werkstatt.

»Da kannst bleiben. Wennst wieda woasst, was sich gehört, dann kannst kommen.«

Sie selber ging in die Küche, warf die Tür ins Schloss, dass die Wände wackelten und kochte sich einen Pfefferminztee. Das Abendessen stellte sie dem Ingeniör auf einem Teller vor die Werkstatt-Tür, klopfte nur kurz und verschwand wieder. Der Ingeniör wäre beinahe ins Essen getreten, gerade noch, dass er den Fuß wieder zurückzog.

Sapperment, jetzt war die Minna aber wirklich sauer auf ihn.

Mit dem Teller in der Hand klopfte er eine halbe Stunde später leise an die Küchentür.

»Wer da?«, fragte Minna.

»Ich.«

»Was willst?«

»Den Teller ...«

Die Tür öffnete sich einen Spalt, eine Hand kam heraus und riss ihm den Teller weg. Das Messer fiel auf den Boden. Siegi hob es auf. Aber da war die Tür schon zu.

Er klopfte noch einmal.

»Was is?«

»Das Messer.«

»Brauch i ned, kannst bhoitn.«

Der Ingeniör schlich zurück in die Werkstatt. Als er am Abend ins Bett ging, war Minnas Hälfte leer. Am nächsten Morgen brachte er Minna den Kaffee ans Bett. Sie hatte sich zur Wand gedreht und tat als ob sie schliefe. Am Boden lagen zusammengeknüllte Taschentücher – also hatte sie geweint. Siegi wollte sie streicheln, aber sie schob seine Hand weg. So ging es vier Tage.

Dann kam die Tochter vorbei, um die kleine Isolde abzuliefern. Der Ingeniör wollte sich gleich mit dem Kind in die Werkstatt verdrücken. Aber Minna sagte:

»Da bleibts! I möcht aa was vo da Kloana ham. In d Werkstatt könnts geh, wenn I kocha tua.«

Nach dem Essen trug der Ingeniör das kleine Mädchen auf dem Arm hin und her und sang ihr den Jennerwein vor, bis sie eingeschlafen war. Dann brachten die beiden sie in ihr Ehebett. Minna holte ihr Bettzeug, weil sie auch beim Kind schlafen wollte. Endlich hatte der Ingeniör Gelegenheit der Minna alles zu erklären.

»Weißt du, wie ich da in der Zukunft war, das hab ich dir doch schon erzählt, da war in der Werkstatt so ein fürchterliches Durcheinander. Ich hab zwei Stunden lang aufgeräumt.«

Minna nickte. Den Teil kannte sie schon.

»Wie ich da so steh und die Schrauben sortier, kommt auf einmal der Haberletzer in die Werkstatt.»

»Das hast du mir nicht erzählt.«

»Und ich kann dir auch sagen warum. Der alte Haberletzer war im Schlafanzug. Vollgebieselt war er. Die Füß hat er kaum noch heben können. Statt reden hat er nur gegurgelt. Das hat mich so schockiert, dass ich, wie ich wieder daheim war, zum Doktor bin, ob es was gegen Alzheimer gibt. Aber der Doktor hat gesagt, wenn man mit 97 so durcheinander ist, dann ist das meist kein Alzheimer. Und auch keine von den anderen Sachen. Das kann auch von einem Schlaganfall kommen. Oder von Diabetes.«

»Oh je, oh je!«

»Noch viel schlimmer! Der Haberletzer hat mich gar nicht erkannt! Der hat gedacht, ich bin ein Einbrecher und ist mit dem Schürhaken auf mich losgegangen.«

Minna rückte näher zum Siegi. Aber da lag ja die kleine Isolde.

»Aber er hat keine Kraft mehr gehabt.«

»Doch. Du glaubst nicht, was der noch für eine Kraft gehabt hat. Ich hab mich ganz schön wehren müssen.«

»Da habts ihr zwei grauft?« Minna musste lachen bei dem Gedanken daran. Aber sie unterdrückte es gleich wieder, nicht dass die Isolde aufwachte.

»Ja und dann, und dann?«

Die kleine Isolde fing zu strampeln. Es war ihr wohl ein bisschen eng.

»Und dann hab ich wohl ein bisschen zu fest hingelangt.«

Ganz leise fügte er hinzu: »Auf einmal ist er am Boden gelegen und hat sich nicht mehr gerührt.«

Eine ganze Weile blieb es still. Dann sagte die Isolde: »Ha grrrh. Rabäh.«

»Siegi«, sagte Minna – ihre Stimme war ganz belegt, »mach dir nichts draus. Wahrscheinlich hast du dich selber von langem Leiden erlöst.«

»Das stimmt schon Minna. Das hab ich mir auch gedacht. Aber ...«

Wieder eine lange Pause. Isolde zog an Siegis Bart.

»Ich bin dann gleich in die Zeitmaschin gestiegen und drei Tag weiter. Bei der Beerdigung dann, ist mir ganz anders worden. Da bist du in Handschellen von zwei Polizisten gebracht worden und gleich wieder mit dem Zeiserlwagen weggefahren. Die Leute haben gemeint, du hast ihn umbracht. Es war eine traurige Leich. Auch die Helene ist gleich wieder verschwunden. Da hab halt ich die Leut zum Leichenschmaus eingeladen. Weil, ein gscheiter Leichenschmaus muss schon sein bei meiner Leich.«

»Das hast du gut gemacht, Siegi, wirklich.« Isolde trat die Minna in die Rippen.

»Du verstehst Minna, dass ich es dir erst hab gar nicht erzählen können. Aber ich möchte nicht, dass du ins Kittchen musst dafür. Deswegen hab ich einen Bericht verfasst und in dem Tresor in der Werkstatt eingeschlossen. Wenn die Polizei das liest, wird sie dich freilassen.«

Isolde begann zu schreien. Der Ingeniör sprang gleich auf, um die Kleine herumzutragen. Minna rannte in die Küche, um ein Flascherl warm zu machen.

Scheißdreck, murmelte sie vor sich, der Bericht ist ja verbrannt. Da werd ich meine letzten Jahre doch im Gefängnis verbringen, statt im Altersheim. Nicht dass das an großen Unterschied ausmachen tat. Sagen kann i s dem Siegi jedenfalls jetzt nicht.«

Isolde oder Helene

Der Ingeniör steckte den Haustürschlüssel ins Schloss und öffnete ganz leise die Haustür, damit niemand hörte, dass er nach Hause kam. Aber beim Mantelaufhängen fiel ihm der Kleiderbügel auf den Boden. Schon öffnete sich die Wohnzimmertür und die kleine Isolde kam angerast und warf sich in seine Arme. Siegi hob sie in die Höhe. Aber da war noch jemand und umklammerte seine Beine und raunzte »Opa, Opa, ich, ich«, ein zweites kleines Mädchen, genauso klein wie Isolde versuchte gerade an seiner Hose hinaufzuklettern. Schnell bückte er sich, stellte Isolde auf den Boden und umarmte beide Mädchen.

Minna lehnte in der offenen Wohnzimmertür und grinste.

»Wer ist denn das?«, fragte der Ingeniör.

»Die Helene.«

»Ah, nett, eine Helene.«

»Nein, nicht irgendeine Helene. DIE Helene. Unsere Helene.«

Die beiden Mädchen versuchten sich gegenseitig vom Ingeniör wegzudrücken. Schließlich erwischte die eine die andere an den Haaren und die andere zwickte die eine in den Arm, und beide begannen zu heulen. Minna zog die beiden Mädchen von einander weg. Sie nahm die eine auf den Arm und tröstete sie. Schon zog die andere an Minnas Rock.

»Kannst du mir nicht die eine da trösten?«, stöhnte Minna.

Siegi wollte eigentlich fragen, wie es denn zum Besuch von Helene gekommen war, aber es ergab sich keine Gelegenheit dazu. Er setzte sich zu den Mädchen auf den Boden, um mit ihnen zu spielen, baute mit der einen Hand einen Turm aus bunten Duplo-Steinen, verlegte mit der anderen Holzeisenbahnschienen, während Minna in der Küche verschwunden war und Essen zubereitete.

Das Abendessen verlief ruhig. Die Mädchen schaufelten ihre Nudeln mit Butter in sich hinein, als ob sie tagelang nichts zu essen bekommen hätten. Dann wurden sie gebadet und ins Bett gebracht, ins große Bett. Eine lag links vom Siegi, eine rechts und so las er ihnen eine Geschichte vor. Isolde war gleich eingeschlafen, nur Helene maulte noch, ob sie nicht noch eine Geschichte haben könnte. Gutmütig las der Papa/Opa noch eine vor. Dann war das Mädchen wieder munter und begann im Bett herumzuhüpfen. Damit sie die schlafende Isolde nicht aufweckte, nahm der Ingeniör sie mit hinunter in die Küche, wo sie sich neben Minna auf das Kanapee legte, ein Kuscheltier in den Arm nahm und kurze Zeit später eingeschlafen war.

Endlich konnte Minna ihrem Mann die Erklärung liefern, auf die er schon so wartete: »Du weißt doch, dass ich damals so krank war, und unsere Helene war ja sehr lebhaft. Ein richtiges Deiferl war die. Mir ist es so schlecht gegangen, ich war im Bett und wollte nur noch schlafen. Aber die Helene ist auf mir herumgehupft. Da war ich froh, wie die alte Haberletzerin gekommen ist und gesagt hat, sie nimmt die Helene eine Woche mit zu sich.«

»Das ist dir heute wieder eingefallen?«

»Ja, und wie die Isolde, die ist ja so brav, wie die mittags geschlafen hat, bin ich schnell zu mir, hab die Helene geholt und wieder zurück. Ist ganz prima gegangen.«

»Die beiden schauen sich ja sehr ähnlich«, sagte der Ingeniör, »ich kann sie gar nicht auseinander halten.«

»Ich kenn die schon auseinander. Die Isolde ist ein bisschen dunkler. Das kommt von ihrem südamerikanischen Vater. Und sie ist halt ruhiger und braver. Zu brav manchmal.«

»Vielleicht gleicht sich das aus. Die Helene wird ein bisschen braver und die Isolde ein bisschen munterer.«

Am nächsten Tag ging Minna mit den beiden Mädchen auf den Spielplatz.

»Ja, Frau Haberletzer«, sagte eine der Mütter dort, »wieso haben Sie auf einmal zwei Mädchen? Haben Sie ihre Isolde klonen lassen?«

Minna wollte schon sagen, Isolde ist ja meine Enkelin und Helene meine Tochter, aber das hätten die Frauen nicht verstanden. So murmelte sie nur was von Verwandtschaft und zu Besuch. Dann musste Minna schnell zum Klettergerüst laufen und einem der Mädchen helfen, das ganz oben hing und sich nicht mehr herunter traute.

Die Woche war turbulent. Die beiden Mädchen stritten ums Spielzeug, streuten sich im Sandkasten Sand in die Haare, zogen sich an den Haaren, zwickten sich, kratzten sich, brüllten um die Wette und waren aufeinander eifersüchtig. Beide.

Dann war es so weit, die Zeitkapsel stand bereit zum Einsteigen. Da hielten die beiden Mädchen einander fest und heulten unisono: »Helene da bleiben. Helene nicht heim fahren. Helene da bleiben.«

Mit Mühe gelang es Minna, die beiden zu trennen und die eine in die Zeitreisekapsel zu verfrachten. Der Opa hielt die andere auf dem Arm und alle vier winkten bis die Kapsel verschwunden war.

Minna und Siegi saßen auf dem Küchenkanapee und tranken Rotwein.

»Geschafft«, sagte Minna, »und jetzt weiß ich, warum die alte Haberletzerin nie mehr gekommen ist, sich das Kind ausleihen.«

»Geht es dir wieder besser?«, fragte Siegi.

»Ja, sagte Minna, »ich bin wieder ganz gesund. Die Woche ohne Helene hat mir sehr gut getan. Aber abgegangen ist sie mir.«

Da öffnete sich die Küchentür einen kleinen Spalt. Der Spalt wurde allmählich größer und ein grinsendes Kindergesicht wurde sichtbar.

»Marsch ins Bett«, sagte Minna.

»Ich kann aber nicht schlafen.«

»Das macht nichts. Du bleibst einfach im Bett.«

»Ich hab aber Angst ganz allein. Der Opa soll mitkommen.«

»Nein, der Opa kommt jetzt nicht mit. Der muss mit der Oma etwas reden.«

Die Tür ging ganz auf und die Kleine sprang herein, hüpfte auf Minnas Schoß. Kroch hinüber zu Siegi und stieß dabei den Tisch an, dass der Wein aus dem Glas schwappte.

»Ich will bei euch bleiben.«

»Gut leg dich auf das Kanapee.«

Minna und Siegi setzen sich auf die Stühle und deckten Isolde zu. Aber das Kind dachte nicht an Schlafen. Nach 5 Sekunden sprang sie auf und wollte etwas zu trinken. Wollte mit Oma und Opa »Prost machen«, bettelte um Kekse – »Ich hab noch so Hunger!« – plapperte und erzählte. Bis Minna und Siegi aufgaben und mit ihr ins Bett gingen.

Beim Frühstück bekam Isolde einen Tobsuchtsanfall, weil sie statt der gelben die rote Marmelade aufs Brot wollte.

»Seit wann magst du denn die gelbe Marmelade nicht mehr?«

»Hab ich noch nie gemocht«, antwortete Isolde. Mittags dann ein weiterer Zornanfall, bei dem sie mit dem Fuß stampfte und auf und ab sprang wie ein kleiner Hupfteufel. Und Abends beim Schlafengehen warf sie sich auf den Boden und schrie und strampelte mit den Beinen, weil sie noch eine weitere Geschichte hören wollte.

»Bist du dir sicher, dass du nicht ...«, fragte Siegi.

»Ich bin mir sicher«, sagte Minna. »Ich denke, Isolde hat nur ein paar Unsitten von Helene übernommen. Bald wird es wieder besser.«

Aber es wurde nicht besser. Isolde war laut, frech und wild – und das war sie doch bis dahin nie gewesen.

»Bist du dir sicher, dass du nicht …«, fragte der Ingeniör wieder.

Minna schüttelte den Kopf.

»Weißt du noch, wie wir uns gewundert haben,« fuhr der Ingeniör fort, »dass unsere Helene auf einmal so brav geworden ist. War das nicht nachdem du sie wieder zurückgebracht hast?«

»Ich weiß es nicht mehr«, sagte Minna. »Du kannst ja hin fahren und sie wieder austauschen, wenn du dir so sicher bist, dass wir die Helene haben statt der Isolde.«

»Glaubst du, dass mir die junge Minna so einfach ihr Kind gibt?« Der Ingeniör klang skeptisch.

»Mir hat sie ihr Kind ja auch geliehen.«

»Leihen ja, aber austauschen?«

»Das brauchst du gar nicht probieren.« Minna lachte. »Wir kennen sie doch beide.«

»Dann fahr ich einfach in der Nacht, wenn alle schlafen. Schnapp mir die Isolde aus dem Bett und leg die Helene hinein.«

»Bloß nicht! Ich bin so erschrocken, wie da vor meinem Bett so ein alter Zausel gestanden ist und die

Helene hat packen wollen. Ich hab schreien wollen, hab aber vor Schreck keinen Ton heraus gebracht. Du glaubst nicht, was das für ein Albtraum war. Will mir da einer mein Kind wegnehmen! Hab sie gepackt und an mich gedrückt, so fest wie ich können hab.«

»Und dann?«

»Dann hat er sich aus dem Kinderbett, das wir zwar im Zimmer hatten, in dem Helene aber nie geschlafen hat, dann hat er sich aus dem Kinderbett ein Kind geschnappt, was weiß ich, was das für ein Kind war, wo das hergekommen ist und ist wieder gegangen. Also, bitte, Siegi, fahr nicht! Versuch nicht, die Kinder heimlich zu tauschen. Du jagst mir nur einen Riesenschrecken ein. Bitte, bitte, fahr nicht.«

»Ich muss aber doch.«

»Nein, du musst nicht.«

»Doch, muss ich, wenn du doch sagst, ich war in der Nacht an deinem Bett.«

»Aber du hast die Kinder nicht austauschen können, weil ich meins nicht hergegeben hab. Also musst du nicht fahren. Es bleibt alles wie es ist.«

»Also Minna, jetzt hamma aba an Gnupf drin!«

»Macht nichts. Wir werden die Helene, ich mein, die Isolde, schon ein weiteres Mal groß kriegen.«

»Und wenn sie uns zu sehr nervt, dann rufen wir die Helene an, ich mein, die Isolde, sie soll die Isolde, ich mein, die Helene, also, dann soll halt die Mama ihr Kind zu sich nach Garching holen. Schließlich sind wir nur die Großeltern.«

Anmerkung: Gnupf kommt von geknüpft = Knoten

Einstein-Rosen-Brücke – 2. Teil

Die kleine Isolde schlich in die Küche. Sie schob einen Stuhl zur Küchenkredenz und kletterte darauf. So erreichte sie die oberen Fächer, um nach Süßigkeiten zu suchen, die die Oma dort versteckt hatte. Minna musste ständig neue Verstecke für ihre Schokolade und ihre Karamelbonbons suchen, denn keines war vor Isolde sicher. In der Küchenkredenz allerdings war nichts zu finden. Dafür entdeckte Isolde hinter dem Tellerstapel eine Glaskugel. Es war schwierig, sie zu erreichen und beinahe wäre ihr der ganze Stapel Teller aus dem Schrank gekippt. Aber Isolde schaffte es, ihn zur Seite zu bugsieren. Um die Kugel zu erreichen, zog sie ihre Strickjacke aus, warf den Ärmel wie ein Lasso um die Kugel und zog sie nach vorne.Die Kugel war schwer. Isolde konnte sie mit beiden Händen gerade so halten. Aber schon jetzt erkannte sie, dass sich jede Anstrengung rentierte: in der Kugel bewegten sich bunte Sachen.

Sie stellte die Kugel auf dem Stuhl ab, wobei sie sie mit einem Fuß gegen die Lehne presste. Dann räumte sie die Teller wieder an ihren Platz und schloss die Tür. Genau so leise wie sie gekommen war, schlich sie wieder die Treppe hinauf in ihr Zimmer. Die Kugel versteckte sie in der Kiste mit den Stofftieren.

Am Abend, nachdem ihr Opa Siegfried eine Geschichte vorgelesen und das Licht gelöscht hatte, kroch sie wieder aus ihrem Bett und holte sich die Kugel. Ja, da waren wieder die bunten Bilder! Sie schaute genauer: es waren Legosteine, viele Legosteine. Dazwischen tauchte eine Hand auf, wühlte in den Steinen, verschwand wieder, tauchte wieder auf. Isolde drehte die Kugel etwas und jetzt hatte sie freien Blick auf den Legobauer, einen Buben, ein paar Jahre älter als sie. Jetzt hatte er etwas entdeckt. Er griff nach der Kugel und schaute Isolde direkt ins Gesicht. Sein Mund bewegte sich, aber sie hörte nicht, was er sagte. Kurz darauf kamen Schuhe ins Blickfeld, die die Legos beiseite schoben. Der Bub stand auf und ging zu seinem Bett. Dann wurde es dunkel. Isolde wollte die Kugel schon weglegen, aber da tauchte das Gesicht noch einmal auf, ganz nah und nur von dem schwachen Licht beschienen, das von der Straßenlaterne durch das Fenster fiel. Er schnitt ein paar Grimassen und Isolde musste lachen. Aber schließlich war das fad und sie legte die Kugel wieder zu den Stofftieren.

Am nächsten Tag schaute Isolde immer wieder in die Kugel, sah aber nichts, gar nichts. Erst am späten Nachmittag war der Bub wieder da. Sie schnitten sich ein paar Grimassen, aber ohne Ton war das fad. Schließlich hielt ihr der Bub einen Zettel entgegen. »Wie heißt du?« buchstabierte Isolde mühselig – schließlich war sie erst fünf Jahre alt und ging noch nicht in die Schule. Aber ihren Namen konnte sie schon schreiben. »ISI«, malte sie mit Großbuchstaben. »Ich bin Jan«, kam die Antwort. Das wars dann auch – vorerst.

Ein paar Jahre später kam Isolde die Kugel wieder unter. Diesmal klappte die Unterhaltung per Zettel schon besser. Aber dann eines Tages:

»Du hast ja keinen Busen«, schrieb Jan.

»Woher weißt du das?«

»Ich habe gestern zugeschaut, wie du dich ausgezogen hast.«

Isolde bekam einen roten Kopf und feuerte die Kugel in die Stofftierkiste. Der fehlende Busen machte Isolde ziemlichen Kummer und dass Jan das auch bemerkt und vor allem noch gesagt hatte, machte sie richtig gehend wütend. Mehrere Tage lang dachte sie darüber nach, wie sie es ihm heimzahlen könnte.

Schließlich packte sie die Kugel wieder aus.

»Weißt du, wie die Kugel funktioniert?«, fragte sie Jan.

»Wie ein Handy halt, über Funk«, meinte der.

»Warum gibt es dann keinen Ton? Warum musst du nie die Batterie aufladen?«, fragte Isolde.

»Was weiß ich!«

»Das ist eine Einstein-Rosen-Brücke.«

»Ach ja Einstein, E ist gleich Em-ce-Quadrat. Das weiß ich.«

»Nichts weißt du! Die Kugeln sind nämlich quantenmechanisch verschränkt.«

»Die sind was?«

»Weißt du nicht, was Quanten sind?«

»Nee, und das ist mir auch egal.«

»Die hat mein Opa erfunden.«

»Das ist mir auch egal.«

»Du bist mir auch egal.«

Die Jahre gingen ins Land. Das nächste Mal erwischte Isolde den Jan, wie er am Schreibtisch über seiner Mathehausaufgabe brütete.

»Mathe ist doch easy«, sagte Isolde.

»In welcher Klasse bist du denn? In der Siebten oder in der Achten?«

»Ich bin schon in der Neunten.«

»Aber Integralrechnung kannst du noch nicht. Das sind Abituraufgaben, meine Kleine, die kannst du noch lange nicht lösen.«

»Kann ich wohl.«

»Dann sag mir, was das Integral von Eins durch x ist? – Siehste, das weißt du nicht.«

Isolde lief in die Küche zu Minna und fragte: »Was ist das Integral von Eins durch x?«

Minna schaute sie überrascht an, legte das Strickzeug zur Seite und fragte: »Wieso willst du das wissen?«

»Einfach so. Hab das gerade in einem Buch gelesen.«

Minna holte Papier und Stift und begann mit dem Unterricht in Differential- und Integralrechnung.

Drei Wochen später wusste Isolde Bescheid und wagte sich wieder an die Einstein-Rosen-Brücke.

»Na, welches Integral brauchst du denn heute?«, fragte sie gut gelaunt.

»Nix Integral. Heute mach ich analytische Geometrie. Die Hesse-Form der Ebene. Kannst du mir vielleicht sagen, wozu die gut ist?«

»Was hast du sonst noch?«

»Wirtschaft und Recht. Aber da brauchst du mir nicht helfen. Da bin ich super.«

»Bah, Wirtschaft ist langweilig. Physik ist besser.«

»Physik hab ich abgewählt. Chemie auch. Blöde Fächer. Braucht kein Mensch.«

»Doch, ich brauch die. Ich will nämlich Astronautin werden. Und meine Mama ist Astronomin und hat schon drei neue Galaxien entdeckt und einen Kometen, den Haberletzer-Garcia-Kometen, einen kleinen nur, aber er trägt ihren Namen.«

»Soso, Garcia heißt deine Mama?«

»Nein, Garcia ist ihr Assistent, der hat ihr mitgeholfen, deswegen Haberletzer-Garcia.«

»Haberletzer heißt du also – haha, komischer Name. Werd ich mir merken.«

»Ja, merk ihn dir. Vielleicht liest du schon bald über mich in der Zeitung.«

»Warum? Hast du was angestellt?«

»Ach, du bist doof.«

»Kannst dir meinen Namen auch merken, Jan Pretzel und wenn du mir unterkommst dann pretzel ich dich, du kleines Fickluder.«

Na ja, dachte Isolde, eine Einstein-Rosenbrücke ist zwar was tolles, aber wenn sie in die Hände von so einem Idioten fällt …

»Ich würde deine Kugel gerne haben. Schenkst du sie mir?«

»Schenken? Wie kommst du da drauf? Verkaufen vielleicht. Vielleicht. Aber so viel Geld, wie ich dafür will, hast du nie und nimmer.«

»Eigentlich gehört sie ja uns. Meine Oma hat sie nur am Hachinger Bach verloren.«

»Das kann jeder behaupten.«

»Wenn es aber wahr ist.«

»Du kannst sie haben. Aber du musst zu mir kommen und mir deine Muschi zeigen. Dann kriegst du sie.«

Im August flog Isolde nach Chile zu ihrer Mutter an die Südsternwarte. Ihr Abitur machte sie zwei Jahre später und schloss als Beste ab. Von Jan Pretzel hörte sie nichts mehr. Die Kugel blieb dunkel. Einmal rief sie die Telefonnummer an. Seine Mutter erklärte ihr: »Nachdem er beim Abi wegen der blöden Mathe durchgefallen ist, haben wir ihn jetzt nach Florida geschickt in eine bessere Schule.«

»Ist vielleicht bei Ihnen im Haus irgendwo eine Glaskugel? Die hab ich Jan geliehen und er hat vergessen, sie mir zurückzugeben.«

»Ich wühle ungern in seinen Sachen.«

»Aber die Kugel ist für mich immens wichtig! Kann ich kommen und sie mir holen?«

Die Mutter zögerte noch eine Weile, sagte dann aber »Meinetwegen.«

Zwei Tage später stand Isolde in Jans Zimmer, das sie schon vom Sehen kannte. Wo könnte der Schuft die Kugel versteckt haben? Die Mutter lehnte an der Tür und wartete.

Isolde machte den Schrank auf – der war leer.

»Ich hab Jans alte Sachen alle in die Kleidersammlung gegeben«, sagte die Mutter.

Der Schreibtisch war abgesperrt. Schließlich legte sich Isolde auf den Boden und schaute unters Bett. Frau Pretzel holte einen Besen und Isolde stocherte damit herum. Aber außer Staubmäusen und Haaren fanden sie nichts.

»Wahrscheinlich hat er sie mitgenommen«, sagte seine Mutter. »Wenn er Weihnachten kommt, werde ich es ihm sagen, dass er sie Ihnen zurück bringt.«

Aber Jan Pretzel rührte sich nicht.

Tauschgeschäfte

Es ist ja nicht so, dass Siegi und Minna ständig mit der Zeitmaschine unterwegs wären. Sie haben schließlich auch noch anderes zu tun. Minna muss stricken, kochen, stricken, Kuchen backen, Freundinnen treffen, Radl fahren, stricken, kochen, mit dem Ingeniör Radl fahren, lesen, stricken und Kaffee trinken. Der Ingeniör muss erfinden, Kaffee trinken, montieren, Kuchen essen, testen, mit der Minna Radl fahren, zusammenbauen, Kaffee trinken, auseinander nehmen, Bauteile kaufen fahren, umbauen, testen, reparieren und Kaffee trinken. Schon seit Wochen steht die Zeitmaschine ungenutzt in einem Eck der Werkstatt. Damit sie nicht verstaubt, hat Minna eine alte Decke darüber gelegt.

Aber heute hatte Minna wieder einmal Lust auf eine Zeitreise. Nichts großartiges, nichts aufregendes, nicht wie damals zur Hochzeit von Kaiserin Sissi, wo sie dann doch nur im Gedrängel steckte, überhaupt nichts sehen konnte und zum Heimfliegen erst zwei Besoffene aus ihrer Kapsel bugsieren musste. Nein, nur zwanzig Jahre in der Zeit zurück reisen, an einen schönen sonnigen Tag, an dem ihre 15jährige Tochter Helene alleine zu Hause ist und die Gelegenheit nützen, um mit dem Mädchen ein ernsthaftes Wort zu sprechen, damit sie endlich mehr für die Schule lernt.

Minna zog also die Zeitmaschine in die Mitte der Werkstatt und nahm die Schutzdecke ab.

»Ach du liebe Zeit!« rief sie aus, »Siegi, komm her und schau dir das an!«

Der Ingeniör schlurfte herbei, in der einen Hand das Stromkabel, um den Akku anzuschließen, in der anderen Hand eine Zange.

»Das gibt es doch nicht, dass die Zeitmaschine so ausschaut«, sagte Minna empört. »Wie ich sie das letzte Mal abgestaubt habe, war alles noch in Ordnung. Und jetzt das!«

Ja, die Zeitmaschine sah ziemlich mitgenommen aus: Die Einstiegsluke hing schief, weil ein Scharnier gebrochen war, aus dem Batteriefach sickerte eine braune Flüssigkeit, das Bedienpult war zerbrochen und gab den Blick frei auf die Drähte im Innern.

»Das wird dauern, Minna, bis ich das alles repariert habe.« Der Ingeniör ging in die Knie und musterte die Unterseite der Kugel. »Deinen Ausflug musst du wohl ein bisschen verschieben.«

»Ja, das seh ich auch«, meinte Minna. »Aber kannst du mir sagen, wer die Kugel so zugerichtet hat? Die ist doch die ganze Zeit hier in der Werkstatt gestanden. Ich hab sie nicht benutzt und du doch auch nicht, oder?«

Siegi stand auf und rieb sich die Hände am Arbeitsmantel sauber.

»Dreckig ist sie auch«, stellte er fest. »Irgendeine Schmier ist da dran.«

»Die Sitzbank hat einen Riss«, schimpfte Minna. »Ich weiß genau, dass der Riss vor drei Wochen noch nicht war.«

Der Ingeniör kratzte sich am Kopf.

»Jetzt tu nicht so, Siegi«, Minna stemmte die Hände in die Hüften und funkelte ihren Mann wütend an. »Du bist heimlich weg gewesen und hast mir nichts gesagt.«

»Aber Minna, glaub mir doch, ich war nicht weg mit der Maschine. Wohin hätte ich auch sollen? Und wenn was kaputt gegangen wäre, hätte ich es gleich repariert.«

»Schon damit ich nichts merke, oder? Aber das ist mir egal! Von mir aus kannst du ja zeitreisen so viel du willst. Aber dann mach mir keine Vorhaltungen, dass ich unvorsichtig bin.«

»Herrschaftszeiten, Minna, ich war gar nicht weg. Schon Wochen, ach was, Monate nicht mehr. Was hast du bloß?«

»Gar nichts habe ich«, sagte Minna, drehte sich um und stolzierte zur Tür hinaus. Kaum war sie draußen und die Tür geschlossen, öffnete sie die Tür wieder um noch etwas nachzuschicken: »Aber ich hab gar keine Lust, den Riss in der Sitzbank zu flicken. Der bleibt halt dann einfach.« Dann schloss sie die Tür wieder, mit einem ordentlichen Knall diesmal.

Nun hing der Haussegen schief, aber gewaltig schief!

»Du warst nur wieder im alten Unterhaching um deine schöne Müllerstochter zu besuchen«, warf Minna dem Siegi vor. »Sieht man ja an dem ganzen Dreck, dass du dort in einem Misthaufen gelandet bist.«

Der Siegi bemühte sich alles wieder zu richten: Er säuberte das Batteriefach und setzte eine neue Batterie ein. Für die Türangel musste er erst in den Baumarkt fahren und eine neue kaufen. Als er zurückkam, stand eine glänzende makellose Zeitkugel in der Werkstatt. Er stürzte in die Küche. Minna saß auf dem Kanapee und strickte.

»Wo kommt die jetzt her?«, fragte er.

»Wo wohl? Aus der Vergangenheit natürlich. Bin einfach sechs Wochen zurück und hab sie gegen die damals noch intakte Kugel ausgetauscht. Dafür gibst du jetzt endlich zu, dass du die Müllerstochter besucht hast. Es macht mir ja nichts aus, aber zugeben sollst du es.« Minna grinste. Sie war sehr zufrieden mit sich. Auf so eine Idee musste man doch erst einmal kommen. Siegi dagegen wurde jetzt richtig wütend.

»Erstens war ich nicht bei der Müllerstochter. Aber wenn du meinst, dass ich dort war, dann war ich halt dort oder noch besser, ich fahr morgen hin. Zweitens, zweitens ...«

»Kommt gar nicht in Frage!« Minna zog eine Nadel aus dem Strickzeug und zielte auf Siegi: »Du bleibst daheim! Ich bin dran. Und zwar sofort.«

Minna landete an einem schönen sonnigen Tag im Garten ihres Hauses. Eine Werkstatt gab es damals noch nicht, weil der Ingeniör noch in einer Firma arbeitete und dort eine noch viel größere und besser ausgestattete Werkstatt und jede Menge hilfreicher Hände hatte, die ihn bei seinen Erfindungen unterstützten. Im Moment allerdings war er auf einem Erfinderkongress in San Francisco und Minna begleitete ihn. Helene, ihre Tochter, war allein zu Hause.

»So ein schöner Tag, aber das Madel sitzt wahrscheinlich wieder vor dem Fernseher statt an die Sonne zu gehen«, überlegte Minna. »Und die Tomaten und die Geranien hat sie auch wieder nicht gegossen.« Das war das erste, was Minna jetzt machte: Die Gießkanne füllen und alle Pflanzen auf der Terrasse wässern. Schließlich wollte sie nicht bei ihrer Rückkehr vertrocknete Pflanzen vorfinden. Natürlich war die Terrassentür verschlossen, aber Minna hatte ja einen Hausschlüssel und konnte durch die Vordertür.

Im Haus war es ganz still. Kein Fernseher, keine Musik. Fast ganz still – der Kühlschrank in der Küche brummte. Minna schaute in die Küche: ungewaschenes Geschirr türmte sich neben der Spüle. Ein Topf mit eingebrannten Nudeln stand auf dem Herd, Spritzer von Tomatensauce schmückten die Fläche rundum und auch die Fronten der Schränke. Egal – bis zur Rückkehr der Eltern konnte Helene das schon noch sauber bekommen.

Minna öffnete vorsichtig die Tür zu Helenes Zimmer. Wie erwartet lagen am Boden verstreut Jeans, T-Shirts,

Pullis, Socken. Offensichtlich schlief Helene noch. Ein Bein ragte unter der Decke hervor. Aber das konnte nicht das Bein Helenes sein: Es war ein sehr haariges Bein. Minna machte schnell die Tür wieder zu und lehnte sich im Flur an die Wand. Schau, schau, Helene hatte einen Freund! Und: der Freund schlief bei ihr im Bett. Das hatte die damalige Minna gar nicht mitgekriegt.

Minna ging in die Küche, kochte sich einen Kaffee, setzte sich aufs Kanapee und drehte das Radio laut, sehr laut. Aber das half nichts. Minna wusch das Geschirr und machte die Küche sauber. Nach der zweiten Tasse Kaffee waren Helene und ihr Freund immer noch nicht wach. Minna ging in den Garten und begann zu jäten. Unglaublich, wie das Unkraut während ihrer Abwesenheit gewachsen war! Rucola unterdrückte die Petersilie, Petersilie bedrängte den Brokkoli usw. Minna hatte schon zwei ordentlich Haufen von Unkraut aufgetürmt und stand auf, um ihn zum Kompost tragen – da erschien Helene auf der Terrasse, in einem kurzen Hemdchen, reckte und streckte sich und gähnte. Minna winkte ihr zu und rief »Hallo, Helene!« Helene starrte sie an. Dann schrie sie auf und rannte ins Haus. Kurz darauf kam sie mit ihrem Freund wieder. Der hatte nur ein Handtuch um die Hüften und die nassen Haare hingen ihm ins Gesicht. Flocken von Shampoo flossen herab auf seine Brust. Helene versteckte sich hinter seinem Rücken.

»Was machen Sie hier? Verschwinden Sie! Verschwinden Sie auf der Stelle!«, schrie er.

»Wer hat Ihnen erlaubt, in unserem Garten Pflanzen auszurupfen?«, setzte Helene hinzu. »Schleichen Sie sich.«

»Aber geh«, sagte Minna und machte ein paar Schritte auf die beiden zu. Helene schrie gellend auf. Der Kerl ballte die Fäuste und duckte sich.

»Was habt ihr denn? Ich bin kurz auf Besuch und will nur mit euch reden.«

»Wer sind Sie denn überhaupt?«

Minna schluckte. Ja, wer bin ich, dachte sie. Ich bin die alte Haberletzerin und die junge da, die kann mich gar nicht kennen.

»Wir wollen aber nicht mit Ihnen reden. Wir wollen, dass Sie verschwinden!«, keifte Helene. Sie angelte sich den Gartenschlauch, drehte das Wasser auf und zielte auf Minna.

»Ich geh ja schon«, sagte Minna und hob die Hände vors Gesicht. »Lasst mich in meine Kapsel und ich bin gleich weg.« Sie hatte nur noch drei Schritte bis zur Kapsel.

Der Bursche kam drohend näher. Er bückte sich und hob einen Stein auf. Helene schlich hinter ihm her und kreischte: «Kevin! Kevin, sei vorsichtig!« Er warf den Stein nach Minna.

Endlich hatte Minna ihre Zeitreisekapsel erreicht und machte die Klappe auf. Da stürzten die beiden auf sie zu. Helene zerrte an ihrer Jacke, Kevin schlug auf sie ein, traf sie mal am Rücken mal am Kopf. Helene schaffte es hinter ihr her in die Kapsel zu klettern und kratzte und spuckte und riss sie an den Haaren. Minna duckte sich weg, wo sie nur konnte und schaute, dass sie den Startknopf erreichte.

»Raus mit dir, oder ich nehm dich mit in die Hölle, du hysterisches Weibsbild«, knurrte Minna. Helene erstarrte, schaute sie an, sagte ganz erstaunt »Mama?« und fiel rückwärts aus der Kapsel. Minna klappte die Tür zu so gut sie konnte und drückte den Startknopf. Da wurde sie samt Kapsel auf den Kopf gestellt. Kevin hing an den Hörnern. Sie kugelte ins Gemüsebeet und Kevin ließ los. Minna schleuderte es in der Kapsel herum und schließlich knallte sie auf die Bedienkonsole. Kevin schnappte sich den Rechen, den Minna auf dem Beet hatte liegen lassen – aber da startete die Kapsel. Sie wurde schnell kleiner und kleiner und der Rechen sauste daneben. Das letzte was Minna sah, war ein Fuß, der nach der Kugel trat, ein sehr großer, nackter, sehr dreckiger Fuß. Nicht auszumalen, was ein Schuh hätte anrichten können.

Als Minna in der Werkstatt ankam, sah nicht nur die Kugel ziemlich mitgenommen aus. Minna war pitschnass und hing kopfüber in Innern. Das Batteriefach war offen und die Batterie tropfte. Die Einstiegsklappe hing nur noch an einem Scharnier. Die Bedienkonsole war zerbrochen – als Minna mit vollem Gewicht darauf gefallen war. Ja, und im Sitz war ein langer Riss.

  Siegi half Minna aus der Kapsel. Er schaute sie besorgt an.

  »Keine neuen Fehler, alles schon gehabt«, sagte Minna und versuchte zu lachen. Das Lachen tat weh. Siegi legte den Arm um sie und schob sie ganz sanft aus der Werkstatt. »Wir gehen erst einmal ins Bad, das Blut abwaschen. Und dann ziehst du dich um und ich fahr dich zum Doktor, der soll dir eine Tetanus-Spritze geben.«

  »Wieso denn eine Tetanus-Spritze?«, fragte Minna und fuhr sich mit der Hand übers Gesicht.

  Siegi griff nach ihrer Hand. »Nicht noch mehr Dreck in die Wunden schmieren«, sagte er.

  Minna schaute ihre Hände an. »Ich war grad am Garteln«, sagte sie, »als der Angriff erfolgte.«

Am Nachmittag saßen die beiden einträchtig auf dem Küchenkanapee. Helenes Kratzspuren waren desinfiziert und verpflastert. Minnas Hände waren wieder sauber, die Fingernägel gebürstet. Ein paar Stellen an den Armen und im Gesicht und wahrscheinlich auch am Rücken färbten sich schon blau. Das linke Auge war fast zugeschwollen. Minna drückte immer wieder einen nassen Waschlappen drauf.

»Weißt du noch, wie wir damals aus Amerika zurückgekommen sind?«, fragte sie den Ingeniör. »Da war doch die Helene irgendwie komisch. Hat geheult, wie wir da waren., ist uns um den Hals gefallen. Wir waren doch nur zwei Wochen weg gewesen, aber sie hat getan als wären es drei Monate gewesen. «

Siegi nickte. »Haus und Garten waren piccobello in Ordnung. Sogar das Unkraut war gejätet. Wir haben uns gewundert.«

»Aber erzählt hat sie nie etwas davon.«

»Den Kevin haben wir auch nie zu Gesicht bekommen.«

Siegfried nahm Minnas Waschlappen und hielt ihn wieder unters kalte Wasser.

»Ich mach mich dann dran, die Kapsel zu reparieren. Jetzt bin ich ja wieder dran.«

»Stimmt, du musst ja deine Müllerin besuchen.«

»Genau«, Siegi grinste. »Hoffentlich geht es mir nicht wie dir und sie erkennt mich gar nicht, weil ich schon so alt geworden bin.«

»Bestimmt schmeißt sie dich hochkant aus dem Haus.«

»Es wird eh dauern bis ich sie repariert habe. Muss erst einmal die Pläne suchen. Wenn ich nur wüßt, wo ich die hab. Dann die Ersatzteile besorgen. Hoffentlich krieg ich noch alles. Die hat ja doch schon einige Jahre auf dem Buckel.«

»Weißt was, Siegi? Des hamma glei.«

Minna stand auf und ging in die Werkstatt. Langsam folgte ihr der Ingeniör. Minna saß schon in der Zeitreisekugel und zog die Tür zu, was wegen dem kaputten Scharnier nicht ganz einfach war.

»He«, sagte der Ingeniör, »das gilt nicht. Ich bin dran!«

Doch Minna startete schon …

Zehn Minuten später war sie wieder da – mit einer blitzblanken Zeitreisekapsel, mit intaktem Scharnier, geschlossenem Batteriefach und ohne Riss in der Sitzbank.

»War grad ein sehr günstiger Zeitpunkt«, sagte sie. »Die beiden waren in der Küche Kaffee trinken. Die haben gar nicht gemerkt, dass ich ihnen das kaputte Trumm hingestellt hab.«

Second Life

Minna strickt nicht mehr. Minna backt keinen Kuchen mehr.

»Ach, ich hab ja eh so viele Socken und Pullover, mehr als ich anziehen kann. Und vom Kuchen werden wir nur dicker und dicker. Es ist viel besser, wenn ich nichts mehr backe. Überhaupt, so viel kochen muss auch nicht sein. Ist doch purer Luxus. Ab und zu ein paar Nudeln kochen, das reicht. Ansonsten gibt es Pizza aus dem Tiefkühler oder ich hol schnell was beim Chinesen vorne am Eck. Hühnchen süßsauer oder Knusperente ist dem Ingeniör am allerallerliebsten.«

Wenn dem nur so wäre! Die Wahrheit ist: Minna spielt. Minna spielt ein Computerspiel und sie ist innerhalb weniger Tage süchtig geworden. Spielsüchtig.

Oder soll man sagen: Minna hat sich ein anderes Leben gesucht, ein virtuelles zwar, aber sie lebt jetzt einfach ein anderes Leben.

Ein Leben ohne Ingeniör.

Minna ist zur TU spaziert um sich zum Studium einzuschreiben. Aber weil die Schlange in der Immatrikulationshalle so lang ist, macht sie kehrt und geht erst einmal Kaffee trinken. Das hat die erste Minna nicht gemacht. Die hat sich brav angestellt und vor ihr in der Schlange war ein junger Mann, mit dem ist sie ins Gespräch gekommen. Nein, in ihrem zweiten Leben begegnet Minna dem Siegfried Haberletzer gar nicht erst. Auch in den folgenden Semestern meidet Minna alle Orte, an denen sie dem angehenden Ingeniör über den Weg laufen könnte. Sie genießt das Studentenleben in vollen Zügen – ist ja niemand da, der drängelt: ›Komm, gehen wir auf dein Zimmer‹. Ihre Prüfungen schließt sie mit Bestnote ab – keine

Kunst, sie weiß ja, was dran kommt. Ihren Traumjob, eine Stelle in der Raumfahrt-Industrie erhält sie auf Anhieb, zur Astronautenausbildung wird sie auch zugelassen. Astronauten-Training in Houston, Sprachkurse, Spezialkurse noch und noch. Sie heißt auch nicht Haberletzer, sondern hat noch ihren Mädchennamen Kotulowski.

Als Minna so weit gekommen ist, hält es der Ingeniör schon fast nicht mehr aus. Hühnchen süßsauer und Knusperente kommt ihm schon zu den Ohren heraus. Das Pizzaprogramm von Bofrost kann er rauf und runter deklinieren und keine schmeckt ihm mehr. Er hätte gerne mal wieder einen Kaiserschmarrn oder Topfenpalatschinken oder einen Krautstrudel oder einfach Bratkartoffeln und Wirsing. Aber Minna ist so in ihr Spiel versunken, dass sie ihn, das muss er sich eingestehen, schlichtweg vergessen hat.

Sie sitzt vor dem Bildschirm und tippt und klickt und wenn Siegi ins Zimmer kommt, schaut sie ihn nicht einmal an. Ins Bett geht sie sowieso erst gegen drei Uhr, wenn Siegi schon tief schläft. Dafür steht sie erst mittags auf. Dann hat Siegi schon Schnee geräumt, Staub gesaugt, die Blumen gegossen und die eine oder andere kleine technische Spielerei entwickelt.

Noch fehlt dem Ingeniör eine Idee, was er machen könnte, um Minna wieder aufs richtige Gleis zu setzen.

Minna ist am Ziel ihrer Träume: sie startet von Kourou aus mit dem Space-Shuttle zur internationalen Raumstation, zur ISS. Sie wird dort oben in 400 km Höhe über der Erde ein ambitioniertes Forschungsprogramm durchführen. Wenn alles gut geht, weist sie endlich die Gravitationswellen an Hand der relativistischen Zeitverschiebungen nach. Sie hat einen völlig neuen

Ansatz, mit dem Problem umzugehen. Wenn nicht gar der Nobelpreis, so winken doch Ruhm und Ehre, eine Professur am MIT oder in Berkeley, internationale Konferenzen, Orden und Meriten …

Ganz angetan von diesen sonnigen Aussichten schaltet Minna den PC aus und geht in die Küche kochen. So kommt der Ingeniör in den Genuss eines hervorragend gebratenen Koteletts mit Apfel-Zwiebel-Gemüse und Kartoffelbrei, dazu Radicciosalat und als Nachtisch Himbeeren in Sahne. Zufrieden faltet er die Hände über dem Bäuchlein, zufrieden und auch glücklich, dass Minna wieder ansprechbar ist.

»Was spielst du denn?«, fragt er neugierig.

»Ach, nichts besonderes.«

»So ein Jump-and-run oder eher etwas, wo man Monster erschießen muss?«

»Nein, so was eher nicht.«

»Tetris kann auch ganz schön schwer sein.«

»Ach, das alte Tetris! Siegi, du bist nicht mehr auf dem Laufenden. Heute spielt man Candy crush oder Legend oder Klondike.«

»My little farm soll nett sein.«

»Ganz nett, du sagst es. Aber ich spiel Parallel.«

»Hätt ich mir doch denken können, dass du was mathematisches spielst.«

»Das ist nichts mathematisches. Eher Physik. Aber na ja, man taucht halt in eine Parallelwelt ein, in der man sich ein ganz anderes Leben zusammenstellt.«

»Klingt sehr interessant. Ein ganz anderes Leben?«

»Ja, man erfindet sich selber ein neues Leben, eine neue Umgebung, neue Leute. Eben ein ganz anderes Leben.«

»Du erfindest Leute? Hast du mich auch erfunden?«

»Nein, mein lieber Siegi. Du kommst nicht vor. Dich hab ich ja im reellen Leben. Für das virtuelle Leben, für ein Spiel, bist du mir viel zu schade.«

Dabei lächelt Minna so betont freundlich unschuldig, dass Siegi sofort merkt, dass sie lügt, dass sie aus einem ganz anderen Grund auf ihn verzichtet.

Minna steht auf. »Wäscht du ab? Machst die Küche sauber? Ich muss weiter spielen.«

»Wo bist du denn grad? Wenn ich fragen darf.«

»Ich schwebe gerade durch die Schleuse in die ISS.«

Da ist Minna auch schon weg. Aber der Ingeniör hat genug gehört.

Minna Kotulowsky wird auf der Raumstation mit offenen Armen empfangen. Im Sinne des Wortes, denn sie kommt mit soviel Schwung aus der Schleuse, dass sie mit den Wartenden zusammenprallt. Sie fühlt sich herzlich aufgenommen. Vor allem der Kapitän Chris ist ein ganz netter. Nur Amanira ist etwas ablehnend, sieht sie doch wie beeindruckt der Chef von Minna ist. Tja, da kann man nichts machen, Amanira ist Amanira und Minna ist Minna Kotulowsky, die taffe Wissenschaftlerin mit dem umwerfenden Charme, der kein Mann widerstehen kann. Die ersten Tage lassen sich gut an. Minna baut ihre Versuchsanordungen auf und macht erste Messungen, um den Alterungsprozess von Blutegeln festzustellen. Zufrieden kuschelt sie sich nach getaner Arbeit in ihren Schlafsack, der gleich neben dem von Chris festgebunden ist. Das Leben auf der ISS ist so schön!

Alarmglocken oder vielmehr der Alarmpiepser reißt Minna und die ganze Besatzung aus dem Schlaf. Spannungsabfall. Die Solarzellen liefern nicht genug Strom oder die Batterien haben ein Leck. Chris geht auf Außeneinsatz und Minna hält ihn fest an der Leine, während Amanira in der Ecke schmollt. Ein Kabel ist durchgescheuert und Chris muss es flicken. Er bleibt so lange draußen im All, dass sein Sauerstoffvorrat schon fast zur Neige geht. Mit letzter Kraft erreicht er die Schleuse. Minna zieht ihn ins Innere der Kapsel. Er ist bereits bewusstlos. Aber als er die Augen aufschlägt fällt sein erster Blick auf Minna und ein Lächeln erhellt seine Züge.

Chris hat sich wieder erholt. Fortan weicht er Minna nicht mehr von der Seite. Am Abend packt Chris seine Gitarre aus und singt Elvis-Lieder: ›Are you lonesome tonight‹ und ›Can't help falling in love‹.

Am nächsten Tag wieder Alarm. Die Steuerung hat einen Fehler und die Raumstation kreiselt wild um ihre eigene Achse. Minna ist verwirrt: Das sollte eigentlich nicht vorkommen. Dann färbt sich die Nährflüssigkeit ihrer Blutegel grün. Eine Weile zappeln sie noch hektisch hin und her, dann trudeln sie bewegungslos dahin. Bis Minna neues Wasser eingefüllt hat, sind alle tot. Alle. Wie soll sie denn da ihr Forschungsprojekt durchführen? Sabotage, denkt sie. Amanira? Wer sonst könnte es sein?

Minna schaltet den PC auf standby. Sie muss nachdenken. Minna stemmt sich aus dem Stuhl und wankt durchs Haus: Alles dunkel, alles still. Der Ingeniör liegt in seinem Bett und schläft. Minna kriecht zu ihm unter die Decke und kuschelt sich an ihn.

Als sie wieder wach wird, ist längst heller Tag, die Sonne scheint. Siegi ist bestimmt schon lange wach. Er hat die Terrasse schneefrei gekehrt und die Liegestühle sind schon fast trocken.

»Wir könnten einen kleinen Spaziergang machen«, schlägt Minna vor. Siegi ist sofort einverstanden. Sie wandern um den Deininger Weiher. Schweigsam ist sie halt die Minna. Ist in Gedanken immer bei ihrem Spiel, in ihrem virtuellen Leben. Aber den Ingeniör stört das nicht. Er wälzt Pläne im Kopf, von denen Minna nichts ahnt.

Chris hat den ganzen Tag mit Houston über die Fehler debattiert, Minna hat mit Oberpfaffenhofen und Ottobrunn Kontakt aufgenommen. Schließlich kündigt die Ground Control an, dass sie Major Tom Fox hinauf schicken wird. Der soll vor Ort den Fehler beheben.

Zwei Tage später ist Major Tom da und begibt sich sofort ans Steuerpult. Nach einer halben Stunde ist es ihm gelungen, die Bahn zu stabilisieren. Endlich kehrt wieder Ruhe ein. Die Solarzellen liefern Strom, die Systeme laufen fehlerlos. Auch hat er neue Blutegel für Minna mitgebracht und sie kann ihr Experiment wieder starten. Friede, Freude, Eierkuchen müsste man meinen.

Aber Minna, die Minna Haberletzer ist beunruhigt. Sie hat den Major Tom nicht eingeführt. Zwar ist die Idee gut, so gut, sie könnte von ihr sein. Aber sie hat den Verdacht, dass jemand in ihre Spielwelt eingedrungen ist. Dieser Jemand kann nur einer sein und den will sie in ihrem zweiten Leben nicht haben.

»Der kann was erleben! Aus der Station werd ich ihn werfen, nur mit einem Raumanzug ins All schießen werd ich ihn. Stundenlang wird er sein Verderben vor Augen haben und nichts dagegen tun können. Der wird es noch bereuen, dass er sich da eingemischt hat.«

Noch ein zusätzliches Ärgernis: Amanira wanzt sich an Major Tom an. Sie will sich trösten lassen, weil Chris nur Augen für Minna hat – aber muss es Major Tom

Fox sein? Könnte es nicht Jules, der Franzose oder Vitali, der Russe sein? Aber da ist Minna selber schuld, hat sie doch keinen Ehrgeiz darauf verwandt, die beiden Typen besonders auszustatten. Sie arbeiten einfach: rühren metallische Schmelzen zusammen, zählen Pflänzchen, wiegen, messen, starren ins Mikroskop, füllen Tabellen aus. Der Major ist da schon wesentlich attraktiver: wie er mit den Augen rollen kann, dieses spitzbübische Lächeln, seine Sprüche. Es ist kein Wunder, dass Amanira auf ihn herein fällt. Aber Minna nicht, Minna kennt die Masche, Minna wird ganz kalt bleiben.

Minna ist mit Chris in der Aussichtskuppel. Die Kuppel ist klein, da passt man zu zweit nur hinein,wenn man sich gut versteht. Es ist wunderschön. Unter ihnen die Erde bei Nacht, Millionen von Lichtern. »San Francisco und die Bay Area«, seufzt Chris, »meine Heimat. Es wird dir dort gefallen, Minna.«

Minna legt den Kopf auf seine Schulter. Chris summt »Only you can make the darkness bright ...«

»Chris«, sagt Minna, »ich muss ein ernstes Wort mit dir reden. Dieser Tom Fox, der gefällt mir gar nicht. Ich habe Angst, dass er mehr Schaden anrichtet als Nutzen bringt.«

»Liebste Minna, du hast ja so recht. Aber Ground Control musste ihn ja unbedingt heraufschicken.«

»Da ist was faul, lieber Chris, oberfaul, sag ich dir. Wir müssen etwas unternehmen.«

»Wir können ihn nicht einfach vor die Tür setzen.«

»Aber natürlich! Er soll in das Shuttle steigen und abdüsen. Und Amanira am besten mitnehmen. Sie habe ich im Verdacht, dass sie meine Experimente sabotiert und die Blutegel vergiftet.«

»Ohne Zustimmung der Ground Control geht das nicht.«

»Aber ich hab eine Idee! Bei meinen Forschungen zur Relativität bin ich auf etwas Interessantes gestoßen. Wir könnten die Zeit um eine Woche zurückdrehen. Das ist der Punkt kurz bevor die Kapsel zu taumeln anfängt. Dann reparierst du sie, das schaffst du schon, und Ground Control muss Tom Fox gar nicht erst herschicken.«

»Wenn du meinst, das klappt, dann mach es Minna.«

Amanira und Tom Fox werden mit Äther betäubt und in das Shuttle verfrachtet. Im schwerelosen Zustand ist das überhaupt kein Problem für Minna. Dann wird das Shuttle abgekoppelt. Wenn die beiden wach werden, können sie ja zur Erde zurück kehren. Schon bleibt es hinter der ISS zurück. Dann dreht Minna die Zeit zurück. Die Raumkapsel wird dunkel, blaue und grüne Lichter zucken an der Außenwand entlang, es dröhnt in den Ohren, alles vibriert. Minna kennt das ja schon. Sie zählt langsam bis sieben. Da wird es schon wieder hell, das Brummen verschwindet. Der Zeitsprung zurück ist geglückt.

Ein Blick nach draußen: Über der blauen Kugel der Erde bildet sich schon ein heller Streifen, der den Tag ankündigt. Bald sind sie wieder im Sonnenlicht und die Solarpaneele liefern Strom. Das Bild zieht im Schnelltempo vorbei: Die Steuerung spielt verrückt und die Raumstation kreiselt wild um ihre eigene Achse. Die Nährflüssigkeit ihrer Blutegel ist gelbgrün. Eine Weile zappeln sie noch hektisch hin und her, dann trudeln sie bewegungslos dahin. Chris. Sie muss Chris wecken. Verschlafen nimmt er im Cockpit Platz und schaltet auf manuellen Betrieb.

Minna füllt bei den Blutegeln Wasser nach. Aber sie sind alle tot. Alle. Sie fischt die Leichen heraus, packt sie in eine Tüte und steckt sie in den Müll. Chris ist immer noch hektisch am Steuerpult. Skalen flackern über den Bildschirm. Sie hört das Zischen der Steuerdüsen.

Ground Control meldet sich: »Was ist los bei euch? Braucht ihr Hilfe?«

»Die Kapsel trudelt.«

»Kriegst du das hin, Chris?«

»Ich glaube nicht.«

»Doch, doch. Wir schaffen das schon«, mischt sich Minna ein.

Die Erde im Fenster zieht schon deutlich langsamer vorbei. Der Tageslichtstreifen ist breiter geworden. Erddämmerung im All.

»Ich schalte kurz die Klimaanlage ab«, sagt Chris. »Es kann warm werden hier drinnen, aber ich brauch die Energie zum Bremsen.«

Dann blendende Helligkeit. Sonne! Wolkenfelder treiben über dem Pazifik. Die Erde steht in der linken Luke – die Station ist wieder stabil. Minna wischt sich den Schweiß von der Stirn. Chris steht im Cockpit. Auf dem Pilotensitz – Tom Fox. Amanira krabbelt aus ihrem Schlafsack. »Wasn los?«, fragt sie.

»Ach, übrigens, ich habe dir was mitgebracht, Minna. Schöne Grüße von Ground Control«, sagt Tom und drückt ihr ein Säckchen mit Blutegeln in die Hand, lebenden Blutegeln. ...

Mist! Hat nicht geklappt. Neuer Anlauf.

Amanira und Tom Fox werden mit Äther betäubt und in das Shuttle verfrachtet. Im schwerelosen Zustand ist das überhaupt kein Problem für Minna. Dann wird das

Shuttle abgekoppelt. Wenn die beiden wach werden, können sie ja zur Erde zurück kehren. Schon bleibt es hinter der ISS zurück. Dann dreht Minna die Zeit zurück. Die Raumkapsel wird dunkel, blaue und grüne Lichter zucken an der Außenwand entlang, es dröhnt in den Ohren, alle vibriert. Minna kennt das ja schon. Sie zählt langsam bis sieben. Da wird es schon wieder hell, das Brummen verschwindet. Der Zeitsprung zurück ist geglückt.

Ein Blick nach draußen: Über der blauen Kugel der Erde bildet sich schon ein heller Streifen, der den Tag ankündigt. Bald sind sie wieder im Sonnenlicht und die Solarpaneele liefern Strom. Das Bild zieht im Schnelltempo vorbei: Die Steuerung spielt verrückt und die Raumstation kreiselt wild um ihre eigene Achse. Die Nährflüssigkeit ihrer Blutegel ist grasgrün. Eine Weile zappeln sie noch hektisch hin und her, dann trudeln sie bewegungslos dahin. Chris. Sie muss Chris wecken. Verschlafen nimmt er im Cockpit Platz und schaltet auf manuellen Betrieb.

Minna füllt bei den Blutegeln Wasser nach. Aber sie sind alle tot. Alle. Sie fischt die Leichen heraus, packt sie in eine Tüte und steckt sie in den Müll. Chris ist immer noch hektisch am Steuerpult. Skalen flackern über den Bildschirm. Sie hört das Zischen der Steuerdüsen.

Ground Control meldet sich: »Was ist los bei euch? Braucht ihr Hilfe?«

»Die Kapsel trudelt.«

»Kriegst du das hin, Chris?«

»Ich glaube nicht.«

»Doch, doch. Wir schaffen das schon«, mischt sich Minna ein.

Die Erde im Fenster zieht schon deutlich langsamer vorbei. Der Tageslichtstreifen ist breiter geworden. Erddämmerung im All.

»Ich schalte kurz die Klimaanlage ab«, sagt Chris. »Es kann warm werden hier drinnen, aber ich brauch die Energie zum Bremsen.«

Dann blendende Helligkeit. Sonne! Wolkenfelder treiben über dem Pazifik. Die Erde steht in der linken Luke – die Station ist wieder stabil. Minna wischt sich den Schweiß von der Stirn. Chris steht im Cockpit. Auf dem Pilotensitz – Tom Fox. Amanira krabbelt aus ihrem Schlafsack. »Wasn los?«, fragt sie.

»Ach, übrigens, ich habe dir was mitgebracht, Minna. Schöne Grüße von Ground Control.« sagt Tom und drückt ihr ein Säckchen mit Blutegeln in die Hand, lebenden Blutegeln. ...

Amanira und Tom Fox werden mit Äther betäubt und in das Shuttle verfrachtet. Im schwerelosen Zustand ist das überhaupt kein Problem für Minna. Dann wird das Shuttle abgekoppelt. Wenn die beiden wach werden, können sie ja zur Erde zurück kehren. Schon bleibt es hinter der ISS zurück. Dann dreht Minna die Zeit zurück. Die Raumkapsel wird dunkel, blaue und grüne Lichter zucken an der Außenwand entlang, es dröhnt in den Ohren, alles vibriert. Minna kennt das ja schon. Sie zählt langsam bis sieben. Da wird es schon wieder hell, das Brummen verschwindet. Der Zeitsprung zurück ist geglückt.

Ein Blick nach draußen: Über der blauen Kugel der Erde bildet sich schon ein heller Streifen, der den Tag ankündigt. Bald sind sie wieder im Sonnenlicht und die Solarpaneele liefern Strom. Das Bild zieht im Schnelltempo vorbei: Die Steuerung spielt verrückt und die Raumstation kreiselt wild um ihre eigene

Achse. Die Nährflüssigkeit ihrer Blutegel ist blaugrün. Eine Weile zappeln sie noch hektisch hin und her, dann trudeln sie bewegungslos dahin. Chris. Sie muss Chris wecken. Verschlafen nimmt er im Cockpit Platz und schaltet auf manuellen Betrieb.

Minna füllt bei den Blutegeln Wasser nach. Aber sie sind alle tot. Alle. Sie fischt die Leichen heraus, packt sie in eine Tüte und steckt sie in den Müll. Chris ist immer noch hektisch am Steuerpult. Skalen flackern über den Bildschirm. Sie hört das Zischen der Steuerdüsen.

Ground Control meldet sich: »Was ist los bei euch? Braucht ihr Hilfe?«

»Die Kapsel trudelt.«

»Kriegst du das hin, Chris?«

»Ich glaube nicht.«

»Doch, doch. Wir schaffen das schon«, mischt sich Minna ein.

Die Erde im Fenster zieht schon deutlich langsamer vorbei. Der Tageslichtstreifen ist breiter geworden. Erddämmerung im All.

»Ich schalte kurz die Klimaanlage ab«, sagt Chris. »Es kann warm werden hier drinnen, aber ich brauch die Energie zum Bremsen.«

Dann blendende Helligkeit. Sonne! Wolkenfelder treiben über dem Pazifik.Die Erde steht in der linken Luke – die Station ist wieder stabil. Minna wischt sich den Schweiß von der Stirn. Chris steht im Cockpit. Auf dem Pilotensitz – Tom Fox. Amanira krabbelt aus ihrem Schlafsack. »Wasn los?«, fragt sie.

»Ach, übrigens, ich habe dir was mitgebracht, Minna. Schöne Grüße von Ground Control«, sagt Tom und drückt ihr ein Säckchen mit Blutegeln in die Hand, lebenden Blutegeln. ...

Minna tippt und klickt, was das Zeug hält. Der PC reagiert nicht. Das Spiel lässt sich nicht beenden.

Amanira und Tom Fox werden mit Äther betäubt und in das Shuttle verfrachtet. Im schwerelosen Zustand ist das überhaupt kein Problem für Minna. Dann wird das Shuttle abgekoppelt. Wenn die beiden wach werden, können sie ja zur Erde zurück kehren. Schon bleibt es hinter der ISS zurück. Dann dreht Minna die Zeit zurück. Die Raumkapsel wird dunkel, blaue und grüne Lichter zucken an der Außenwand entlang, es dröhnt in den Ohren, alle vibriert. Minna kennt das ja schon. Sie zählt langsam bis sieben. Da wird es schon wieder hell, das Brummen verschwindet. Der Zeitsprung zurück ist geglückt.

Ein Blick nach draußen: Über der blauen Kugel der Erde bildet sich schon ein heller Streifen, der den Tag ankündigt. Bald sind sie wieder im Sonnenlicht und die Solarpaneele liefern Strom. Das Bild zieht im Schnelltempo vorbei: Die Steuerung spielt verrückt und die Raumstation kreiselt wild um ihre eigene Achse. Die Nährflüssigkeit ihrer Blutegel ist dunkelgrün. Eine Weile zappeln sie noch hektisch hin und her, dann trudeln sie bewegungslos dahin. Chris. Sie muss Chris wecken. Verschlafen nimmt er im Cockpit Platz und schaltet auf manuellen Betrieb.

Minna füllt bei den Blutegeln Wasser nach. Aber sie sind alle tot. Alle. Sie fischt die Leichen heraus, packt sie in eine Tüte und steckt sie in den Müll. Chris ist immer noch hektisch am Steuerpult. Skalen flackern über den Bildschirm. Sie hört das Zischen der Steuerdüsen.

Ground Control meldet sich: »Was ist los bei euch? Braucht ihr Hilfe?«

»Die Kapsel trudelt.«

»Kriegst du das hin, Chris?«

STRG-ALT-DEL
STRG-ALT-DEL
STRG-ALT-DEL

»Ich glaube nicht.«

»Doch, doch. Wir schaffen das schon«, mischt sich Minna ein.

Die Erde im Fenster zieht schon deutlich langsamer vorbei. Der Tageslichtstreifen ist breiter geworden. Erddämmerung im All.

»Ich schalte kurz die Klimaanlage ab«, sagt Chris. »Es kann warm werden hier drinnen, aber ich brauch die Energie zum Bremsen.«

Dann blendende Helligkeit. Sonne! Wolkenfelder treiben über dem Pazifik.Die Erde steht in der linken Luke – die Station ist wieder stabil. Minna wischt sich den Schweiß von der Stirn. Chris steht im Cockpit. Auf dem Pilotensitz – Tom Fox. Amanira krabbelt aus ihrem Schlafsack. »Wasn los?«, fragt sie.

»Ach, übrigens, ich habe dir was mitgebracht, Minna. Schöne Grüße von Ground Control«, sagt Tom und drückt ihr ein Säckchen mit Blutegeln in die Hand, lebenden Blutegeln.

STRG-ALT-DEL

Die Nährflüssigkeit ihrer Blutegel ist braungrün und sie zappeln hektisch hin und her. Chris. Sie muss Chris wecken. Verschlafen nimmt er im Cockpit Platz und schaltet auf manuellen Betrieb.

Minna füllt bei den Blutegeln Wasser nach. Aber sie sind alle tot. Alle. Sie fischt die Leichen heraus, packt sie in eine Tüte und steckt sie in den Müll. Chris ist immer noch hektisch am Steuerpult. Skalen flackern über den Bildschirm. Sie hört das Zischen der Steuerdüsen.

ALLE SYSTEME VOLL AUSGELASTET.
PARALLEL BEENDEN
PROGRAMM REAGIERT NICHT.

»Ich schalte kurz die Klimaanlage ab«, sagt Chris. »Es kann warm werden hier drinnen, aber ich brauch die Energie zum Bremsen.«
Wolkenfelder treiben über dem Pazifik. Die Erde steht in der linken Luke – die Station ist wieder stabil. Minna wischt sich den Schweiß von der Stirn.

PARALLEL BEENDEN
PROGRAMM REAGIERT NICHT

Chris steht im Cockpit. Auf dem Pilotensitz – Tom Fox. Amanira krabbelt aus ihrem Schlafsack. »Wasn los?«, fragt sie.
»Ach, übrigens, ich habe dir was mitgebracht, Minna. Schöne Grüße von Ground Control«, sagt Tom und drückt ihr ein Säckchen mit Blutegeln in die Hand, lebenden Blutegeln.

PC HERUNTERFAHREN
ALLE SYSTEME AKTIV

Die Nährflüssigkeit ihrer Blutegel ist schwarzgrün und sie zappeln hektisch hin und her. Chris. Sie muss Chris wecken. Verschlafen nimmt er im Cockpit Platz und schaltet auf manuellen Betrieb.
Minna füllt bei den Blutegeln Wasser nach.

PC NEU STARTEN

Aber sie sind alle tot. Alle. Sie fischt die Leichen heraus, packt sie in eine Tüte und steckt sie in den Müll. Chris ist immer noch hektisch am Steuerpult. Skalen flackern über den Bildschirm.

SIE MÜSSEN DIE LAUFENDEN PROGRAMME ERST BEENDEN.

Sie hört das Zischen der Steuerdüsen. Tatsächlich wird die Rotation langsamer. Die Erde im Fenster zieht deutlich langsamer vorbei.

PARALLEL BEENDEN

Der Tageslichtstreifen ist schon breiter geworden. Erddämmerung im All.
»Ich schalte kurz die Klimaanlage ab«, sagt Chris. »Es kann warm werden hier drinnen, aber ich brauch die Energie zum Bremsen.«
Dann blendende Helligkeit. Sonne! Wolkenfelder treiben über dem Pazifik. Die Erde steht in der linken Luke – die Station ist wieder stabil.

SYSTEM STABIL

Minna wischt sich den Schweiß von der Stirn. Chris steht im Cockpit. Auf dem Pilotensitz – Tom Fox. Amanira krabbelt aus ihrem Schlafsack. »Wasn los?«, fragt sie.
»Ach, übrigens, ich habe dir was mitgebracht, Minna. Schöne Grüße von Ground Control.« sagt Tom und drückt ihr ein Säckchen mit Blutegeln in die Hand, lebenden Blutegeln.

Minna stürzt in die Werkstatt. Der PC in der Werkstatt ist ausgeschaltet. Minna schleicht ins Schlafzimmer. Der Ingeniör schläft. Minna geht in ihr Arbeitszimmer. Der Bildschirm ist schwarz. Sie wackelt mit der Maus. Es war nur Energiesparmodus.

Chris ist immer noch hektisch am Steuerpult. Skalen flackern über den Bildschirm. Sie hört das Zischen der Steuerdüsen. Tatsächlich wird die Rotation langsamer. Die Erde im Fenster zieht deutlich langsamer vorbei. Der Tageslichtstreifen ist schon breiter geworden. Erddämmerung im All.

»Ich schalte kurz die Klimaanlage ab«, sagt Chris. »Es kann warm werden hier drinnen, aber ich brauch die Energie zum Bremsen.«

Dann blendende Helligkeit. Sonne! Wolkenfelder treiben über dem Pazifik. Die Erde steht in der linken Luke – die Station ist wieder stabil. Minna wischt sich den Schweiß von der Stirn. Chris steht im Cockpit. Auf dem Pilotensitz – Tom Fox. Amanira krabbelt aus ihrem Schlafsack. »Wasn los?«, fragt sie.

»Ach, übrigens, ich habe dir was mitgebracht, Minna. Schöne Grüße von Ground Control.« sagt Tom und er drückt ihr ein Säckchen mit Blutegeln in die Hand, lebenden Blutegeln. ...

Amanira und Tom Fox werden mit Äther betäubt und in das Shuttle verfrachtet. Schon zischt es ab.

Über der blauen Kugel der Erde bildet sich schon ein heller Streifen, der den Tag ankündigt. Das Bild zieht im Schnelltempo vorbei: Die Steuerung spielt verrückt und die Raumstation kreiselt wild um ihre eigene Achse. Die Nährflüssigkeit ihrer Blutegel ist violett. Chris. Sie muss Chris wecken. Verschlafen nimmt er im Cockpit Platz und schaltet auf manuellen Betrieb.

Minna füllt bei den Blutegeln Wasser nach. Aber sie sind alle tot.

Minna zieht den Stecker.

Minna geht zwei Tage nicht in das Zimmer, in dem der PC steht. Aber dann am Abend des dritten Tages hält sie es nicht mehr aus. Sie schaltet ihn ein. Er fährt hoch, wenn auch mit der beleidigten Meldung: Der PC wurde nicht ordnungsgemäß herunter gefahren. Immerhin, er geht noch. Sie liest ihre 165 Emails, die in den zweieinhalb Tagen eingetroffen sind und verschiebt sie in den Papierkorb. Sie schaut auf ihren Facebook-Account – das übliche »guten Morgen virtuelle Welt« von allen Seiten, Bilder von Schneeglöckchen und Katzen.

Dann wagt sie es und startet Parallel.

Minna ist mit Chris in der Aussichtskuppel. Die Kuppel ist klein, da passt man zu zweit nur hinein, wenn man sich gut versteht. Es ist wunderschön. Unter ihnen die Erde bei Nacht, Millionen von Lichtern. »San Francisco und die Bay Area«, seufzt Chris, »meine Heimat. Es wird dir dort gefallen, Minna.«

Minna legt den Kopf auf seine Schulter. Chris summt »only you can make the darkness bright ...«

»Chris«, sagt Minna, »ich muss ein ernstes Wort mit dir reden. Dieser Tom Fox, der gefällt mir gar nicht. Ich habe Angst, dass er mehr Schaden anrichtet als Nutzen bringt.«

Amanira und Tom Fox werden mit Äther betäubt und in das Shuttle verfrachtet. Im schwerelosen Zustand ist das überhaupt kein Problem für Minna. Dann wird das Shuttle abgekoppelt. Wenn die beiden wach werden, können sie ja zur Erde zurück kehren.

Schon bleibt es hinter der ISS zurück. Dann dreht Minna die Zeit zurück. Die Raumkapsel wird dunkel, blaue und grüne Lichter zucken an der Außenwand entlang, es dröhnt in den Ohren, alle vibriert. Minna kennt das ja schon. Sie zählt langsam bis sieben. Da wird es schon wider hell, das Brummen verschwindet. Der Zeitsprung zurück ist geglückt.

Ein Blick nach draußen: Über der blauen Kugel der Erde bildet sich schon ein heller Streifen, der den Tag ankündigt. Bald sind sie wieder im Sonnenlicht und die Solarpaneele liefern Strom. Das Bild zieht im Schnelltempo vorbei: Die Steuerung spielt verrückt und die Raumstation kreiselt wild um ihre eigene Achse. Die Nährflüssigkeit ihrer Blutegel ist gelbgrün. Eine Weile zappeln sie noch hektisch hin und her, dann trudeln sie bewegungslos dahin. Chris. Sie muss Chris wecken. Verschlafen nimmt er im Cockpit Platz und schaltet auf manuellen Betrieb.

Minna füllt bei den Blutegeln Wasser nach. Aber sie sind alle tot. Sie fischt die Leichen heraus, packt sie in eine Tüte und steckt sie in den Müll. Chris ist immer noch hektisch am Steuerpult. Skalen flackern über den Bildschirm. Sie hört das Zischen der Steuerdüsen.

Ground Control meldet sich: »Was ist los bei euch? Braucht ihr Hilfe?«

»Die Kapsel trudelt.«

»Kriegst du das hin, Chris?«

»Ich glaube nicht.«

»Doch, doch. Wir schaffen das schon«, mischt sich Minna ein.

Die Erde im Fenster zieht schon deutlich langsamer vorbei. Der Tageslichtstreifen ist breiter geworden. Erddämmerung im All.

»Ich schalte kurz die Klimaanlage ab«, sagt Chris. »Es kann warm werden hier drinnen, aber ich brauch die Energie zum Bremsen.«

Dann blendende Helligkeit. Sonne! Wolkenfelder treiben über dem Pazifik. Die Erde steht in der linken Luke – die Station ist wieder stabil. Minna wischt sich den Schweiß von der Stirn. Chris steht im Cockpit. Auf dem Pilotensitz – Tom Fox. Amanira krabbelt aus ihrem Schlafsack. »Wasn los?«, fragt sie.

»Ach, übrigens, ich habe dir was mitgebracht, Minna. Schöne Grüße von Ground Control«, sagt Tom und drückt ihr ein Säckchen mit Blutegeln in die Hand, lebenden Blutegeln.

Mist!
ESC – nichts
STR-Q
SIE HABEN KEINEN ZUGRIFF AUF DAS PROGRAMM

Die Nährflüssigkeit ihrer Blutegel ist grasgrün. Eine Weile zappeln sie noch hektisch hin und her, dann trudeln sie bewegungslos dahin. Chris. Sie muss Chris wecken. Verschlafen nimmt er im Cockpit Platz und schaltet auf manuellen Betrieb.

Minna füllt bei den Blutegeln Wasser nach. Aber sie sind alle tot. Sie fischt die Leichen heraus, packt sie in eine Tüte und steckt sie in den Müll. Chris ist immer noch hektisch am Steuerpult. Skalen flackern über den Bildschirm. Sie hört das Zischen der Steuerdüsen. Tatsächlich wird die Rotation langsamer. Die Erde im Fenster zieht deutlich langsamer vorbei. Der Tageslichtstreifen ist schon breiter geworden. Erddämmerung im All.

»Ich schalte kurz die Klimaanlage ab«, sagt Chris. »Es kann warm werden hier drinnen, aber ich brauch die Energie zum Bremsen.

Dann blendende Helligkeit. Sonne! Wolken treiben über dem Pazifik. Die Erde steht in der linken Luke – die Station ist wieder stabil. Minna wischt sich den Schweiß von der Stirn. Chris steht im Cockpit. Auf dem Pilotensitz. Tom Fox. Amanira krabbelt aus ihrem Schlafsack. »Wasn los?«, fragt sie.

»Ach, übrigens, ich habe dir was mitgebracht, Minna. Schöne Grüße von Ground Control«, sagt Tom und drückt ihr ein Säckchen mit Blutegeln in die Hand, lebenden Blutegeln.

Noch ein Versuch, das Programm zu beenden.

Amanira und Tom Fox werden mit Äther betäubt und in das Shuttle verfrachtet. Schon zischt es ab.

Chris steht im Cockpit. Auf dem Pilotensitz – Tom Fox. Amanira krabbelt aus ihrem Schlafsack. »Wasn los?«, fragt sie.

»Ach, übrigens, ich habe dir was mitgebracht, Minna. Schöne Grüße von Ground Control«, sagt Tom und drückt ihr ein Säckchen mit Blutegeln in die Hand, lebenden Blutegeln.

Nach mehreren Versuchen zieht Minna wieder den Stecker.

»Du musst das Programm deinstallieren und neu aufsetzen«, rät Philipp, der Sohn des Nachbarn, ihr Helfer in Computernöten. »Fang lieber ganz neu an. Das ist ja grad das schöne an Parallel – immer wieder was Neues.«

»Es lässt sich nicht deinstallieren. Ich habe den Eindruck, sobald ich einschalte, fängt es an zu laufen.

Jedenfalls ist die Zentraleinheit fast immer zu 80% ausgelastet.«

»Dann solltest du dir am besten eine neue Festplatte kaufen.«

»Eine Festplatte?«

»Und natürlich musst du alle Programme neu installieren.«

»Alle?«

»Alle. Die Daten kann ich dir retten. Aber die von Parallel nimmst du lieber nicht. Fang besser ganz von vorne an. «

»Nochmal ganz von vorne anfangen?«, fragt Minna. »Ein drittes Leben?«

»Ein viertes, ein fünftes, ein siebzehntes – geht alles bei Parallel.«

»Und jedes Mal eine neue Festplatte?«

»Das war doch nur wegen dieser Endlos-Schleife.«

Siebzehn neue Leben, so viele brauch ich gar nicht, denkt Minna. Ein einziges genügt mir, eines ohne die Endlosschleife aus Aufstehen, Kaffee kochen, Bad putzen, Essen richten, Schlafen gehen, Aufstehen, Kochen, Putzen ...

SMS für dich

Minna mag keine SMS schreiben. Sie mag die Minitastatur nicht, sie mag die Wortergänzung nicht, sie mag die dauernden Missverständnisse nicht. Sie will lieber telefonieren, oder mit den Leuten direkt reden. Siegi Haberletzer kann es nicht ertragen, dass seine Holde die Errungenschaften der Technik nicht nutzt, dass sie so altmodisch ist, dass sie nicht wie früher vorne dran ist. Er hat da schon eine Idee …

»Minna«, sagt er, »wär das was für dich, du musst nur die SMS denken und schon ist sie im Handy? Musst sie nur noch abschicken.«

»Nein, das wär nichts für mich. Weil ich mag SMS nicht.«

»Ja, aber Minna, wenn es einfacher wär, wenn du nicht mühselig tippen müsstest, weil die Gedanken sich selber aufschreiben, das wär doch was.«

»Nein«, antwortet Minna, »das wär nichts. Weil ich red lieber mit den Leuten.«

»Aber es gibt doch Situationen, wo man gar nicht reden mag oder kann. Weil man den anderen nicht stören will, weil man grad keine Zeit für ein langes Gespräch hat, aber doch eine Nachricht schicken muss, weil der andere ein solcher Laberer ist, dass man lieber gar nicht anruft, weil ...«

»Dann ruf ich einfach gar nicht an und eine SMS braucht es dann auch nicht. Womöglich ruft der dann zurück. Nein, Siegi, vergiss es, ich brauch den Schmarrn nicht.«

Siegi kennt seine Minna schon. Den Schmarrn brauch ich nicht, sagt sie immer, wenn er was Neues erfindet. Aber nach einer Weile gewöhnt sie sich dran und nutzt es und empfiehlt sogar ihren Freundinnen, seine Erfindung zu kaufen. So war es mit der Zwölffach-Sockenstrickmaschine – mit den Socken hat sie bei Ibäh sogar Geld verdient – mit der Strudelausrollmaschine, mit der Salatpflänzcheneinsetzmaschine, mit der vollautomatischen Klobürste, mit dem Schneckenhäcksler und noch einigem anderen.

Also macht sich Siegi unverdrossen ans Werk, um die Gedanken-SMS umzusetzen.

Und dann ist der Prototyp fertig und kann getestet werden.

Minna sträubt sich.

»Das geht überhaupt nie nicht, Siegi, dass du meine Gedanken liest«, erklärt sie.

»Geh, Minna, ich will nicht deine Gedanken lesen, sondern einen kurzen Weg zur SMS öffnen.«

»Meine Gedanken gehören mir und gehen niemanden was an, auch dich nicht.«

Sigi rauft sich die Haare.

»Darum geht es doch gar nicht, Minna. Es geht nur darum, die Kraft deiner Gedanken einzusetzen, nicht um den Inhalt. Nur darum, die Hirnströme direkt aufs Handy zu leiten. Alles andere ist mir doch egal.«

»Mir ist es aber nicht egal, wenn andere meine Gedanken lesen können.«

»Minna, ich schwör es dir, ich werde diese SMS niemandem schicken. Sie wird gleich gelöscht. Ich will nur sehen, ob es funktioniert.«

Aber Minna bleibt stur, sie will ihre Gedanken nicht aufs Handy übertragen. Dass Minna ein Dickschädel ist, weiß der Ingeniör schon lange. Aber mit etwas gutem Zureden hat er es immer noch geschafft. Doch diesmal dauert es. Minna mag nicht beim Testen helfen.

Allmählich ist er verzweifelt. Seine schöne Erfindung! Alle Leute werden die Gedanken-App für SMS haben wollen. Selbst wenn er sie ganz billig verkauft, wird sie viel Geld bringen. Außerdem ist das auch noch ausbaufähig. Wer wird noch Bücher schreiben, wenn man sie direkt vom Hirn in den PC fließen lassen kann. Welche Überraschung, wenn du das Buch liest, das dein Gehirn selbständig schreibt. Oder wenn du am Morgen lesen kannst, was du in der Nacht geträumt hast. Eine wunderbare Erfindung! Wenn nur Minna endlich Vernunft annehmen würde.

Schließlich probiert es Siegi mit einer kleinen Erpressung.

»Wenn du nicht magst«, sagt er zu Minna, »dann geb ich im Hallo ein Inserat auf: Junge Dame gesucht für Testreihe. Gute Entlohnung. «

»Junge Dame, ja ja, eine alte darfs ja nicht sein.«

»Doch, darf es schon sein, aber die mag nicht. Ein paar Hunderter werd ich da schon springen lassen müssen. Aber das ist es mir wert«, setzt er noch hinzu.

»Ein paar Hunderter gleich? Du spinnst ja.«

»Verglichen mit dem Geld, das ich mit der fertigen App zu verdienen gedenke, ist das gar nichts.«

»Und was machst dann mit dem vielen Geld?«

»Dann fahr ich nach Sizilien und steig auf den Ätna. Und auf den Stromboli auch noch. Wollt ich immer schon einmal.«

Minna bekommt leuchtende Augen. Jetzt hat er sie!

»Aber glaub nicht, dass ich dich mitnehme! Nachdem du mich so sabotierst.«

»Nimmst dir halt deine junge Dame mit.«

»Allein fahr ich, dass du es weißt. Die hat ihren Hunderter bekommen und das reicht.«

»Na gut«, sagt Minna nach einigem Zögern, »na gut, dann teste halt an mir.«

Siegi klebt Minna ein paar Elektroden auf die Stirn, die mit kleinen Sendern ausgestattet sind. Dann zückt er sein Handy und wartet.

»Und?«, fragt Minna.

Siegi wischt über den Bildschirm.

»Klappt es?«, fragt Minna.

Siegi starrt auf den Bildschirm und runzelt die Stirn.

»Vielleicht solltest du ...«

»Bist still«, unterbricht sie Siegi. »Du sollst nicht schnabeln, sondern denken. Minna, denk! Denk!«

Minna presst die Lippen aufeinander und schließt die Augen. Sie denkt heftig. Siegi sagt nichts.

Nach einer Weile macht Minna Augen und Mund wieder auf.

»Und hat es jetzt geklappt?«, fragt sie. »Ich hab ganz heftig gedacht.«

Siegi schüttelt nur den Kopf. »Lauter komische Zeichen. Buchstaben, Formeln – irgend was mit Gravitationswellen und Neutrinos. Komisch.«

»Na«, meint Minna schnippisch, »das war es halt, woran ich gedacht habe. Differentialgleichungen der vereinheitlichten Theorie.«

»Minna«, stöhnt der Ingeniör, »da hat das Handy Probleme mit dem Zeichensatz. Kannst du nicht einfach einen Text denken? Einen Brief an Isolde oder Helene zum Beispiel?«

Diesmal schließt Minna die Augen nicht, sondern behält ihren Ingeniör fest im Blick. Sie sieht ihn bleich werden, rot werden im Gesicht, die Brauen zusammen ziehen. Schließlich pfeffert er das Handy wütend auf den Tisch.

»Lies vor«, sagt Minna mit ganz sanfter Stimme, »was ich gedacht habe.«

»Du denkst viel zu schnell und viel zu viel, das passt in keine SMS, was du da alles denkst, und mit dem Lesen kommt auch kein Mensch mit, fliegt grad so über den Bildschirm das Ganze.«

»Aber es funktioniert doch. Du wolltest doch wissen, ob die Hirnströme ausreichen und ob überhaupt ein Text entsteht. Oder wolltest du was anderes?«

»Ja«, knurrt er, »ist ja recht. Morgen machen wir noch einen Test, da schließ ich dich an das PC – Schreibprogramm an.«

»Morgen Vormittag bin ich beim Friseur. Aber am Nachmittag, da kann ich.«

Am nächsten Tag wird Minna in die Werkstatt geleitet und dort in einen Sessel gesetzt.

»Sei vorsichtig mit deinen Elektroden«, sagt Minna, »nicht dass du mir meine neue Frisur zerstörst.«

Der Ingeniör brummelt nur etwas, was Minna nicht versteht.

»Hast du keinen Spiegel? Ich möchte wissen, wie man aussieht mit den Elektroden an der Stirn. Ob man so unter Leute gehen kann. Oder kann man die Haare drüber zupfen ohne dass das Signal gestört wird?«

»Solange deine Haare nicht aus Draht sind, gehen die Wellen durch«, erklärt Siegi.

»Und Siegi, hast du dir schon Gedanken über eine Verschlüsselung gemacht? Wenn ich in der S-Bahn eine SMS denke, darf sie doch von Fremden nicht gelesen werden können.«

»Das ist dann der nächste Schritt.« Siegi ist sich nicht ganz sicher, ob Minna tatsächlich kooperativ ist und an Verbesserungen denkt oder ob sie etwas im Schilde führt.

»Wie steht es mit Schriftfarbe, mit unterstreichen, fett? Kann man auch Smilies denken?«, fährt Minna fort.

»Also, meine Friseurin sagt, sie würde sich die App kaufen, aber nur wenn eine Serienbrieffunktion und eine automatische Wahlwiederholung dabei ist. Und eine Rechtschreibkorrektur.«

»Sonst noch was?«

»Mir fällt bestimmt noch was ein.«

»Still, jetzt. Denk! Aber bitte keine Formeln, Integralgleichungen und ähnlichen Mathekram.«

Nichts. Der Bildschirm bleibt leer.

Siegi überprüft den Sitz der Elektroden.

Nichts. Der Bildschirm flackert ein bisschen. Dann endlich bilden sich Worte.

WAS SOLL ICH DENKEN?

»Ja, irgendetwas halt.«

MIR FÄLLT NICHTS EIN.
PHYSIK UND MATHE DARF ICH JA NICHT.

»Was anderes fällt dir nicht ein?«

NEIN

Minna schiebt die Elektroden an eine andere Stelle.

GEHT NUR GROSSBUCHSTABEN?

»Ja. Und jetzt denk etwas längeres.«

ABER WAS?

»Denk an den Friseur.«

DER ALTE ZAUSEL KÖNNT AUCH MAL WIEDER ZUM HAARESCHNEIDEN GEHEN: WIE DER AUSSIEHT. ICH SOLLTE IHM EINEN FRISEURGUTSCHEIN SCHENKEN: ABER ER RUPFT JA LIEBER SELBER AN SEINEN HAAREN HERUM.

Der Ingeniör räuspert sich.

WENN DER GLAUBT DASS IHM DIE JUNGEN DAMEN DIE BUDE EINRENNEN DANN TÄUSCHT ER SICH ABER GEWALTIG: EIN PAAR HUNDERTER REICHEN DA GAR NICHT SO WIE ER DAHER KOMMT LÖCHRIGE HOSE, SCHMIERIGER ARBEITSKITTEL, AUSGELEIERTER PULLOVER, UND DER ...

»Es reicht, Minna. Der Test war erfolgreich.« Siegi zupft ihr schon die Elektroden vom Kopf.

»Ich hab doch noch gar nichts gedacht«, protestiert Minna. Sie nimmt ihm die Elektroden aus der Hand und klebt sie wieder an.

»Das ist die falsche Stelle«, sagt Siegi. Er will sie umsetzen, aber Minna schiebt seine Hand weg.

Auf dem Schirm erscheint ein Bild, ein junger Mann, ein bisschen verschwommen.

WAS WOHL AUS HORSTI GEWORDEN IST? UND AUS WILLI UND ERNST? HELMUT? BASTI? MARKUS? PAULCHEN? PAULCHEN WAR JA EIN GANZ LIEBER, SO ANLEHNUNGSBEDÜRFTIG; MICHAEL? REINHOLD? MEI, DER REINHOLD, DER REINHOLD! KURTI? OB DIE NOCH MANCHMAL AN MICH DENKEN? KURTI BESTIMMT; UND RUDI AUCH; DAS WAREN ZEITEN DAMALS ...

Wieder versucht der Ingeniör die Elektroden abzuklauben, aber Minna hält ihre Hände darüber.

ALSO DER RUDI WAR JA IMMER SEHR EITEL DAMALS HAB ICH DARÜBER GELACHT ABER ES HAT SCHON WAS WENN EIN MANN AUF SICH SCHAUT UND SICH PFLEGT DER HERMANN HAT IMMER SO EIN GUTES RASIERWASSER GEHABT: ABER WENN ICH DEM SIEGI EIN RASIERWASSER KAUFE, NIMMT ER ES GAR NICHT HER:

Wieder greift der Ingeniör nach den Elektroden. Sie rutschen ein Stück tiefer. Der Bildschirm flackert. Doch da erscheint schon wieder ein neuer Text:

LIEBE HELENE WENN DU WIEDER EINMAL ZU BESUCH KOMMST BRINGST DU MIR BITTE EINE FLASCHE VON DEM GUTEN CHILENISCHEN ROTWEIN MIT: MANCHMAL BRAUCH ICH EINEN ...

Dann wurde der Bildschirm schwarz. Oder vielmehr blau.

»Und?«, fragt Minna, während sie die Elektroden abnimmt, »kannst du Helene und Isolde diese beiden Mails schicken?«

»Nein, kann ich nicht. Du mit deiner schnellen Denkerei bringst jedes Programm zum Absturz. Der Text ist weg.«

»Dann kann ich ihn auch tippen. Da ist er auch immer futsch, bevor ich ihn abschicken kann.«

Minna steht auf, reibt sich die Augen. »Ich brauch jetzt einen Kaffee. War ganz schön anstrengend das SMS-Denken. Du auch?«

»Für mich nicht, danke.«

»Bist du beleidigt? Ich hab doch gar nichts gemacht.«

»Gemacht hast du nichts, aber gedacht!«

»Was werd ich schon gedacht haben. Hast den Text nicht gesehen? Scheint bei euch auch die Sonne oder regnet es. Papa geht es gut. Er ist den ganzen Tag in der Werkstatt. Ich war heute beim Friseur und hab mir Strähnchen machen lassen. So Zeug hab ich gedacht. Harmloses. Was man halt in die SMS so schreibt. Versteh überhaupt nicht, warum du so eine Blätschn machst.«

Was Lustiges

Nachmittag

Der Ingeniör Haberletzer öffnet die Küchentür und sagt: »Das ist vielleicht lustig, Minna!«

Aber da sitzt keine Minna in der Küche auf dem Kanapee, da liegt kein Strickzeug auf dem Tisch, da steht kein Kaffeebecher. Überhaupt ist die Küche ziemlich leer: kein Hefeteig, der aus der Schüssel quillt, keine Äpfel, die darauf warten geschnitten zu werden, kein frisch geputzter Rucola.

Für den Ingeniör ist klar: Ist in die Stadt gefahren, die Minna.

Er macht sich einen Kaffee, setzt sich aufs Kanapee und schmunzelt vor sich hin.

Auf einmal reißt es ihn. Da gurgelt was im Haus! Er stürzt zu Küchentür hinaus und horcht. Eine Tür fällt zu. Leise schleicht er die Treppe hinauf. Schlafzimmer: leer. Gästezimmer: leer. Bleibt nur noch das Kinderzimmer. Aber Helene ist kein Kind mehr, Helene wohnt auch nicht mehr hier, sondern in Garching, wenn sie nicht grad in Chile Sterne und ferne Galaxien beobachtet. Denn Helene ist Astronomin an der Südsternwarte.

Vorsichtig drückt er die Klinke und schiebt die Tür auf. Da sitzt Minna, sitzt an Helenes Schreibtisch und tippt auf Helenes altem Computer.

»Ach, da bist du ja!«

Minna macht »Pscht«.

»Ich muss dir nämlich was Lustiges erzählen. Der Manfred ...«

»Stör mich nicht«, schneidet ihm Minna das Wort ab.

»Was machst du denn da? Neue Strickmuster entwerfen?«

»Nix Strickmuster. Ich schreibe.«

Doch der Ingeniör ist ein neugieriger Mensch und fragt weiter: »Kochrezepte?«

»Ph! Ich schreibe einen Roman.«

»Du, ich muss dir was Lustiges ...«, fängt Siegi wieder an.

Minna unterbricht ihn: »Nix Lustiges. Ich schreibe etwas Trauriges, etwas Tragisches, etwas, das ans Herz geht. Wo jeder, der es liest, weinen wird.«

Der Ingeniör gibt so schnell nicht auf. »Geh, wenn es doch so lustig ist, dass der Manfred ...«

Minna dreht sich auf dem Drehstuhl zu ihm um und faucht ihn an: »Schleich dich mit deinem Lustiglustig. Davon gibt es genug. Ich werde etwas schreiben, das den Leser zu Tränen rührt, wo er noch nachts wach liegt, weil es ihm nicht aus dem Kopf geht. Wer will schon Lustiges lesen! Vielleicht der normale Fernseh-Soap-Genießer, aber wahre Literatur ist tragisch und dramatisch. Und jetzt schleich dich und lass mich schreiben. Ich bin grad so schön drin.«

»Ja ja, ich geh ja schon. Aber man wird wohl noch lachen dürfen, wenn was Lustiges passiert.«

Er geht zur Tür. Da dreht sich Minna noch einmal um:

»Ich werde wohl heute keine Zeit finden, was zu kochen. Also hol eine Pizza beim Pizzaservice. Die Liste liegt unten neben dem Telefon. Ich will eine Pizza Taifun.«

Pizza ist ein Stichwort für den Ingeniör: »Das ist jetzt aber wirklich lustig, weil, du weißt doch der Manfred, der holt sich auch immer Pizza. Aber jetzt ...«

Er führt den Satz nicht zu Ende, denn Minna hört eh nicht zu. Sie haut schon wieder in die Tasten.

Abendessen

Jeder hat einen Pizzakarton vor sich auf dem Tisch liegen. Eines nach dem anderen fischen sie sich die

Pizzastücke heraus und essen sie von der Hand in den Mund.

»Da tät ein Roter gut dazu passen«, meint der Ingeniör. Minna nickt. »Hmm. Aber für mich nur ganz wenig. Weil, ich muss heute noch arbeiten.«

Der Ingeniör holt zwei Weingläser aus dem Schrank und macht die Rotweinflasche auf.

»Bist denn bald fertig?«, fragt er, während er Minna eingießt, eher ein bisschen mehr als ganz wenig.

»Du bist gut! Fertig! Noch lange nicht. Bin doch erst auf Seite 67. Da fehlen noch gut 533 Seiten.«

»Wenn du jeden Tag 60 Seiten schaffst, dann bist du in 10 Tagen fertig. Die haben 20 verschiedene Sorten Pizza, außerdem 15 Sorten Nudeln – das ist zu schaffen. Mit Mittag- und Abendessen. Locker zu schaffen. Kannst sogar ein bisschen mehr schreiben. Übrigens, der Manfred hat jetzt eine Freundin. Das ist vielleicht lustig.«

»Den Rest kannst du haben«, sagt Minna, steht auf und geht zur Tür hinaus.

Der Ingeniör musterte den Rest der Pizza Taifun: Schinken, Ananas, Sardellen und Brokkoliröschen. Eine lustige Pizza!

Zwei Woche später

Der Ingeniör kommt in die Küche, da sitzt Minna auf ihrem Platz auf dem Kanapee und strickt. Er spült am Wasserhahn seine Kaffeetasse aus. Er ist richtig erleichtert. Die Pizza Capricosaformosapreciosa usw. hängen ihm schon zum Hals heraus. Auch RigatoniCannelloniTaglioni kann er nicht mehr sehen oder auch nur auf der Speisekarte lesen. Vielleicht besteht heute Hoffnung auf ein anständiges Abendessen.

Er macht ein betont harmloses Gesicht und fragt wie nebenbei: »Kreative Pause?«

Minna knurrt nur.

»Soll ich zum Bäcker fahren und was Siaß holen?«

»Du kannst aus dem Tiefkühlschrank einen Zwetschkendatschi holen und ins Backrohr schieben.«

Der Ingeniör rennt in den Keller, reißt die Tür vom Tiefkühlschrank auf, wühlt sich durch die Dosen und Tüten, findet den Datschi und springt drei Stufen auf einmal nehmend wieder hinauf. Als er den Datschi ins Backrohr schieben will, klopft ihm Minna auf die Schulter: »Du bist lustig! – Erst aus der Tüte nehmen.«

Bei frisch aufgebackenem Datschi und heißem Kaffee wird Minna gesprächig und erzählt: »Weißt, jetzt ist meine Heldin leider gestorben. Ist ganz verzweifelt aus dem Haus gelaufen, die Augen blind von Tränen und direkt vor einen Lastwagen. Das war nicht geplant. Jetzt steh ich da und weiß nicht, wie ich ohne sie weiterschreiben soll. Dabei bin ich erst auf Seite 410.«

»Hmm, hmm«, macht der Ingeniör. »Ist sie wirklich mausetot? Vielleicht liegt sie auch nur im Koma und der trauernde Gatte sitzt an ihrem Bett und weint und wringt die Hände? Das wär doch wirklich traurig.«

Minna schüttelt den Kopf.

»Oder du schilderst, wie sie den Sarg ins Grab senken«, fährt er fort, »und der trauernde Gatte vor lauter Verzweiflung hineinstürzt. Durch den Aufprall springt der Sarg auf und es stellt sich heraus, dass sie nur scheintot war und die Erschütterung hat sie wieder aufgeweckt.«

Minna schüttelt wieder den Kopf. »Passt überhaupt nicht«, sagt sie.

»Da hätte ich noch einen super Vorschlag. Sie hat kurz vorher einen Gehirn-Scan machen lassen und der trauernde Gatte in seiner Verzweiflung baut einen Roboter, der so ausschaut wie sie und lädt den Gehirnscan in das Roboterprogramm.«

»Das geht alles nicht. Es gibt nämlich keinen trauernden Gatten.«

»Aber einen Geliebten? Einen Geliebten gibt es doch.«

»Gibt es auch nicht. Nicht mehr.«

Der Ingeniör runzelt die Stirn. Eigentlich ist ihm ganz egal, was Minna schreibt. Er gibt sich halt Mühe, um sie bei Laune zu halten, damit sie am Abend etwas kocht, Topfenpalatschinken vielleicht oder Kaiserschmarrn. Aber jetzt fällt ihm nichts mehr ein.

»Ja, das ist nicht lustig«, rutscht es ihm heraus. »Keinen Gatten, keinen Geliebten – ja, worüber schreibst du denn dann überhaupt? Das ist ja langweilig.«

»Weiß schon, was du lesen willst. Sex, Mord und Science-Fiction. Aber das gibt es alles nicht bei mir«, erklärt Minna.

Schweigen. Jeder hängt seinen Gedanken nach. Dann fängt der Ingeniör wieder an: »Die Arme! Ganz allein wacht sie im Leichenhaus auf und niemand da, der ...«

»Was sagst du da?«, unterbricht ihn Minna. »Sie wacht auf. Siegi, das ist es! Meine Heldin ist eine Vampirin geworden. Das ist die Lösung. Ach, du bist ein Schatz, du bist der Beste! Ich schreib gleich alles um. Hol dir zum Abendessen ein Hendl vom Wienerwald. Ich muss weiter schreiben.«

Scheißdreck, denkt der Ingeniör. Wieder Fertigfraß. Laut sagt er: »Halt, halt. So einfach ist das nicht. Sie wacht im Leichenhaus auf und da kann sie nicht raus, weil, die Fenster sind nämlich vergittert.«

»Kein Problem. Sie ist ja ganz schlank. Die zwängt sich da durch.«

»Und dann? Was dann? Sie kann doch nicht einfach wieder herumlaufen.«

»Die findet schon einen Unterschlupf. Bei irgend jemandem. Da fällt mir schon was ein.«

Da hat der Ingeniör wieder eine Idee: »Beim Manfred zum Beispiel. Bei dem zieht sie ein. Du, da muss ich dir was Lustiges erzählen.«

Doch Minna ist es nicht nach lustig und außerdem muss sie nachdenken und umschreiben.

Und draußen ist sie aus der Küche und rennt in ihr Schreibzimmer.. Der Ingenieur kratzt sich am Kopf.

Frühstück

Der Ingenieur füttert Minna mit Croissants. Sie ist sehr schwach.

»Minna, so geht das nicht weiter mit deiner Schreiberei. Du fällst ja vom Fleische.«

Minna nickt. Nimmt einen Schluck Kaffee. Streicht sich Marmelade aufs Croissant und beißt ab.

»Du bist schon fast so blass und dünn wie der Manfred«, setzt er hinzu.

Minna widerspricht: »Der Manfred ist doch nicht dünn!«

»Der Manfred ist dünn geworden.«

»Wie denn das?«

»Weil, beim Manfred wohnt jetzt eine Frau.«

»Das ist ja lustig. Warum hast du mir das nicht erzählt?«

Der Ingeniör holt tief Luft. Ist schon nicht einfach mit der Minna!

»Will ich dir doch schon dauernd erzählen. Aber du wolltest ja nichts davon hören. Eine äußerst fesche junge Frau übrigens, hüftlange schwarze Haare, kohlschwarz, aber so was von kohlschwarz ...«

Minna hebt den Kopf. Sie greift nach dem nächsten Croissant.

Der Ingeniör fährt fort: »... und dann das Gesicht, blass und durchscheinend wie Alabaster. Hat der alte Manfred sich so einen Hasen angelacht. Schon lustig, oder?«

»Das gibt es nicht!«, nuschelt Minna. Sie ist etwas schwer verständlich, weil sie den Mund voll hat.

»Ja, und jetzt ist der Manfred ganz dünn geworden. Und blass. So wie du. Das ist nicht mehr lustig.«

Minna steht auf: Streckt sich.

»Extra für dich hab ich ein bisschen Sex in die Geschichte geschrieben.« Minna grinst. »Von Sex wird ein Mann halt schlanker.«

»Aber doch nicht so dünn, Minna, und so blass. Außerdem, wovon bist du so dünn geworden?«

Minna rauscht aus dem Zimmer.

Mittagessen

Der Ingenieur hat Spiegeleier gemacht. Minna fällt über das Essen her. Als sie fertig ist, wischt sie sich den Mund ab.

»Neues vom Manfred?«, fragt sie.

»Du, das ist lustig. Grad vorhin war ich im Garten, die Tomaten gießen, da kommt die tolle Frau an den Zaun. Mir ist gleich ganz anders geworden.« Dabei schaut der Ingeniör ganz verträumt zum Fenster hinaus.

»Weiter, red schon weiter«, verlangt Minna.

»Herr Ingeniör, hat sie gesagt, was heißt gesagt, geflötet hat sie, gezwitschert oder wie soll man das nennen? Du bist doch Dichterin. Wie umschreibt man das, wenn eine Frau mit ganz süßen Worten ...«

Minna wird ungeduldig: »Jetzt red schon weiter«, fordert sie Siegi auf.

»Sagen Sie Ihrer geschätzten Gattin, so vornehm hat die sich ausgedrückt, sagen Sie Ihrer geschätzten Gattin, das ist doch lustig, findest du nicht?«

»So redet sie immer, stimmt genau.«

»Jedenfalls, ich soll dir sagen, sie muss jetzt weg und du sollst alleine weiter machen.«

Minna schaut den Ingeniör überrascht an: »Hat sie auch gesagt, wohin sie fährt? Nein? Die ist ja lustig.«

Nachmittags

Der Ingeniör balanciert ein Tablett die Treppe hinauf. Auf dem Tablett: Zwei Tassen Kaffee und zwei Teller mit Tortenstücken, großen Tortenstücken, Kirschwälder, Bayrisch Creme, Schokosahne (die ist für den Ingeniör), Malakoff – Kalorienbomben eben. Denn der Ingeniör macht sich Sorgen. Und wenn die Minna nicht in die Küche kommt, dann geht er eben zu ihr ins Arbeitszimmer.

Minna tippt und tippt. Aber dann hört sie doch auf und wendet sich dem Tablett zu. Das erste Tortenstück ist schon verschwunden. Jetzt wird Minna munterer.

»Wer war vorhin da? Wer hat denn geklingelt?«, fragt sie.

»Nur der Manfred.«

»Nur der Manfred? Nur? Ohne Freundin?«

»Die ist doch weg.«

»Geht es ihm jetzt wieder besser?«, will Minna wissen.

»Nein, leider nicht. Weil, sie ist mit seinem Auto weg.«

»Kann sie doch mal mit dem Auto fahren lassen.«

»Du verstehst mich falsch, Minna. Sie hat sich sein Auto geschnappt und ist weg. Ganz weg. Fort. Mit seinem Auto! Nach Transsylvanien. Während er noch den Abschiedsbrief gelesen hat, ist sie fort.«

»Jetzt machst du dich aber über mich lustig.«

»Ich wüsste nicht, was daran lustig ist, dass sie dem Manfred sein Auto geklaut hat.«

Minna steht auf, stemmt die Hände in die Hüften.

»Kein Wort glaub ich dir, kein Wort. Alles erstunken und erlogen. Diese Geschichte mit der Freundin vom Manfred. Das ist nämlich meine Geschichte! Darüber machst du dich nicht lustig, verstanden? Das wird ein Bestseller. Wirst schon sehen. Tausend Leute werden ihn lesen wollen. Hunderttausend. Und jetzt geh in deine Werkstatt, erfinde ein bisschen und lass mich schreiben.«

Der Ingeniör schleicht aus dem Zimmer, zieht leise die Tür hinter sich zu. Dann zuckt er mit den Schultern.

»Von mir aus, von mir aus schreibst halt einen Bestseller. Ist mir wurscht. Nur der Manfred, der darf ihn nicht in die Hände kriegen. Wo doch der Manfreds sein Auto so geliebt hat.«

Der Mord an Ludwig II

»Ah, da schau, was in da Zeitung steht: Tod von König Ludwig aufgeklärt.«

»Das ist doch schon lang bekannt, dass sie ihn erschossen haben.«

Die Zeitung raschelte. Siegi blätterte um und faltete sie auf die Hälfte – der Küchentisch war halt doch nicht groß genug.

»Kurz gesagt, er wollte dem Gudden auskommen, ist ins Wasser gerannt, der Gudden hinterher, um ihn festzuhalten. Da ist der Ludwig ausgerastet und hat ihn unter Wasser gedrückt. Dann aber hat es den König derbröselt, Herzkasperl vor lauter Aufregung. Weil, fit war der da nicht mehr, Übergewicht und auch sonst kaum Bewegung. Und nach fünf Gläsern Wein und drei Schnäpsen war er auch nicht mehr nüchtern.«

»Ah geh, daschossn hamms ihn, von hinten.«

»Aber da steht, dass er wahrscheinlich einen Herzinfarkt gehabt hat vor lauter Aufregung und vom Rennen und vom Kampf mit dem Gudden.«

»Wer's glaubt!«

»Erschossen ist er jedenfalls nicht worden. Das steht fest.«

»Wird doch alles vertuscht. Aber es gibt ja einen Weg um das herauszufinden. Siegi, mach die Zeitmaschin startklar!«

»Minna, mach bloß keinen Blödsinn!«, sagte der Ingeniör Siegfried Haberletzer und öffnete die Einstiegsklappe der Zeitkapsel.

»Hab ich auch nicht vor«, antwortete Minna. »Ich will doch nur wissen, was damals passiert ist. Ob sie ihn erschossen haben oder ob er wirklich ertrunken ist.«

»Niemand wird dir glauben, was immer du herausfindest.«

»Macht nichts. Hauptsache, ich weiß es.« Minna raffte ihre Röcke, zwei lange schwarze Taftröcke, die sie über einander trug – man will ja schließlich nicht auffallen, wenn man in die Vergangenheit reist – und stieg in die Kapsel. Siegfried nickte ihr noch einmal zu, dann drückte sie auf den Knopf. Funken sprühten, blaue Blitze zuckten, die Kapsel wurde immer kleiner und kleiner, war nur noch so groß wie ein Schusser, bis sie endgültig in der vierten Dimension verschwand.

Siegfried wandte sich wieder seiner Werkbank zu, seinem Lötkolben und seinen Bauplänen.

Minna landete im Park von Schloss Berg am Abend des 16. Juni, um 18 Uhr. Laut GPS-Koordinaten hätte sie im Gras landen müssen, tatsächlich landete sie im seichten Wasser des Starnberger Sees. Möglicherweise war da, wo heute Gras war, vor 140 Jahren noch Wasser gewesen. Minna zog ihre Röcke bis unter die Achsel – Gummizug war zwar historisch nicht korrekt aber praktisch – und stieg aus. Die Kapsel bugsierte sie ins Schilf am Rande der Bucht. Dann versteckte sie sich hinter einem Busch.

Es war ein lauer Abend, doch von Westen her kamen schwere graue Wolken gezogen.

Sie musste nicht lange warten, da näherten sich vom Schloss her zwei Gestalten: groß und massig mit schweren Schritten der König, immerhin 300 Pfund schwer, daneben klein, leicht gebückt der Nervenarzt Gudden. Minna begann vor Aufregung zu zittern. Es war genau so, wie es immer geschildert wurde: die beiden machten einen kleinen Spaziergang hinunter zum See.

Sie kamen direkt auf Minna zu, nein, jetzt bogen sie ab zum Ufer hin. Dort blieben sie stehen. Der König schaute in den Himmel, hob die Hand. Was er sagte, konnte Minna nicht verstehen. Gudden sagte auch etwas mit leiser Stimme. Der König wandte sich von ihm ab, schaute in Minnas Richtung, schaute und entdeckte Minna.

»Weib, verschwinde!«, donnerte er.

Der König hatte sie gesehen! Minna sank auf den Boden, rutschte auf den Knien zu ihm hin. Gudden kam mit kleinen Trippelschritten näher und stieß mit seinem Stock nach ihr.

»Verschwinde, Elendige«, setzte er nach.

»Majestät«, säuselte Minna, »trauen Sie ihm nicht. Er wird sie erschießen!«

Gudden lachte höhnisch. »Das wäre wohl das Beste«, sagte er.

»Majestät«, winselte Minna, »stoßen Sie ihn in den See! Retten Sie sich, solange es noch geht. Machen Sie Schluss mit dem Theater!«

»Weib, halte dein gotteslästerliches Maul«, schimpfte Gudden.

Minna wurde ungeduldig. Sie musste doch den König retten.

»Schauen Sie zu, dass Sie ein Boot kriegen und rudern Sie hinüber nach Berg.«

Ludwig runzelte die Stirn, wandte sich ab und ging schnellen Schrittes am See entlang. Gudden beeilte sich hinter ihm her zu kommen.

»Obacht«, schrie Minna, »jetzt kommt er von hinten. Gleich wird er Sie ...«

Ludwig blieb stehen. Gudden, der nicht Acht gegeben hatte, stieß gegen den König. Der holte aus und schlug Gudden mit der Faust an die Schläfe. Gudden ließ seinen Stock fallen und ging zu Boden.

»Wage es nicht den König zu berühren, du elender Schwafler«, drohte Ludwig.

Minna wurde mutiger und ging ein paar Schritte auf den König zu.

»Wissen Sie«, begann Minna, »ich könnte Sie mitnehmen in die Zukunft. Sie werden nicht glauben, wie beliebt Sie da sind.«

»Packe sie ihn und schleife ihn ins Wasser«, unterbrach sie der König.

»Was?«

»Ab ins Wasser mit dem Quacksalber!«

»Aber das kann ich doch nicht! Ich kann doch nicht einfach einen Menschen ...«

Gudden regte sich schon wieder und ächzte.

»Ich befehle es!«

Gudden drehte sich herum, kam auf alle Viere, suchte seinen Stock.

»Ludwig«, schrie Minna, »obacht!«

Ludwig drehte sich um und stieß Gudden mit dem Fuß kräftig in die Seite. Gudden fiel wieder auf den Rücken. Ludwig trat ihm in den Bauch. Minna hörte ihn keuchen.

»Aufhören«, rief sie. Sie rappelte sich auf und zog Ludwig am Jackett. »Das tut man nicht.«

»Er hat seinen König gestoßen und daher den Tod verdient.« Er bückte sich nach dem Stock, drückte auf einen Knopf und zog einen Degen heraus. Minna hängte sich an seinen Arm.

»Das darfst du nicht. Ludwig, so sei doch vernünftig. Steck ihn zurück und dann lasst uns erst einmal reden.«

Doch Ludwig stieß sie grob weg. Jetzt lag auch Minna im Dreck. Sie hörte einen erstickten Schrei. Minna bekam Angst. Sie kroch auf allen Vieren ins Schilf, um sich zu verstecken.. Der Kies knirschte, Gudden gab gurgelnde Laute von sich. Ludwig stand über Gudden, den Degen hoch erhoben. Blut tropfte herab. Er schaute sich um, als ob er jemanden suchte. Minna kroch noch tiefer ins Schilf. Schon war sie ganz nahe an ihrer Zeitkapsel.

»So also war es«, dachte sie und öffnete die Klappe, ganz leise und vorsichtig.

Ludwig packte Gudden an den Stiefeln und schleifte ihn ins Wasser. Dann gab der Leiche einen Stoß, damit sie davon trieb. Vom Schloss her kamen zwei Lichter herunter. Ja, erinnerte sie sich, sie haben zwei Diener mit Fackeln ausgeschickt, um Ludwig zu suchen. Ludwig hob die Arme und schrie laut: »Ich bin der König und ich bleibe der König!« Dann drehte er sich um, stapfte aus dem Wasser und hinauf zum Schloss.

Minna war verwirrt. So war es doch nicht gewesen? Gudden hatte Ludwig umgebracht und war dabei ins Wasser gefallen und ertrunken – wurde jedenfalls immer erzählt. War das falsch, alles ganz falsch? War sie einem Riesenschwindel auf die Schliche gekommen? Vom Schloss her kamen nun noch mehr Leute, aufgeregte Stimmen, Lichter. Es war wohl besser, sie verschwand. Minna stieg in die Zeitkapsel und drückte den Rückkehrknopf.

Überraschenderweise landete sie nicht in der Werkstatt, sondern im Garten. Es gab gar keine Werkstatt. Der Garten sah auch ein klein bisschen anders aus. Statt dem Kirschbaum ein Birnbaum, statt der Rose eine Clematis an der Terrassenwand, statt der Ringelblumen ums Gemüsebeet Löwenmäulchen und Cosmeen. Da erhob sich aus einem der Beete eine Frau, die dort offensichtlich gerade gejätet hatte, hielt sie doch ein Büschel Unkraut in der einen, eine kleine Hacke in der anderen Hand. Die Frau kam Minna bekannt vor.

»Wer bist denn du?«, fragte die Frau und sah Minna prüfend an.

»Ich bin die Minna, die Minna Haberletzer«, sagte unsere Minna.

»Soso, weißt du, wer ich bin?« Sie wartete keine Antwort ab, sondern setzte gleich hinzu: »Ich bin die Wilhelmine Haberletzer, genannt Minna, aber nur mein Ingeniör darf mich so nennen. Alle anderen sagen Wilhelmine.«

Unserer Minna wurde schwindlig. Da war etwas gründlich schief gelaufen mit der Rückreise.

»Welches Jahr schreiben wir denn?«, fragte sie und kam sich dabei komisch vor.

»2012«, war die Antwort. »Stimmt was nicht? Oh, ich glaube, du kommst aus der Vergangenheit, so wie du angezogen bist.«

»Ja«, sagte Minna, »1886, 13. Juni 1886. Hättest du vielleicht einen Kaffee für mich? Ich glaub, den brauch ich jetzt dringend.«

»Aber sicher! Setz dich erst einmal hin. Ich muss mir nur die Hände waschen und was anderes anziehen.«

Minna setzte sich an den Terrassentisch. Der sah nun ganz anders aus als der bei ihr zu Hause. Das Gestell hatte die Form knorriger Äste, war aber aus Eisen. Darüber lag eine weiße Spitzentischdecke. Die Zeitmaschine stand auf dem Gras und glänzte in der Sonne. Einsteigen und abfliegen? Aber wohin? Der Rückflug war doch einprogrammiert gewesen. Hatte das GPS versagt? Nein, sie war ja in ihrem Garten gelandet – wenn man von diesen kleinen Unterschieden absah – und dann diese Wilhelmine Haberletzer, die nur der Ingeniör Minna nennen durfte, und das Jahr stimmte auch – was war nur falsch?

Wilhelmine kam wieder heraus. Nun trug sie ein locker fallendes Kleid, das mit großen bunten Blumen bedruckt war. Hatte sie sich bestimmt selbst genäht. Den Stoff kannte Minna. Den gab es bei Ikea als

Vorhangstoff. Wahrscheinlich gab es in dieser falschen Welt bei Ikea Reißverschlüsse und Nähmaschinen statt Möbeln. Hinter Wilhelmine kam ein Dienstmädchen, schwarzes Kleid, weiße Schürze mit Spitzen und Rüschen und weißes Spitzenhäubchen mit einem Tablett. Das Mädchen stellte Geschirr vor Minna, das sah aus wie das Service, das sie noch von ihrer Schwiegermutter im Keller hatte, elfenbeinfarbig mit Goldrand. Niemals nahm Minna das Geschirr her! Es war viel zu wertvoll und außerdem gefiel ihr buntes Geschirr viel besser. Aber gut, Wilhelmine hatte einen anderen Geschmack. Was den Kaffee betraf, er schmeckte genau so wie er schmecken musste und auch der Nusszopf war wie von ihr selbstgemacht.

Wilhelmine ließ Minna erst einmal in Ruhe, bis sie zwei Tassen Kaffee und drei Stück Kuchen intus hatte. Aber dann fragte sie ganz streng: »Wo oder vielmehr von wann kommst du her?«

»13. Juni 1886«, sagte Minna wahrheitsgemäß.

»Du weißt schon, was das für ein Tag ist? Was an dem passiert ist?«

Natürlich wusste Minna das, aber sie sagte mit dem unschuldigsten Gesichtsausdruck der Welt: »Nein. Was war an dem Tag?«

»An dem Tag wurde ein Attentat auf unseren König Ludwig verübt. Sein Nervenarzt Gudden konnte gerade noch den Degen ablenken, mit dem eine wütende Furie auf den König einstechen wollte. Er hat sein Leben für den König gelassen. Heute früh war in allen Kirchen Gedenkgottesdienst für die Errettung des Königs.«

»Ha?«, sagte Minna.

»Der König hat sie dann mit eigenen Händen erwürgt, weil er so außer sich war über den Tod seines geschätzten Arztes. Allerdings hat man die Leiche der Attentäterin nie gefunden. Wahrscheinlich war sie doch nicht ganz tot und konnte entkommen. Ist dann auf der Flucht im See ertrunken. Wollen wir doch hoffen, oder?« Wilhelmine musterte Minna kritisch. Die war so außer sich, dass ihr entfuhr: »Aber das war ganz anders!«

»So? Wie war es denn wirklich?«

Minna schüttelte den Kopf. »Ganz anders, jedenfalls. Aber egal, jetzt bin ich hier und das, das ist über hundert Jahre her.«

»Mord verjährt nicht. Was denkst du, was Franz tun wird, wenn er hört, dass du hier bist?«

»Welcher Franz?«

»Na, König Franz von Bayern.«

»Ist Bayern eine Monarchie? Immer noch?«

»Aber selbstverständlich! Nur die Preußen, die sind Republikaner.« Das Wort Republikaner spuckte sie voller Abscheu aus. Minna schüttelte nur den Kopf

»Ich fass es nicht! Wo bin ich hingeraten? Da brauch ich einen Schnaps.« Den bekam sie dann auch.

Es wurde ein sehr gemütlicher Nachmittag. Nach mehreren Schnäpsen störte es Minna auch nicht, dass ab und zu ein Schatten auf den Garten fiel, wenn ein Zeppelin rauschend darüber hinwegzog. Sie nahm es auch als selbstverständlich, dass gegen Abend ein Einmann-Hubschrauber im Garten landete: der Ingeniör kam von der Arbeit nach Hause. Sie wunderte sich auch nicht, dass der Ingeniör Haberletzer von Beruf Erfinder war. Aber im Gegensatz zu ihrem Siegi arbeitete er in einer großen Firma, die sein Genie zu schätzen wusste und ihm alle Möglichkeiten bot, seine technische Fantasie auszuleben.

»Das gibt's ja nicht!«, rief er aus. »Noch eine Minna! Exakt die Gleiche!«

Die Zeitkapsel dagegen interessierte ihn überhaupt nicht. »Zeitreisen sind nicht möglich«, erklärte er kategorisch. »Hawkings, der große Professor aus

Engelland hat ganz klar gesagt, dass sie nicht möglich sind.«

»Aber ich bin doch zeitgereist«, antwortete Minna in kläglichem Ton.

»Du kommst aus einer Parallelwelt, das hat ja Professor Häuselberg schon vor Jahren gesagt, dass es mehrere parallele Universen gibt.«

»Und die unterscheiden sich darin, ob Ludwig zwo lebt oder nicht lebt«, schloss Minna. »Klasse. Jetzt hab ich Ludwig das Leben gerettet und bin hier gelandet. Was passiert, wenn ich nochmal hinreise und ihn umbringe? Komme ich dann wieder nach Hause, in meine richtige Welt, meine ich?«

»Aber erst bleibst du bei uns und erzählst uns von deinem Universum«, warf Wilhelmine ein. »Das interessiert uns doch!«

»Ich muss sowieso die Batterie aufladen. Strom habt ihr doch, oder? Und GPS?«

Schon kam Siegi mit einem Kabel gelaufen, dass er anschloss. »Sonnenstrom«, sagte er, »sauber und zuverlässig. Habt ihr noch nicht in deinem Paralleluniversum, oder?«

»Und ich zeig dir meine Spitzenhäkelmaschine«, setzte Wilhelmine hinzu.

»Ich hab eine Sockenstrickmaschine«, murmelte Minna.

»Oh je, ihr Armen! Bei Euch gibt es noch richtig kalte Winter! Ihr habt noch gar kein künstliches Treibhausklima erzeugt, braucht Socken, weil ihr immer so friert.« Siegi war richtig entsetzt. »Weißt du was, bleib doch gleich ein paar Tage, dann zeigen wir dir die ganzen Errungenschaften unserer Zivilisation, bevor du wieder in dein primitives Universum zurückkehrst.«

»Vielleicht willst du auch unseren König Franz sehen?«, meinte Wilhelmine.

»Oder eine kleine Zeppelintour machen zum Schloss Falkenstein?« schlug Siegi vor.

»Aber wenigstens das MSS, das Münchner Seilbahnverkehrssystem musst du dir anschauen. Ich wette, ihr habt in deinem Universum noch so etwas altmodisches wie Trambahnen.«

»Und Autos«, ergänzte Minna, »Atomkraftwerke, Müllverbrennungsanlagen, Fernseher.«

»Oh Gott, wie rückständig!«, riefen die andere Minna und ihr Siegi und verdrehten die Augen.

Minna stand auf.

»War sehr nett Euch kennen zu lernen. Aber jetzt muss ich nach Hause. Siegi wartet schon auf sein Abendessen.« Stolz erhobenen Hauptes schritt sie zu ihrer Glaskugel und stieg ein.

Minna landete im Park von Schloss Berg am Abend des 13. Juni, um 18 Uhr. Laut GPS-Koordinaten hätte sie im Gras landen müssen, tatsächlich landete sie ziemlich entfernt vom Ufer im Starnberger See. Die GPS-Systeme waren wohl doch nicht ganz kompatibel. Minna schob die Einstiegsklappe auf. Dabei kam ihre Kugel ganz schön ins Schlingern. Eine kleine Welle schwappte ins Innere. Minna schob ihre Röcke bis zum Hals hinauf. Vorsichtig schob sie einen Fuß nach dem anderen durch die Luke, wobei sie immer abwartete, dass die Schaukelei sich wieder beruhigte. Schließlich legte sie sich auf den Bauch und tastete nach festem Grund – nichts zu spüren. Aussteigen war unmöglich, vor allem: wie sollte sie wieder einsteigen? Das einzige, was sie machen konnte, war, mit den Füßen strampeln und so die Kugel näher ans Ufer manövrieren. Endlich spürte sie Boden unter den Füßen und konnte aus der Kapsel schlüpfen. Sie war so damit beschäftigt gewesen, dass sie nicht bemerkt hatte, dass Ludwig und Gudden schon angekommen waren und ihr vom Ufer aus zuschauten.

Mist, es lief schon wieder alles schief! Dabei wollte sie nichts wie heim in ihr eigenes Universum, das mit Atommüll und Luftverschmutzung, mit lauten Autos, mit Trambahnen und kalten Füßen.

»He, Weib, was treibst du da? Du hast hier nichts zu suchen. Verschwinde, sonst hole ich die Wache«, rief von Gudden.

»Nein, lasst sie. Ich will dieses Gerät haben, das sie da vor sich herschiebt. Damit will ich auch über den See fahren.«

Minna wurde heiß. Wenn ihr der König die Maschine wegnahm – nein, das durfte nicht passieren.

»Das ist kein Boot«, erklärte sie. Nichts wie weg von hier. Sie wollte gar nicht mehr wissen, wie König Ludwig gestorben war, alles egal. Hauptsache, sie kam weg, bevor das Universum sich zweiteilte, in eines, in dem Ludwig starb, und in eines, in dem er weiterlebte.

»Weib, höre auf das Wort des Königs!«, befahl Gudden.

Minna kroch in die Kugel, oder vielmehr, sie versuchte es. Denn das war gar nicht so einfach. Die Kugel drehte sich mal hierhin, mal dort hin. Dazu Wellen, die drohten in die Kugel zu schwappen.

Schon hörte sie auch das Platschen näher kommender Schritte im Wasser. Minna warf sich mit Schwung ins Innere. Ludwig erreichte sie, da hatte sie gerade die Füße ins Innere gezogen und wollte sich auf den Sitz winden. Er klopfte an die Kugel.

»Glas, sagte er, »gewöhnliches Glas. Und wozu sind diese Hörner gut?« Mit einer Hand bekam er die Türöffnung zu fassen und hielt sie fest.

»Finger weg«, rief Minna, »gleich geht die Tür zu!«

»Ruhe, Weib, ich bin der König, ich befehle dir, herauszukommen.«

Gudden mit seinem Stock tapste näher.

»Das ist ein Attentat, Majestät«, sagte er. »Wir sollten die Wachen rufen.«

»Unsinn«, sagte Ludwig, »das ist ein armseliges Weib, eine schamlose Hure ohne Röcke. Weiß man doch, was die mit meinen Wachen treiben.«

Die freie Hand des Königs griff nach ihrem Bein, um sie herauszuziehen. Minna versetzte ihm einen Stoß mit dem anderen Fuß vor die Brust. Sofort schaukelte die Kugel wie wild. Ludwig kam aus dem Gleichgewicht und platschte ins Wasser. Gudden stürmte von hinten her, seinen Stockdegen gezogen. »Aux Armes«, schrie er, »an die Waffen! Angriff auf den König!«

Minna rammte die Tür zu. Prustend tauchte Ludwig aus dem Wasser auf und stürzte wieder auf die Kugel zu, Gudden dicht hinter ihm. Minna drückte den Startknopf. Das Feld baute sich quälend langsam auf. Gudden und Ludwig pressten ihre Gesichter ans Glas, um zu Minna hineinzuschauen. Endlich war die Spannung stark genug. Das vertraute Blitzen an den Hörnern. Da fielen Ludwig und Gudden rücklings ins Wasser. Noch immer war die Spannung zu schwach für den Start. Ludwig und Gudden tauchten nicht mehr auf. Minna reckte den Hals. Da sah sie einen der Körper regungslos im Wasser treiben.

»Oh Gott«, sagte Minna, »Strom und Wasser!« Sie suchte den Ausknopf – aber da hatte der Antrieb endlich gezündet. Schon trieb sie durch die Raumzeit.

Die Zeitmaschine landete in der vertrauten Werkstatt. Siegfried Haberletzer stand an der Werkbank und lötete Leitungen auf eine Platine. Minna stieg aus und schlüpfte aus den Röcken.

Siegi musterte sie von oben bis unten.

»Was soll denn das bedeuten? Nur im Unterhöschen? Und das ist auch noch nass?«

»Mein Gott, Siegi, was du schon wieder denkst!«

»Ich denke gar nichts. Ich wundere mich nur.«

»Du hast ja keine Ahnung, was ich mitgemacht habe.«

»Dass das keine lustige Geschichte wird, habe ich dir ja gleich gesagt. Bist du jetzt zufrieden? Weißt du jetzt, wer Ludwig erschossen hat?«

Zu Siegis Überraschung fiel ihm Minna um den Hals. »Gott sei dank, du bist der richtige Siegi!«

»Aber wieso?«

»Du hast nicht noch eine Minna in der Küche? Nein? Du weißt, wo ich hin wollte? Ja? Ach Siegi, ich bin ja so was von froh, dass ich wieder bei dir bin.«

Siegi war nun doch verwirrt. Aber er fasste sich gleich wieder und wiederholte seine Frage. »Weißt jetzt wer den Kini erschossen hat? Wars der Gudden?«

Minna fing zu weinen an. Dicke Tränen kullerten ihr über die Wangen.

»Ach Siegi, ach Siegi!«, jammerte sie. Der nahm sie in die Arme, streichelte ihr über den Rücken. Minna wurde richtig von Schluchzern geschüttelt.

»Sag schon, wars der Gudden? Ich wills doch auch wissen.«

Minna machte sich los, wischte sich den Rotz und die Tränen am Ärmel ab.

»Siegi«, stammelte sie, » ich … ich ...«

Ein neuer Anfall von Weinen schüttelte sie.

Schließlich schrie sie es heraus: »Ich wars! Aber es war keine Absicht. Ich hab den Kini umbracht!«

Einstein-Rosen-Brücke – 3. Teil

Isolde hatte wieder festen Boden unter den Füßen. Sie war zurück aus der Raumstation, auf der sie ein halbes Jahr gelebt und gearbeitet hatte. Die medizinischen Tests, das Muskelwiederaufbauprogramm, die Knochendichte-Stabilisierung – geschafft. Nun ging es zurück nach Hause, nach Hause zu Oma und Opa. Nach Hause, Urlaub und feiern: Disco im Nachtstadel, Schneemaßparty in Sauerlach, Johannisfeuer in Taufkirchen, den einen oder anderen Typen aufreißen, und baden! Baden! Mit dem Radl zum Deininger Weiher, oder auch nur ins Schwimmbad von Unterhaching. Wenn du so lange jeden Tropfen Wasser zählen musstest, dann ist dir jedes Wasser recht, Hauptsache es ist tief genug um einzutauchen.

Die Oma führte Isolde nicht in die Küche, wo sie immer auf ihrem Kanapee saßen, sondern ins Wohnzimmer.

»Alles zu Ehren unserer Astronautin«, grinste Oma. Der Opa, der alte Ingeniör Haberletzer stand auf, um sie zu begrüßen. Isolde erschrak, wie klapprig er war. Die Oma hatte zwei steile Falten über der Nase.

»Geht es euch nicht gut?«, fragte Isolde.

»Doch doch, vor allem jetzt, wo wir eine Ingeniörin in der Familie haben, die an einem so wichtigen Projekt mitarbeitet. Das habe ich ja schon vor zwanzig Jahren gesagt, dass man Solarzellen im Weltraum aufstellen sollte. Aber damals war das Problem die Energiespeicherung. Erzähl schon, wie wird das jetzt gelöst? Ich hab gelesen, man speichert in einer Art supraleitenden Spulen.«

»Na, Spulen, wie du sie kennst, sind das nicht gerade, aber man könnte es so bezeichnen.«

»Aber das wahrhaft Geniale«, fuhr der Alte fort, »das wahrhaft Geniale ist die Art der Übertragung der Energie auf die Erde. Als der erste Flash kam, haben alle Leute gejubelt, zumindest die, die was davon verstehen.«

»Ja, wir hatten für diesen Moment auch eine Flasche Champagner an Bord.«

Oma brachte eine Kanne Kaffee. Beim Eingießen zitterten ihre Hände so sehr, dass die Untertasse fast voll Kaffee war.

Isolde nahm ihr die schwere Kanne aus der Hand. Es gab Kekse aus der Packung. Das hatte Isolde noch nie erlebt. Omas Stolz waren ihre selbstgebackenen Kuchen. Irgend etwas war hier nicht in Ordnung. Was heißt »nicht in Ordnung«? Die beiden waren über 90. Da musste Oma keinen Kuchen mehr backen.

»Zum Abendessen gibt es chinesisch«, erklärte Oma. »Hab ich extra bei Essen auf Rädern für dich mitbestellt. Du glaubst nicht, wie wir uns freuen, dass du wieder bei uns bist.«

Isoldes Zimmer sah aus, wie sie es verlassen hatte. Der uralte PC stand noch auf dem Schreibtisch. Die alten Jugendbücher im Regal waren von einer dicken Staubschicht bedeckt. Ihre Kosmos-Kästen standen da, ein Lego-Raumschiff, der Lego-Roboter. So hatte die kleine Isolde angefangen und jetzt war sie Ingeniörin. Da lag auch die Kugel, die Einstein-Rosen-Brücke. Sie funkelte im Licht. Ob sie nach all den Jahren noch funktionierte? Isolde schaute neugierig hinein. Das Innere war trüb und milchig. Isolde nahm die Kugel in die Hand. Sie war klein und so leicht. Als Kind war sie ihr groß und schwer vorgekommen.

Isolde drehte sie in den Händen hin und her. Das schien sie mit Energie aufzuladen, denn auf einmal zuckten Blitze im Innern von Rand zu Rand. Der Nebel lichtete sich und Isolde schaute direkt in ein Bürozimmer. Ein todschickes Büro: Schreibtisch mit in die Platte integriertem Touchscreen, moderne Kunst an den Wänden, eine Sitzgarnitur aus Leder im englischen Stil um eine Mahagonitisch gruppiert. Die Kugel schien mitten auf diesem zu stehen unter einem gewaltigen Strauß von Pfingstrosen. In den Stühlen saßen drei Herren in Anzug, pafften Zigarren und hielten bauchige Gläser mit einer goldfarbenen Flüssigkeit in den Händen. Der eine zückte einen Füllfederhalter und unterschrieb ein Dokument. Dann hoben sie die Gläser und tranken sich zu.

Isolde stellte angewidert die Kugel zurück ins Regal. Jan Pretzel war jetzt wahrscheinlich Immobilienhai oder Investmentbanker und verdiente so viel Geld, dass er sich so eine protzige Einrichtung fürs Büro leisten konnte. Die Kugel hatte er immer noch und wahrscheinlich gab er sie auch nicht her.

Zwei Wochen später fanden sie den alten Haberletzer tot in seiner Werkstatt. Er war gegen die Werkbank gestürzt und mit dem Kopf hart aufgeschlagen. Isolde rief den alten Hausarzt. Es kam aber nicht der alte Hausarzt, sondern ein junger, der mittlerweile die Praxis übernommen hatte. »Diese Verletzungen rühren nicht von einem Sturz her. Jemand hat mit einem stumpfen Gegenstand auf ihn eingeschlagen.« Er rief die Polizei. Der stumpfe Gegenstand war schnell gefunden, es klebten noch Haare dran, ein Schürhaken, der hinter der Tür lag. Die Polizei nahm die Oma mit, obwohl die immer wieder beteuerte: »Ich wars nicht. Ich wars nicht. Das war er selber.«

Es war eine traurige Beerdigung. Die Oma wurde von zwei Polizisten zum Grab geführt. Sie war mit Handschellen an sie gefesselt. Einen Moment sah es aus, als ob die alte Frau hineinspringen wollte. Doch die Polizisten hielten sie zurück. Zum Leichenschmaus durfte sie nicht mitkommen. Es waren nicht viele Leute da, grad mal zwei Tische voll, eigentlich nur die Nachbarn und ein paar entfernte Verwandte. Hinten an der Wand saß ein etwa 60jähriger Mann, der Isolde bekannt vorkam. Er aß und trank sein Bier. Isolde rief den Kellner, er solle dem Mann einen Williamschrist bringen. Der Mann prostete ihr zu. Sie wollte noch mit ihm reden, doch da kam eine Freundin von der Oma und hielt sie auf und dann war er schon verschwunden. Überraschenderweise war die Rechnung schon bezahlt – mit der Kreditkarte von Siegfried Haberletzer. Es war genau seine Unterschrift, kraftvoll wie Isolde sie in Erinnerung hatte.

Helene Haberletzer verabschiedete sich – sie musste zurück zu einem Kongress über Quasare und Hypernovas in Kopenhagen. Isolde war es gewohnt, dass ihre Mutter nie Zeit hatte. Nur Oma und Opa waren immer für sie da gewesen. Aber das war jetzt vorbei.

Zuletzt saß Isolde ganz allein am Tisch. Heimgehen in das leere stille Haus? Wo niemand auf dem Küchenkanapee saß? Wo niemand in der Werkstatt bohrte und hämmerte? Schließlich ging sie doch, ging aber gleich ins Bett, ohne in die Küche oder Werkstatt zu schauen. Im Bett weinte sie eine Weile, weil sie an die Oma dachte, die in einer Gefängniszelle auf einer harten Pritsche nächtigen musste. Dann schlief sie ein.

Am nächsten Tag schien die Sonne. Isolde war voller Energie und sie beschloss, das Haus gründlich zu lüften und zu putzen. Sie hängte das Bettzeug auf den Balkon. Dann räumte sie in der Küche die Schränke leer, wischte alles gründlich aus, warf die ganzen abgelaufenen

Gewürztütchen und Teepackungen weg. Gleich ging es ihr besser. Die Türen schlossen nicht mehr richtig, die Couch war abgewetzt, unter der Decke hingen Spinnweben, die Vorhänge zerschlissen. Sie schmiedete Pläne, das Haus zu renovieren: neue Türen, neue Fliesen, neue Böden, neue Möbel ...

Da klingelte es. Na ja, repräsentabel sah sie nicht aus in der abgeschnittenen Jeans und dem alten Top. Trotzdem öffnete sie die Tür.

Ein junger Mann im Anzug streckte ihr einen Blumenstrauß entgegen.

»Für unsere Astronautin«, sagte er und grinste. »Ich freue mich, dich zu sehen. Wir kennen uns ja schon lange. Ich bin Jan Pretzel.«

Isolde musste erst kurz nachdenken, dann fiel ihr ein, wer Jan Pretzel war.

Sie bat ihn ins Wohnzimmer.

Das also war Jan Pretzel in echt, Dr. Jan Pretzel, wie er betonte, Rechtsanwalt.

»Ich habe von dem Schicksalsschlag, der deine Großeltern getroffen hat, in der Zeitung gelesen. Mein Beileid zum Ableben des Großpapas.« Isolde nickte. Bevor sie ihre Antwort zurechtgelegt hatte, fuhr Jan Pretzel schon fort.

»Die Geschichte mit deiner Großmutter kann ich so nicht hinnehmen. Warum soll nicht jemand in die Werkstatt eingedrungen sein, um den Herrn Haberletzer umzubringen und sich seine Erfindungen unter den Nagel zu reißen? Meines Erachtens hat sich die Polizei die Sache zu leicht gemacht, indem sie sich auf die Witwe des Opfers beschränkte, statt weiter nachzuforschen.«

Isolde nickte.

»Ich stelle mich zur Verfügung, deine Großmutter anwaltlich zu vertreten. Kostenlos natürlich. Dazu fühle ich mich aus alter Freundschaft verpflichtet.«

»Kostenlos?«

»Nur um eine kleine Anerkennung würde ich dich für meine Arbeit bitten. Überlass mir doch deine Kugel. Du weißt schon, diese Kugel, mit der wir in unserer Kindheit unsere Späße trieben.«

»Niemals. Ich weiß auch gar nicht, wo die ist.«

»Oh, sie kann nicht weit sein. Vielleicht in deinem äh Schlafzimmer?«

Isolde spürte, wie ihr die Röte ins Gesicht schoss. Gestern Abend beim Ausziehen und ins Bett gehen hatte sie überhaupt nicht mehr daran gedacht, dass die Kugel im Regal stand. Hatte dieser fiese Pretzel ihr beim Ausziehen zugeschaut?

»Als erstes würde ich vorschlagen, beantragen wir Haftverschonung aus gesundheitlichen Gründen. Deine Oma ist doch schon etwas in die Jahre gekommen?«

»93 ist sie, aber noch ganz fit. Dem Opa ging es nicht mehr so gut.«

»Ah, das ist interessant. Es ging ihm schon länger nicht mehr gut? Dann könnte es doch sein, dass er gestürzt und mit dem Kopf aufgeschlagen ist? Hat er irgendwelche Medikamente genommen, die vielleicht zu Gleichgewichtsstörungen führen können?«

»Ich hab nur Sildenafil gefunden.«

»Wie bitte?«

»Sildenafil. Weiß nicht wozu das gut ist.«

»Nein, das weißt du als junge Frau natürlich nicht.« Jan Pretzel gackerte. Dann setzte er hinzu: »Sobald die Oma wieder daheim ist, darf ich dann noch einmal vorbei schauen wegen der Kugel? Ich würde sie zusammen mit der anderen in meinem Büro aufstellen. Zwei quantenmechanisch verschränkte Kugeln – oder wie hast du das ausgedrückt, liebe Isi? Ich darf doch du und Isi sagen so wie früher als wir noch jung und unschuldig waren? Physikalische Objekte sind total in. Daran bist du nicht ganz unschuldig. Der Erfolg deines Energieprojektes, wenn ich so sagen darf, hat die Physik in den Fokus der Aufmerksamkeit gerückt. Tja, wer was auf sich hält, zeigt, dass er Physik versteht. Dann mach ich mich gleich mal auf den Weg zum Haftrichter. Wäre doch gelacht, wenn die Oma nicht heute Abend zu Hause wäre. Oder spätestens morgen früh.«

Als Jan Pretzel draußen war, fühlte sich Isolde wie von einem Siebentonner überfahren. Soso, die Einstein-Rosen-Brücke will er haben. Doch bestimmt nicht, weil er plötzlich sein Interesse für Physik entdeckt hat. Um mit zwei Kunstobjekten anzugeben – das wohl schon eher. Aber viel wahrscheinlicher war doch, dass er sie jemandem verkaufen wollte. Dass er ein Geschäft witterte. Ein großes Geschäft.

Isolde ging in ihr Zimmer, wickelte die Kugel in ein Handtuch und packte sie in eine Schachtel. Dann zog sie sich an, fuhr zur Bank. Dort mietete sie ein Schließfach und schloss die Kugel darin ein.

Minna Haberletzer war am Abend noch nicht zu Hause. Am nächsten Morgen erfuhr Isolde, dass Minna im Krankenhaus lag. Sie fuhr gleich hin. Die Oma lag in einem weißen Bett, die Decke über die Brust gezogen und die Hände auf der Decke gefaltet. Ihre Nase stach spitz aus dem dicken Kissen hervor.

»Halt mir bloß diesen halbseidenen Anwalt, diesen Pretzel vom Leibe«, sagte sie.

»Ach, den kennst du?«

»Den hab ich dick. Der ist dauernd bei uns angetanzt und wollte, dass der Ingeniör was für ihn erfindet.«

»Wollte Opa aber nicht, nehme ich an.«

»Nein, denn der Pretzel war ihm unsympathisch. Er hat dann einfach so getan als wäre er schon geistig hinüber. War er aber nicht. Das ist der Vorteil, wenn du so alt bist. Tu als ob du ein Alzi wärst und schon lassen sie dich in Ruhe.«

»Aha«, sagte Isolde. »Und du? Bist du sehr krank?«

Minna grinste und winkte Isolde näher. Dann flüsterte sie ihr ins Ohr. »Mir geht es gut. Mach dir keine Sorgen. Aber wie ich den Pretzel im Sprechzimmer gesehen habe, bin ich einfach umgefallen.«

»Der will meine Einstein-Rosen-Brücke«, erklärte Isolde. »Dummerweise hat er die andere Hälfte irgendwo gefunden.«

»Das wird schwirig, ihm die abzuluchsen. Aber du schaffst das schon. Und pass auf, dass sie sich nicht zu nahe kommen. Mindestens 10 m Abstand einhalten.«

»Warum?«

»Geh, Isolde! Du kennst dich doch in der Physik aus. Komplementäre Wellenfunktionen kollabieren bei Interferenz.«

Amin, eine Disco-Bekanntschaft entwickelte sich immer mehr von einem One-Night-Stand zu einer Art wärmenden Jacke für Isoldes fröstelnde Seele. Er brachte Essen mit, das seine Oma gekocht hatte, und kleine kalligraphische Kunstwerke, die sein Opa für Isolde gemalt hatte. Die hielt er dann stolz in die Höhe: »Heute ein Gedicht von Hafiz.« In melodischem Persisch trug er Gedichte von Rumi vor, weigerte sich aber, sie zu übersetzen. »Da verlieren sie ihre ganze Schönheit.«

Eine Woche nach der Beerdigung tauchte Jan Pretzel wieder auf. Amin musterte ihn mit düsterem Ausdruck.

»Tja, nachdem die Oma gestanden hat, aus purer Heimtücke den Opa erschlagen zu haben – liebe Isi, wie konnte sie nur! Ich hätte ihr davon abgeraten. Wir könnten aber dem Staatsanwalt vorwerfen, dass er sie so unter Druck gesetzt hat, was ja rechtlich nicht zulässig ist, wir könnten darauf abheben, dass die Dame die Isolationsfolter in der Einzelzelle nicht ausgehalten hat. Also, ich würde sagen, da finde ich schon noch einen Hebel, mit dem wir das Pferd aufzäumen.«

»Gib dir keine Mühe«, sagte Isolde, »die Oma will im Kittchen bleiben. Es gefällt ihr dort sogar. Endlich hat sie die Ruhe, an der großen vereinheitlichten Theorie weiterzuarbeiten.«

»Dann wäre da noch mein Wunsch, liebe Isi, diese Kugel von dir ...«

»Vergiss es. Du willst sie ja nur als Briefbeschwerer auf deinen Schreibtisch stellen, für mich aber ist sie ein Erinnerungsstück an meinen Opa.«

»Ach Isi, du hast doch eine ganze Werkstatt voller Objekte, du hast seine Unterlagen, seine Aufzeichnungen, seine Modelle – da wirst du doch auf ein Stück verzichten können.«

»Nichts hab ich. Während wir beim Leichenschmaus waren, hat jemand die ganze Werkstatt leer geräumt.«

»Das gibt es doch nicht.«

»Doch das gibt es.« Isolde schaute Jan fest in die Augen. Doch der zwinkerte nicht einmal.

Amin hatte die ganze Zeit schweigend neben Isolde gesessen. Jetzt reichte es ihm. Wie der immer seine Isolde anschaute! Er stand er auf, stützte seine Fäuste auf den Tisch, schob den Kopf nach vorne und sagte: »Sie jetzt gehen besser.« Da verließ Jan fluchtartig das Haus.

Isolde erzählte Amin, was es mit der Kugel auf sich hatte.

»Versteh ich nicht«, meinte Amin. »Warum ist der so hinter der Kugel her? Jedes Handy kann das, kann Fotos und Filme machen sogar mit Ton, die kannst du dann deinem Freund schicken, du kannst ihm jederzeit SMS schicken. Da musst du keine Zettel schreiben und vor die Kamera halten. Du kannst winzige Sender bauen. Sie haben so ein Ding einem Vogel, einem Kuckuck, auf den Rücken gebunden und können damit feststellen über Satellit, wo Kuckuck gerade fliegt. Webcams sind überall. In jedem Laden wirst du gefilmt, wenn du gehst hinein und wenn du wieder gehst heraus. Webcams am Bahnhof, Webcams in der S- Bahn, Webcams auf jedem öffentlichen Platz, an jeder Kreuzung. Wenn du sagst, ich war gestern bei Kaufhof, dann schaut man Film von Kaufhof an, ob du da drauf bist. Wozu braucht der Typ diese Kugel?«

»Alle Handys, alle Webcams laufen über Funk und Funk kannst du abhören. Die Quantenverschränkung kannst du nicht abhören.«

»Aha, hab ich mirs doch gedacht. Wenn Leute wie dieser Jan etwas haben wollen, dann geht es um Geld oder um Macht, um viel Geld oder um viel Macht. Macht bringt Geld und Geld ist Macht.«

»Amin, werde nicht gleich philosophisch. Aber du kannst Recht haben. Vielleicht sollten wir sie ihm doch verkaufen.«

»Aber dieser Typ, dieser Anwalt, der schmiert dich auf jeden Fall aus. Da kannst du noch so guten Vertrag machen, der findet kleines Loch, durch das er dir entwischt und du und ich wir sind ausgeschmiert und kriegen keine Cent zu sehen.«

»Was solls! Dann sind wir halt die Ausgeschmierten. Aber geht es uns deswegen schlechter? Ich habe meinen Job bei Space-Energy in Ottobrunn. Du schreibst an deiner Doktorarbeit über das Zeitparadoxon in der Philosophie des frühen 20. Jahrhunderts und fährst nebenher Taxi. Wir können doch gut leben. Ich will nur so viel Geld, dass ich das Haus renovieren kann.«

Amin schloss seine Isolde gerührt in die Arme.

So kam es zur Übergabe der Kugel in der Bank. Nachdem Jan Pretzel die Kugel ausgepackt hatte, wärmte er sie nach Isoldes Anleitung in den Händen auf. Da erschien auch schon das Bild seines Büros. Sogar die Sekretärin, die frisch ausgedruckte Verträge auf den Tisch legte, war zu sehen. Damit war er überzeugt, dass es die richtige Kugel war und tippte die geheime TAN ein. Minuten später waren die 70 000 Euro, die Isolde ausgehandelt hatte (plus Gewinnbeteiligung bei einem eventuellen Verkauf oder wirtschaftlicher Nutzung), auf Isoldes Konto.

Einstein-Rosen-Brücke – 4. Teil

Süddeutsche Zeitung

Explosion zerstört Bogenhausener Villa – ein Toter

Zu einer folgenschwerer Explosion kam es gestern Nachmittag in Bogenhausen. Das Gebäude, in dem mehrere Anwaltskanzleien residieren, wurde schwer in Mitleidenschaft gezogen und muss wahrscheinlich abgerissen werden.

Ausgangspunkt der Explosion war ein Büro im ersten Stock. Die Ursache der Explosion ist noch ungeklärt. Der Inhaber des Büros, Rechtsanwalt Dr. Jan Pretzel konnte nur noch tot geborgen werden. Er war an den Folgen der Explosion gestorben.

»Zusammengebrutzelt wie eine am Grill vergessene Bratwurst«, sagte ein Feuerwehrmann, der nicht genannt werden möchte. Die anderen Mieter konnten unverletzt geborgen werden. Ursprünglich ging man davon aus, dass auch Pretzels Assistentin unter den Todesopfern wäre. Wie sich aber herausstellte, hatte Pretzel ihr frei gegeben, nachdem er von einem Außentermin zurückgekehrt war, was ihr vermutlich das Leben rettete.

»Ach du liebe Zeit«, sagte Isolde. »Ich habe vergessen, ihm zu sagen, dass die beiden Kugeln sich ja nicht zu nahe kommen dürfen.«

»Du meinst ...«

»Genau, die beiden Kugeln haben sich gegenseitig annihiliert.«

»Dann ist von ihnen nichts mehr übrig?«

»Nur noch Energie und die hat das Haus zerstört. Schrecklich.«

»Die geklauten Papiere und Pläne sind wahrscheinlich auch hinüber.«

»Das glaube ich nicht. Die hat Opa schon vorher in Sicherheit gebracht und in seine Zeit mitgenommen. Ich erinnere mich, dass er in seiner Werkstatt ein ganzes Regal voller Pläne hatte, die er nach und nach durchgegangen ist und nach denen er seine Maschinen baute. Oma hat gesagt, die sind vom alten Haberletzer, vom ganz alten.«

»Kapier ich nicht.«

»Du bist doch der Spezialist für Zeitparadoxien.«

annihilieren: von annihilate = gegenseitig auslöschen

Die allererste Geschichte:

Manche Geschichten fangen von hinten an. So erschien Minna zum ersten Mal 2008 in meinem Krimi »Am Fuß der Treppe«. Seither sitzt die Haberletzerin quasi bei mir auf dem Kanapee und erzählt immer neue Geschichten. Bis mich schließlich mein Ingeniör überzeugte, einen Sammelband daraus zu machen. Ich war selbst erstaunt, wie viele Geschichten im Laufe von sechs Jahren zusammengekommen sind.

Hier nun zum Abschluss die allererste Erwähnung von Minna Haberletzer in der deutschen Literatur:

Brief ans Heimatmuseum

»Sehr geehrte Damen und Herren,

Wie Sie sich sicher erinnern, war meine Oma eine große Bewunderin und Förderin des Heimatmuseums. Leider war sie in den letzten Jahren gesundheitlich nicht mehr in der Lage, diesen ihren liebsten Platz in Unterhaching, wie sie immer sagte, zu besuchen. Vor sechs Wochen nun hat der Herr sie zu sich gerufen, um sie von ihrem Leiden zu erlösen. In ihrem Testament hat sie dem Heimatmuseum ein Vermächtnis ausgesetzt: ihre alte Kuchl samt Möbeln und Geschirr. Allerdings ist an das Vermächtnis die Bedingung geknüpft, dass auch sie selbst, also meine geliebte Oma, in dieser Küche ausgestellt wird und zwar auf dem Kanapee sitzend und strickend.

Wir haben nach ihrem Hinscheiden alles in die Wege geleitet und ihren Körper zu Professor Hagen geschickt, auf dass er fachgerecht und dauerhaft präpariert werde. Der Prozess der Plastifizierung wird sich noch eine Weile hinziehen. Dennoch möchten wir Sie schon im Voraus in Kenntnis davon setzen, dass im Laufe des kommenden Monats das Präparat bei Ihnen eintreffen wird. Die Möbel werden ihnen bereits am 15. November per Spedition angeliefert.

Es tut mir Leid, dass die Zeit so knapp ist, aber ich denke, ich kann auf Ihren guten Willen zählen, dass bis zum Eintreffen meiner Oma, die Küche an einem würdigen Platz im Museum aufgebaut ist und sie umgehend auf dem Kanapee Platz nehmen und weiter stricken kann.

Mit freundlichen Grüßen

Isolde Haberletzer«

Inhalt

Siegfried und Minna Haberletzer..................................5
Besuch...7
Einstein-Rosen-Brücke...11
Das schwarze Loch..20
Der Notausgang..29
Testfahrten...35
Der Traum vom Fliegen...43
Fotos für das Heimatmuseum......................................48
Der Spaziergang..56
Wie der Hachinger Bach verschwand...........................62
Hawaii ist wärmer als Island..69
Kein Kaffee...72
Besuch im Heimatmuseum..79
Das Ding...91
Unterhaching, Anno 1614..98
Die Brosche...106
Verschollen in der Zukunft...113
Danzn dua i ned!...135
Gruß aus Chile..140
Die Reise zur Beerdigung...147
Isolde oder Helene..161
Einstein-Rosen-Brücke – 2. Teil..................................167
Tauschgeschäfte..173
Second Life...182
SMS für dich...204
Was Lustiges...212
Der Mord an Ludwig II...221
Einstein-Rosen-Brücke – 3. Teil..................................234
Einstein-Rosen-Brücke – 4. Teil..................................245
Die allererste Geschichte:..247

Von derselben Autorin sind erschienen:

Querpass ins Aus

Wenn die Spielvereinigung Unterhaching um den Aufstiegsplatz in der Fußball-Liga kämpft, ist Unterhaching wie ausgestorben. Wer keine Karte mehr fürs Stadion erhalten hat, sitzt vor dem Fernseher. Eine gute Gelegenheit für einen Mord: ein Mitglied der Familie Struck nach dem anderen fällt dem Mörder zum Opfer.

Anja, Privatdetektivin wider Willen, der Penner Hermann und ein Rollstuhlfahrer namens Simon sind dem Mörder auf der Spur. Oder ist es doch einen Mörderin? Nachdem Anja einen Unfall hatte, will sie nichts mehr von der Sache wissen. Außerdem ist das nächste Spiel ein Auswärtsspiel. Oder gibt es doch wieder einen Toten?

Der Fußball ist dabei - wie könnte es bei einem Krimi, der in Unterhaching spielt, anders sein! Die Hauptperson Anja kämpft aber auch mit ihren persönlichen Beziehungen. Wichtig sind ihr auch die Blumen und Kräutern auf ihrem Balkon. Manchmal sitzt sie einfach in einem Eis-Cafe in Schwabing und genießt die Sonne. (1. Krimi aus Unterhaching; nur noch als E-Book!)

Tief reicht der Kies

Wo ist die 17-jährige Sunny? Kümmert sich überhaupt jemand darum oder sind die Angriffe auf die Hunde im Park wichtiger? Als in der Kiesgrube ein Toter gefunden wird, vermutet die Polizei , dass auch Sunny im Kies verscharrt ist. Aber wo? Tonnen von Kies werden um gegraben.

Hermann hat bei seinen nächtlichen Streifzügen etwas entdeckt, das er nicht verrät - nicht einmal als der Hubschrauber einen Schwerverletzten ins Krankenhaus bringt.

Ein neuer Fall in Unterhaching für Anja, Simon und Hermann, die Ihre persönlichen Probleme bei Schaumparty, Sonnwendfeuer und Fotoausstellung vergessen wollen. (2. Krimi aus Unterhaching)

Am Fuß der Treppe

Nach einer kalten Herbstnacht wird am Fuß der Treppe im Landschaftspark „Hachinger Haid" die Leiche einer Frau gefunden. Unfall oder Selbstmord? In den letzten Wochen sind bereits acht Frauen gestorben. Alle standen dem Verein Obliveon nahe. Anja glaubt nicht an Zufall und beginnt, der Sache auf den Grund zu gehen. Auch Simon sammelt Hinweise. Wer stößt ihn aus der U-Bahn? Hermann, nachts bei Schneetreiben im Park unterwegs, hat dort eine Begegnung.

Es geht auch um geheimnisvolle Einbrüche ins Heimatmuseum und ein ganz besonderes Ausstellungsstück, um Träume, um Alzheimer, um Hochwasser und um Himbeergeist.
(3. Krimi aus Unterhaching)

B4U – Beauty for You

Wer baut die erste Schönheitsklinik in Unterhaching? Beauty for you (B4U) oder Beauty to go (Btg)? Die Auseinandersetzungen zwischen Gegnern und Befürwortern werden härter. Unversehens stehen Peter und Anja auf verschiedenen Seiten der Front. Wenn sich reiche Männer bekämpfen, geht es nicht nur um Einfluss und Geld, sondern auch um persönliche Rache.

Ansonsten ist alles normal aufregend in Unterhaching: Ölunfall am Bach, Mordattacke auf eine Gemeinderätin, Anlagebetrüger und Stau auf allen Straßen.
(4. Krimi aus Unterhaching)

Dies Irae

Ein Krimi aus Oberbayern, der sich zwischen Freilassing und dem Flughafen München bewegt, wenn nicht gerade Stau auf der Autobahn ist. Es geht um Geld, das die Ursel unter der Wäsche versteckt hat, das Katja findet und das jemand anderem gehört, und ums Wetter, das irgendwie mit dem Geld zusammenhängt. Es geht um die Liebe, die vernünftige und die unvernünftige, sowie deren Folgen, und um einen Kommissar, der Liebe sucht und einer heißen Spur folgt.